Michael Stradal

Diplomkaufmann, 1942 in Wien geboren, Schule in Wien und Krems/Donau, Studien in Wien (Betriebswirtschaft und Orgel), verheiratet, 2 Söhne, 4 Enkelkinder.

Bis 2002 in führender Funktion im Controlling und Prüfungswesen mehrerer nationaler und internationaler Unternehmen tätig. Bis 2013 freier Dienstnehmer im Generalsekretariat des Österreichischen Roten Kreuzes, Wien.

Lebt seit 1972 in Maria Enzersdorf.

Mitglied im Österreichischen P.E.N.- Club, im Österreichischen Schriftsteller*I*nnenverband sowie in anderen Literaturvereinigungen.

Schreibt vorwiegend Musikernovellen, Kriminalromane und Gänsehautgeschichten sowie neben Advent- und Weihnachtsgeschichten auch heitere und skurrile Kurzgeschichten.

Web: www.michael-stradal.at

Michael Stradal

Die Tote im Spitalgraben

Ein Gröbmingkrimi

Verlag: myMorawa von Morawa Lesezirkel

978-3-99110-355-4 (Paperback)
978-3-99110-356-1 (Hardcover)
978-3-99110-357-8 (e-Book)

Printed in Austria

Der Autor legt Wert auf die Feststellung, dass die genannten Personen sowie die Handlungsabläufe in der Gegenwart und in der Vergangenheit frei erfunden sind.

Für Ulli
aus Anlass unserer
Goldenen Hochzeit

Prolog im April

An einem ausladenden Tisch im ‚Griaß di', dem Stammlokal des Gröbminger Motorradclubs ‚Heartdrivers', saß der Vereinskassier Kurt Hofmeister dem neuen Kassenprüfer gegenüber und beobachtete nervös, wie viele Listen und Unterlagen dieser durchblätterte und prüfte. Ist eine solche Einschau in den Vorjahren durchwegs nur eine reine Formsache gewesen, weil sich Lois, sein Freund und Prüfer, nie wirklich mit Details befasst hatte, sondern eher am Geplauder, an Scherzen und am letzten Vereinstratsch interessiert war, so wehte nun offenbar ein anderer Wind durch den dynamischen Motorradclub. Lois hatte seine Funktion niederlegen müssen, weil er mit seiner Frau ins Kärntnerische übersiedelt war, worauf Robert Reinert, genannt ‚Robs', Mitglied des Bikerclubs ‚Weeldevils' aus Bad Mitterndorf, von den Gröbminger Bikern nach langer Diskussion und ein paar Handgreiflichkeiten zum neuen Rechnungsprüfer bestellt worden war. Mit ihm hatte man bewusst einen ‚Fremden' gewählt, denn einer ‚von drüben', also von jenseits der Gebirgskette Kammspitze-Grimming, ist in keine der Intrigen und Eifersüchteleien verwickelt gewesen, die in jüngster Vergangenheit den kameradschaftlichen Zusammenhalt der ‚Heartdrivers' erschüttert hatten. Nun sollte er, der Neutrale, für Ruhe sorgen und vor allem dem in die Kritik geratenen Obmann und dem Vereinskassier ‚genau in die Karten schauen', wie es bei der letzten Versammlung lautstark gefordert worden war.

Robert Reinert, ein 33-jähriger Gastwirt aus dem nahe Bad Mitterndorf gelegenen Marktflecken Krungl, kannte sich in Vereinsangelegenheiten offenbar gut aus. Er hatte sich zuerst die Statuten vorlegen lassen und war dann darangegangen, die handschriftlichen Eintragungen im Kassenbuch mit den jeweiligen Belegen abzugleichen. Er sei, wie er dem ein wenig angespannt wirkenden Kassier erläuterte, schon bei mehreren Vereinen in dieser Funktion tätig gewesen und verfüge daher über genügend Erfahrung, sich in einer neuen Kassenführung rasch zurechtzufinden.

Kurt Hofmeister hatte allen Grund nervös zu sein. Hatte er doch Geld aus der Vereinskasse ‚ausgeborgt' und es einem Freund für eine kostspieligere Motorradreparatur übergeben, allerdings ohne davon den Obmann zu informieren. Im Kassabuch hatte er diese Ausgabe nur unter der vagen Bezeichnung ‚Rep.' vermerkt, in der Hoffnung, auch der neue Prüfer würde sich – wie vormals der wenig ambitionierte Lois – nicht in jedes Detail verlieren.

Er hatte daher nicht nur alle Belege und Unterlagen für das Kassabuch mitgebracht, sondern auch andere Papiere, die zwar nicht in direktem Zusammenhang mit der Kassaführung standen, aber vielleicht geeignet waren, das Interesse des Prüfers von heiklen Details abzulenken.

Bereitwillig und ausführlich erläuterte Hofmeister einige Unklarheiten, die durch seine undeutliche Handschrift verursacht waren, aber nach und nach entwickelte sich zwischen den beiden etwa Gleichaltrigen doch eine entspannte Atmosphäre. Erfahrungen und Erlebnisse bei Ausfahrten, lässig nur als ‚Ausritte' genannt, wurden ausgetauscht, brenzlige Situationen erzählt, sodass Hofmeister sich schon der Hoffnung hingeben konnte, die Kassaprüfung werde zu einem für ihn beruhigenden Ende führen. Auch hatte der Prüfer so nebenbei bereits angedeutet, dass er bisher alles in bester Ordnung gefunden hätte, wenn auch manchmal nur schwer leserlich gewesen ist.

Gegen Ende seiner Arbeit ließ sich Reinert noch die Mitgliederliste vorlegen, um sich zu überzeugen, ob alle ihren jährlichen Beitrag eingezahlt hatten. Noch ehe Hofmeister mit vorbereiteten Erklärungen beginnen konnte, hatte Reinert mit hochgezogenen Augenbrauen festgestellt, dass die Summe aller Beiträge laut Mitgliederverzeichnis nicht mit der im Kassabuch aufscheinenden Summe übereinstimmte. Da klaffte eine Lücke von mehreren hundert Euro.

Nun befand sich Hofmeister doch in jener Situation, die zu vermeiden er inständig gehofft hatte. Er musste zugeben, dass Mitglieder mit ihren Beiträgen ein wenig im Rückstand waren und einer von ihnen diesen sogar schon seit zwei Jahren schuldig geblieben ist.

„I kann da des ganz genau erklären, Robs", versicherte Hofmeister und wischte sich die ersten Schweißperlen von der Stirn. „Die Sach' ist nämlich die, dass der ‚Manni', genauer: der Manfred Ebeneiner, wirklich Herz und Seele von uns ‚Heartdrivers', samt seiner Familie seit langem in an finanziellen Engpass steckt. Der lebt nur mehr vom Geld der Eltern, was aber a nur deshalb geht, weil die so bescheidene Leute san."

„Ebeneiner?" Reinert blickte kurz auf. „Manfred Ebeneiner? Ist das der vom Ebeneinerhof, der sich nahe eurem Trabrennplatz befindet?"

„Ja. Genau. Kennst eam?"

„Nein, nicht persönlich, aber gehört habe ich schon von ihm. So viel ich aber weiß, ist der Ebeneinerhof doch einer der reichsten bei euch, oder?"

„G'wesen, g'wesen", versicherte Hofmeister. „Leider. Heute steht denen Ebeneinern das Wasser bis zum Hois. Des Grundbuch ist mit Hypotheken zuapflastert und die Familie rauft seit Jahren mit einem hohen Kredit von Raiffeisen, den damals noch der Vater von Manfred aufgenommen hat. Er hat damit net nur den Hof renovieren lassen, sondern gleich a nebenan, auf seinem zweiten Grundstück, auch großzügig investiert. Danach sind's aber in die Krise geraten. Wengan enormen Windbruch vor drei Jahren san die Erträge vom Holzverkauf zammengeschmolzen und a beim erhofften Geschäft mit ‚Urlaub am Bauernhof' is es alles andere als gut gangen. Der Manfred ist jetzt leider überall im Minus, daher ist er auch bei uns sein Mitgliedsbeitrag seit zwoa Jahren schuldig blieben."

„Na schön", meinte Reinert ungerührt. „Aber das sind dann zweihundert oder dreihundert Euro, wenn man den heurigen Beitrag hinzurechnet. Aber in deiner Kassa, da ist mir noch etwas anderes aufgefallen. Was ist mit diesen siebenhundert Euro, die du mit ‚Rep.' bezeichnet hast? Da fehlt auch ein Beleg dazu. Ein Kassenbon, oder?"

Hofmeister versuchte Haltung zu bewahren. Robs hatte tatsächlich den wunden Punkt gefunden. Der Teufel soll's holen, aber das hilft jetzt auch nichts. Stell alles wie selbstverständlich hin, beschloss er. Das ist sicher das Beste!

„Diese siebenhundert Euro", erklärte er in aller Ruhe, „die hab' i dem Manfred nur borgt. A vereinsinterner Freundschaftsdienst. Weil er a größere Reparatur an seiner Suzuki g'habt hat. Man kann doch sein' Freind net hängen lassen."

„Nein, sicher nicht. Aber für solche Aktionen ist die Vereinskassa doch nicht da. Das muss ich schon sagen!"

Hofmeister kramte aus seiner Tasche einen schmalen Ordner hervor, den er Reinert feierlich überreichte.

„Hier", erläuterte er, „san olle Zetteln und sei Unterschrift auf der schriftlichen Erklärung, dass er die siebenhundert Euro innerhalb von an Jahr z'rückzahlen wird."

„Donnerwetter!“, wunderte sich Reinert. „Keinen Mitgliedsbeitrag zahlen und den Verein noch anpumpen! Da schau ich ja!“

„Robs, versteh‘ mi bitte! Manni hat mi händeringend um so an Vorschuss und um a nochmalige Stundung vom Mitgliedsbeitrags gebeten.“

„Na ja, hundert Euro Mitgliedsbeitrag pro Jahr sind nicht wenig.“ Reinert wiegte den Kopf hin und her. „Bei uns zahlst du nur fünfzig Euro. Aber dafür bestreitet ihr Gröbminger einige Auslagen und der Verein organisiert, wie ich gesehen habe, auch Tankgutscheine. Aber zurück zu diesem Herrn Ebeneiner. Er schuldet also dem Verein nicht nur siebenhundert Euro, sondern auch seit zwei Jahren den Mitgliedsbeitrag. Hast du wenigstens eine Ratenzahlung mit ihm vereinbart?“

Hofmeister schüttelte nur stumm den Kopf.

„Nein?“ Reinert machte ein überraschtes Gesicht. „Das ist jetzt schon recht blöd, fürchte ich“, seufzte er. „Ist eine solche mit Wissen des Obmanns unterblieben? Der hätte nämlich den Spesenvorschuss und die Stundung des Beitrags laut Vereinsstatuten bewilligen müssen!“

Hofmeister wand sich auf seinem Sessel, als hätte er Rückenschmerzen.

„Na, er weiß nix davon“, musste er zugeben. „Das ist aber a besser so“, fügte er rasch hinzu. „Die zwoa, also der Obmann und der Manfred san nicht wirklich grün zueinander. Da hat‘s nämlich amoi was Böses zwischen ihnen geben. Wegen an Mädel, glaub‘ i. Er tät den Manni sofort von allen Ausfahrten und Vereinsabenden sperren. Das wär‘ schlimm für den Manni Ebeneiner, denn in den Jagdverein, wo er ja a Schulden hat, lassen sie ihn a scho nimmer eini. Die Jagd und sein Bike – die san einfach des Leben für mein Freund!“

Reinert machte sich eifrig Notizen.

„Für Reparaturen unberufen siebenhundert Euro aus der Kassa vorgestreckt, zwei Jahre Stundung ohne Mahnung und alles ohne Information an den Obmann." Reinert schüttelte missbilligend den Kopf. „Kurtl, es tut mir leid, aber das werde ich in meinem Bericht erwähnen müssen."

„Tua das bitte net, Robs!" Hofmeister rückte mit seinem Stuhl näher an den Kassaprüfer heran. „Du machst damit nur an unnötigen Wirbel im Verein. Wanst nämlich das nächste Mal kommst, dann ist die ganze Sach' längst Vergangenheit. Voraussichtlich schon in zwoa Monaten oder vielleicht sogar scho früher. Dazu steh' i. I hab' sein Wort, dass er zahlt, sobald er des Geld hat."

„Wenn er nicht einmal hundert Euro zahlen kann, weil er so knapp bei Kassa ist!", meinte Reinert skeptisch. „Woher holt er sich dann so viel Geld, he?"

„I waß des, Robs! Der Manni Ebeneiner wird schon in boid zahlen können, hat er mir zuag'sichert. Mit Handschlag. Er heiratet nämlich demnächst. Und er wird a Frau heimführen, die ordentlich Bares in die Ehe mitbringt." Dabei rieb er Daumen und Zeigefinger vielsagend aneinander.

„So ein Glück müsste man haben!!! Wer wird denn das sein?", wollte Reinert wissen.

„Sorry, Robs", winkte Hofmeister ab. „Aber da ist mir der Mund verschlossen, mei Liaba! Manni hat ma den Namen seiner Goldammer nur unter'm Siegel der Verschwiegenheit genannt. Daran muss i mi halten."

Reinert lehnte sich zurück und blickte zur Zimmerdecke.

„Hör' gut zu, Kurtl!", meinte er ernst. „Das ist jetzt wirklich zu viel von mir verlangt. Ich soll die ganze Sache nicht publik werden lassen, also in meinem Bericht nichts davon erwähnen, aber du bist nicht bereit, mir zu sagen, wer die Zukünftige sein wird, die diesen Herrn Ebeneiner wieder flüssig macht. Nur so andeuten, dass die Dame angeblich viel Geld hat und gleich nach der Hochzeit seine Schulden ausgleichen wird, das ist mir – leider – zu wenig. Also bitte: Vertrauen gegen Vertrauen. Wer wird diese glückliche Geldbraut sein und überhaupt – warum ist das so geheim?“

„Warum des so geheim ist?“ Hofmeister schürzte die Lippen. „Ka Ahnung! Manni wird scho wissen, warum. Vielleicht Familienfeindschaften a la Romeo und Julia. Wos waß denn i!“

„Also, Herr Kassier!“ Reinert wollte der Debatte ein Ende bereiten. „Vertraust du mir an, wer die Dame sein wird, dann fass‘ ich meinen Bericht entsprechend vorsichtig ab. Wenn nicht, muss ich, ehe ich meinen Prüfbericht abfasse, alles mit dem Obmann besprechen. Wie ich euren Verein kenne, müsstest du dich da auf einen gewaltigen Entrüstungssturm gefasst machen.“

„Du, Robs!“ Hofmeister drohte spielerisch mit dem Zeigefinger. „Des grenzt jetzt scho an Erpressung!“

„Meinetwegen, aber auch du bewegst dich ziemlich hart an der Grenze einer Veruntreuung.“

„Aber woher denn! Der Manni wird seine Schulden bezahlen. Ganz sicher. Er is mei Freund. Ich vertrau‘ eam!“

„Das ist dein Problem, dieses Vertrauen“, beharrte Reinert. „Für mich heißt es jetzt: oder – oder! Du hast die Wahl!“

„Da bleibt ma jetzt nix anderes üba, als mei Verschwiegenheit zu brechen. Aber das bleibt jetzt bitte wirkli nur unter uns, weil i dem Manni ja im Wort bin!“

„Klar!“

„Er heiratet am 13. Juni – de Steger Veronika.“

Reinerts Kopf zuckte in die Höhe.

„Steger…Steger…Veronika Steger?“, meinte er gedankenverloren. „So, so! Das ist interessant. Ist das nicht die Witwe nach dem Besitzer der Hotels am Radstädter Tauern?“

„Genau die!“, bestätigte Hofmeister. „Die ist net nur a wirklich gute Partie, sondern sie is obendrein a noch recht attraktiv, die Dame. Aber noch etwas waß i, weshalb i sicher sein kann, dass er bald imstande sein wird, zu zahlen.“

„Nämlich?“

Hofmeister hielt sich den Zeigefinger vor den Mund. „Ganz unter uns nur. Das ist a sehr vertraulich, Robs! Manni hat mir angedeutet, dass eam Raiffeisen – wahrscheinlich im Hinblick auf die kommende Verehelichung – sei Kreditlinie für a halbes Jahr verlängert hat. So agieren die Giebelkreuzler wirklich nur, wenn sie sich ihrer Sache einigermaßen sicher sein können.“

„Und das stimmt?“ Reinert wiegte den Kopf skeptisch hin und her. „Bist du sicher?“

„Aber ja doch! Der Manni lügt mi doch net an!“

Reinert schüttelte nachdenklich den Kopf.

„Einfach unglaublich, dass diese Ebeneinersippe dermaßen auf dem letzten Loch pfeift“, murmelte er verächtlich. „Sie haben bei uns in Mitterndorf nämlich den Ruf, ihren Tisch mit goldenen Tellerchen decken zu können.“

„Vielleicht früher einmal, Robs! Heute san diese Tellerchen, so sie‘s jemals gegeben hat, sicher scho längst an Raiffeisen verpfändet worden. Aber Manni wird sie wieder zurückbekommen. Davon bin i überzeugt, versichere i dir. Am 13. Juni wird g‘heiratet – sein Glückstog, wie er g‘jubelt hat – und dann hat seine Durststrecke a Ende.

– Und du bist nun bitte so freundlich, dass du nix von meiner Hilfe erwähnst“, fügte er flehentlich hinzu.

„Erwähnen muss ich das schon, Kurtl“, nickte Reinert versonnen. „Aber ich werde es so formulieren, dass kein Name genannt wird. Schon aus Gründen des Datenschutzes, nicht?“

„Genau! Des is gut so!“ bestätigte Hofmeister erleichtert.

„Das wird wahrscheinlich eine Riesenhochzeit werden, denke ich“, überlegte Reinert vor sich hin. „Wo werden die denn tafeln?“

„Der Manni hat wos vom ‚Steirerwirt‘ erwähnt. Aber genau waß i des net!“

„Die Steger Witwe ist wahrlich keine arme Haut“, meinte Reinert, „da werden sicher an die hundert Gäste an der Festtafel sein.“

Doch Hofmeister schüttelte den Kopf.

„Des glaub‘ ich eher net, Robs. Manni hat angedeutet, dass sie nach der kirchlichen Trauung nur im kleinen Kreis feiern werden. Nur mit die engsten Freind.“

„Und dem Pfarrer – natürlich!“

„Klar. De Kirchn darf nie fehlen. Du, ich könnt‘ den Manni fragen, ob er was dagegen hat, a di einz‘laden? Willst du?“

Reinert winkte freundlich, aber bestimmt ab.

„Nein, besser nicht! Ich bin ein Außenstehender und passe dort nicht dazu.“

„Na, wie du meinst. Sind wir jetzt fertig?“

Reinert erhob sich.

„Ja, aber etwas noch: Du hast ja meine Handynummer. Ruf mich bitte sofort an, sobald der Ebeneiner seine Schulden wirklich bezahlt hat.“

„Mach i!“

„Und informiere auf alle Fälle deinen Obmann über diese Sache. Wenn er nämlich rechtzeitig davon unterrichtet ist, ist es wesentlich einfacher für ihn, eventuell aufkommende Fragen zu beantworten. Es könnte ja doch sein, dass der Ebeneiner nicht zahlen kann oder will. Dann wärst du dran und müsstest das fehlende Geld aus der eigenen Börse abdecken!"

„Wie kommst du denn darauf?", warf Hofmeister empört ein. „Der Manni is a Ehrenmann!"

„Möglich, aber glaube mir: Nicht jede reiche Witwe lässt ihren neuen Ehemann an die Geldkatze ran ..."

Dienstag, 15. Juni

Wenn sich mein Mobiltelefon morgens an einem Wochentag meldet und noch dazu mit der Torero Melodie aus ‚Carmen', dann liegt Arbeit in der Luft. Erklänge nämlich das Erzherzog Johann Lied, dann wäre meine Frau am Telefon, was gelegentlich auch mit Arbeit verbunden sein kann, aber nicht mit jener eines Kriminalkommissars. Bei Toreroklängen allerdings, da ist mein oberster Boss dran.

„Schrempf! Guten Morgen, Chef!", meldete ich mich daher dienstbeflissen.

„Heute leider kein guter Morgen für dich, Toni", ertönte es mit ernstem Unterton aus meinem Smartphone. „Bedauerlicherweise! Mach dich bitte sogleich auf deine Pneus und schau, dass du bald nach Gröbming kommst, um deiner Assistentin zu Hilfe zu eilen."

„Was gibt es denn schon wieder[1]) in Gröbming?", seufzte ich gottergeben.

„Na, na, was ist denn?" Mein Chef wirkte ungeduldig. „Sei doch froh, dass ich dich dorthin schicke und nicht nach Kikeritzpotschn. In Gröbming ist immer etwas los. Also bitte!"

„Ich habe ja nur gemeint", verteidigte ich mich, „weil ich in letzter Zeit dort schon zwei Mal –"

„Aller – zumindest für unsere Vollzeitauslastung – guten Dinge sind bekanntlich drei, Toni! Daher bitte: Positiv denken und jetzt ab zu deiner Assistentin nach Gröbming!"

„Und was macht die Frau Oberinspektor Tredor dort?"

---

[1]) Michael Stradal: „Weidfraus Tod", myMorawa 2017 und „Kein Feuer am Freienstein", myMorawa 2018

„Sie wurde zu etwas eher Ungewöhnlichem gerufen, wenn man das so sagen kann. Ein wirkliches Kuriosum. Man hat eine in Plastik verpackte, bekleidete Frauenleiche in einem Waldstück gefunden. Höchst mysteriös, warum und wie sie dort hingelegt wurde, sage ich nur!“

„Inwiefern sollte das ein Kuriosum sein?“

„Lass dir das von deiner Assistentin erklären, Toni. Sie ist schon am Fundort der Leiche und sie hat mich eben gebeten, dich aufzuscheuchen. Sie fürchtet, mit einem ziemlich komplizierten und vor allem unverständlichen Mordfall zu tun zu haben und ersucht um deine Hilfe.“

„Das wundert mich aber schon, denn Helga, also Frau Oberinspektor Tredor, ist doch wirklich ziemlich hell auf der Platte. Die braucht meine Hilfe normalerweise nicht mehr.“

„Heute offenbar schon, Toni, sonst hätte sie mich nicht angerufen. Die Sache scheint in der Tat verzwickt zu sein. Die Leiche war nämlich vorgestern noch putzmunter, hat am Vormittag vor dem Altar der Gröbminger Pfarrkirche ihr Ja-Wort gehaucht und ist während der Hochzeitstafel, nach der Suppe, wie der Bräutigam berichtet, entführt worden. Seither ist sie nicht mehr aufgetaucht, obwohl schon bald – gestern sogar den ganzen Tag lang – nach ihr gesucht wurde. Heute Früh wurde ihre Leiche gefunden. Reicht das an Kuriosem?“

„Hoppla! Das klingt wirklich ungewöhnlich. Gut, ich fahre sofort los.“

„Tu das, bester Herr Kriminalkommissar Schrempf! Ich erwarte dann ehcbaldigst über den Stand der Ermittlungen informiert zu werden.“

Ehe ich noch rückfragen konnte, hatte er wieder aufgelegt. Tja, Kriminalrat Pichler, unser oberster Chef, genannt Zeus, liebt keine langen Reden. Zumindest nicht, wenn er es eilig hat. Bei festlichen Anlässen hingegen schon, wenn er bei seinen ermüdenden Ansprachen kein Ende findet. Man kennt ihn ja.

Unterwegs auf der Ennstal Bundesstraße – ich hatte gestern mit meiner Frau und mit meiner Schwester eine Veranstaltung in Stainach besucht und daher in Niederhofen übernachtet – rief ich meine Assistentin an, die laut Zeus bereits am Ort des Geschehens war. Sie meldete sich umgehend, aber grußlos.

„Bist du schon unterwegs zu mir?", wollte sie nur wissen.

„Ja, ja, bin ich! Zeus hat mich in Bewegung gesetzt. Ich –"

„Wo bist du momentan?", unterbrach sie mich.

„Wo? Ja, Moment – Ich bin eben bei meinem Namensvetter in Tipschern vorbeigefahren, bin also bald in Gröbming. Warum ist denn alles so eilig? Die Leiche ist doch schon tot, oder?"

„Ja, schon, aber ich will mit den ersten Ermittlungsschritten auf dich warten."

„Na ja, wenn du meinst. Wo finde ich dich denn?"

„Im Spitalgraben – hast du festes Schuhwerk im Auto?"

„Sicher. Muss ich am End' gar klettern? Wie das letzte Mal auf den Freienstein?"

„Nein, aber beim Fundort der Leiche ist es ziemlich rutschig. Der Spitalgraben ist ein anfangs steil abfallender Waldweg. Geregnet hat's in der Nacht obendrein. Es gibt viel Matsch und glitschige Steine."

„Wo genau ist das?"

„Du fährst von Kranzbach kommend auf der 320er an den zwei Abzweigungen nach Gröbming vorbei und biegst erst dort ab, wo du die schlanke evangelische Kirche thronen siehst. Nach der Brücke – die übrigens über den Spitalgraben führt, wo wir gerade arbeiten – rechts abbiegen und das kurze Stück zum ‚Stirling Moss Kreisverkehr' fahren. Dort wartet Jacopo auf dich und führt dich zum Fundort der Leiche."

Wenig später winkte mich Jakob ‚Jacopo' Lechleitner, der örtliche Polizeikommandant und langjährige Freund von mir, vorsorglich in eine Nebenfahrbahn, wo ich parken konnte.

„Griaß di, Toni!", empfing er mich. „Willkommen wieder einmal in Gröbming!"

„Griaß di, Jacopo. Ich fühl' mich schon fast daheim hier! Also, wo ist die Dame?"

„Im Spitalgraben ist sie gefunden worden. Heute in der Früh. Weit vor der Abzweigung, wo es über den Saurücken nach Tunzendorf hinunter geht. Von einem Jogger."

„Wann?"

Er zog einen Notizblock aus der Uniform.

„Josef Kern, der Jogger, hat die Tote um 7 Uhr 17 im Bachbett liegen gesehen und uns verständigt."

„Hast du mit ihm gesprochen?"

„Natürlich, aber das war nicht einfach, denn der junge Mann stand begreiflicherweise unter Schock. Er sei, wie er angegeben hat, wie immer die Fitness Runde Nr. 1 gelaufen, die durch den Spitalgraben führt. Dort hat er durch das Gesträuch das Plastik gesehen und erst gedacht, jemand hätte hier etwas schwarz entsorgt."

„Da lag er gar nicht so falsch, nicht?"

Jacopo lachte kurz auf.

„Wenn du den Entsorgungsbegriff von dieser Seite betrachtest, ja. Ich hab' ihn für Vormittag auf die Station gebeten, damit er seine Aussage noch unterschreiben kann. Aber jetzt, Toni, auf, in den Spitalgraben! Die Frau Oberinspektor wartet schon ungeduldig!"

„Ich dachte immer“, murmelte ich, als wir losgingen, „ich kenne mich bei euch einigermaßen gut aus. Aber ein Spital ist mir hier noch nicht untergekommen.“

„Kann ja auch nicht“, erläuterte der Polizist und schlängelte sich durch die Holzbarriere am Beginn des abschüssigen Waldweges, der parallel zur Straße nach Moosheim hinunterführt. „Da gab es vor langer Zeit einmal eine Seuchenstation in der Nähe. Längst weg natürlich. Aber dieser Grabenweg, der, ehe die Straße gebaut worden ist und der einzige Fußweg ins Ennstal zur Bahnstation hinunter war, heißt heute nach wie vor nach diesem Spital.“

„Aha!“, brummte ich und musste höllisch aufpassen, nicht auszurutschen. Schon bald wurde im dichten Wald lautes Durcheinander hörbar. Stimmen und Rufe, Blitze von Fotografen zuckten, glänzende Koffer standen am Weg und ein rotweißes Plastikband spannte sich links bis in den Wald hinein und rechts den Hang zur Straße hinauf. Wir waren am Ort des Geschehens angelangt. Gut, dass ich beim Aussteigen das Schuhwerk gewechselt hatte. Hier hatte ich meine Bergschuhe bitter nötig. Am Rand des Baches standen einige Leute, mehr oder weniger sicher und die Balance auf wackeligen, rutschigen Steinen haltend, herum. Die Leute von der Spurensicherung waren Werk.

Meine Assistentin Helga begrüßte mich in etwas erschöpftem Zustand.

„Puh!“, schnaufte sie. „Griaß di! Das ist ein kräfteraubender Fundort.“ Sie deutete auf eine in Plastiksäcken eingewickelte Frauenleiche. „Da ist sie. Wir haben auf dich gewartet und sie noch nicht ausgewickelt. Die Spurenleute sind emsig dran. Der Fundort dürfte aller Wahrscheinlichkeit nach nicht der Tatort sein, denn rings herum gibt es keine Anzeichen dafür. Die Burschen machen ihre ersten Fotos und Untersuchungen, aber ich nehme an, in dieser Umgebung wird nicht viel zu sichern sein."

„Alles der Reihe nach, Helga! Schön hintereinander. Eines nach dem anderen."

Ich kämpfte mich durch das dichte Unterholz zu der eingepackten Leiche vor und nahm einmal alles in Augenschein. Durch mehrere dünne Plastiklagen war das verletzte Gesicht einer Frau erkennbar, auch war ihre Bekleidung, offenbar ein Trachtendirndl, vage zu erkennen. Die Plastikumhüllung war an mehreren Stellen gerissen, aus einer ragte eine Hand heraus, ansonsten war alles mit kleinkörnigem Schmutz, Nadeln, Gras und Erde bedeckt.

„Du hast Zeus ja schon mit den ersten Informationen versorgt, wie ich gehört habe. Hier liegt also eine entführte Braut, nicht?"

„So ist es", bestätigte Helga, die hinter mir nachgekommen war. „Es handelt sich um Veronika Ebeneiner, dreiunddreißig Jahre alt, wohnhaft in Schladming, die vor drei Tagen noch Veronika Steger hieß und als Veronika Seidel auf die Welt gekommen ist."

„Wer hat sie denn in dieser Verpackung so schnell identifizieren können?"

„Der Jacopo. Er hat sie sofort erkannt. Man hat vorgestern, nach der Brautentführung, und gestern den ganzen Tag anhand eines Fotos nach ihr gesucht. Das Ganze ist eine mehr als unverständliche Tragödie, findest du nicht auch? Warum um alles in der Welt bringt jemand eine entführte Braut um!"

„Vielleicht ein von ihr verschmähter Freier", brummte ich.

„Oder eine verschmähte Braut", ergänzte Helga.

„Beides möglich, aber für uns viel zu früh spekuliert. Erst die Ermittlungen, dann – vielleicht – ein Verdacht."

„Das Motiv ist noch wichtiger, sage ich", ergänzte Helga, die gerne ihre Meinung wie ein Senfpatzerl setzt.

Ich konnte vorerst nur stumm nicken. Mir erschien der Fall ebenfalls mehr als bizarr. Dann stakte ich zu den Spurensicherungsleuten, unter denen ich meinen Freund Charly erkannt hatte, der gerade bei der Toten arbeitete.

„Griaß di, Charly", sagte ich und klopfte ihm auf die Schulter. „Wie kommt ihr voran?"

Er richtete sich auf. „Recht gut, Toni. Ich denke, dass wir jetzt fertig sind. Wir haben alles fotografiert, haben Abdrücke von den Klebebändern und von der Plastikumhüllung genommen. Von uns aus kannst du sie auspacken lassen."

„Moment noch, Charly!"

Ich winkte Helga zu mir.

„Ist was?", fragte sie, als sie neben mir stand.

Ich deutete auf die verpackte Frauenleiche.

„Auf der Plastikumhüllung sind einige Grashalme zu sehen. Das bestätigt, was du mir vorhin gesagt hast."

„Ja, ja, gut so!"

„Hier, wo die Leiche gefunden wurde, gibt es nur Steine, Waldboden, Unterholz, und Gestrüpp. Schau dich um! Kein Gras zu sehen. Darauf werden wir die Laborleute besonders aufmerksam machen müssen, wenn sie die ganze Plastikumhüllung zur Untersuchung bekommen."

„Wir werden sie anweisen", wiederholte Helga resignierend, „den Grashalmen besondere Aufmerksamkeit zu schenken. Könnte bei der Frage, wo die Frau eingewickelt wurde, wichtig werden. Mit einiger Wahrscheinlichkeit ist das dort, wo sie auch getötet wurde."

Wenig später hatten Charlys Leute die Tote behutsam und fachgerecht aus der Plastikumhüllung gewickelt. Zusammen mit Helga machte ich mich an eine genauere Untersuchung der Leiche und fotografierte sie, umgeben von Ziffernblöcken und Maßbändern, von allen Seiten. Eines war auf den ersten Blick unschwer zu erkennen: Die Frau war stranguliert worden. Entsprechende Spuren am Hals und das verfärbte Gesicht machten dies deutlich. Außerdem wies ihr Gesicht einige Verletzungen auf, allerdings keine sichtbaren Blutspuren davon.

Lechleitner deutete zum Wegrand hinauf.

„Jetzt werden die Burschen von der Bergrettung bald kommen, die die Tote bergen und zur Straße bringen. Der Wagen von der Bestattung wartet schon beim Kreisverkehr. Der Gerichtsmediziner ist bereits verständigt worden und kommt direkt zum Bestattungsinstitut in die Klostergasse. Dies nur zu deiner Information."

„Danke, Jacopo. Perfekt. Ich habe schon erfahren, dass diese Frau gesucht wurde. Gestern sogar den ganzen Tag lang. Geh, sag mir bitte, was da los war, auch wenn du es bereits schriftlich festgehalten hast."

„Da gibt's nicht allzu viel zu berichten, Toni. Wir haben vorgestern, am Sonntag so gegen achtzehn Uhr, von Manfred Ebeneiner, dem Bräutigam, die Vermisstenanzeige entgegengenommen. Das war eine mühsame Sache, denn er war vor lauter Aufregung völlig aufgelöst und ziemlich verwirrt. Verständlich, eigentlich. Er hat nämlich schon vorher, gegen fünfzehn Uhr, bei uns angerufen und um Hilfe gebeten, weil seine Frau von der Hochzeitstafel im ‚Steirerwirt' entführt worden wäre und man sie nicht fände. Wir haben diese Sache – zugegeben! – nicht wirklich ernst genommen, denn eine Brautentführung ist eigentlich nichts Außergewöhnliches. Gehört doch irgendwie zum gelebten Brauchtum, nicht? Was hätten wir denn machen sollen? Wir haben ihm freundlich geraten, aus Familie und Freunden Suchtrupps zu bilden. Einer für die Gasthäuser und Bierstuben in Gröbming und die Enns aufwärts, einer für den Mitterberg und Enns abwärts und der dritte sollte am Ebeneinerhof bleiben, um die Zentrale zu bilden. Irgendwo wird die Braut schon zu finden sein, haben wir versucht, ihn zu beruhigen. Hinterher haben wir ihn heimlich ausgelacht. Aber um sechs Uhr war er wieder da und war, wie schon gesagt, mit den Nerven völlig fertig, kann ich dir sagen. Die Braut ist unauffindbar geblieben. Heute wissen wir leider warum. Wir haben dann eine formelle Vermisstenanzeige an alle benachbarten Dienststellen weitergegeben, mussten dem aufgeregten Manfred Ebeneiner aber sagen, dass wir nicht viel mehr machen können. Alle haben versucht, ihn zu beruhigen und gemeint, dass seine Braut bestimmt von selbst auftauchen wird. Bisher ist ja noch immer jede entführte Braut gefunden worden. Nur ein wirklich blöder Scherz wäre das, sie so lange zu verstecken!"

„Tja", resümierte ich, „es war offenbar alles andere als ein blöder Scherz! Ein perfides Verbrechen. Der arme Herr Bräutigam."

Helga, die mit der Untersuchung der Leiche beschäftigt war und dabei – wie ich sehen konnte – auch die Kleidung der Toten in Augenschein genommen hatte, stieß plötzlich einen erstaunten Ruf aus.

„Was gibt es denn?", wandte ich mich zu ihr um.

„Da mache man sich jetzt erst einmal einen Reim drauf!", stellte sie kopfschüttelnd fest und hielt mir ein Stück Papier entgegen. „Das habe ich in der Seitentasche von ihrem Dirndlrock gefunden."

Ich zog meine Handschuhe an und nahm das Papier entgegen. Es hatte die Größe eines normalen Kuverts.

Was ich aber las, ließ meinen Puls schneller werden. ‚JETZT SIND WIR QUIT!' stand darauf mit dicker Handschrift geschrieben.

„Du meine Güte!", murmelte Lechleitner neben mir. „Das könnte ja eine Botschaft sein! Was ist denn da los, um Himmelswillen?!"

Ich fächelte mit dem Papier langsam durch die Luft.

„Abgesehen von der Orthografie – ‚quitt' schreibt man meiner Meinung nach mit zwei ‚t' – sollte es tatsächlich eine Botschaft sein, dann ist das eine verdammt ernste!"

„Fragt sich nur, für wen sie gedacht ist!", ergänzte Helga und reichte mir ein Plastiksäckchen, damit ich diesen bedeutsamen Beleg fachgerecht versorgen konnte.

„Ganz richtig", stimmte ich zu. „Für wen wohl? Für die Braut oder für den Bräutigam? Und vor allem – quitt wofür?" Ich drehte mich zu Lechleitner um. „Kannst du dir darauf einen Reim machen? Ist dir um die beiden Hochzeiter irgendein Streit bekannt?"

Er schüttelte verneinend den Kopf.

„Nicht dass ich wüsste, Toni! Das ist mir völlig unverständlich! Ich frag mich schon die ganze Zeit, was hat sich da in aller Heimlichkeit zugetragen, was mit so einem abscheulichen Verbrechen endet!"

„Und verdammt missverständlich ist diese Botschaft auch!", murmelte ich und steckte das merkwürdige Papier in die Tasche. „Bitte, Jacopo, das ist jetzt sehr wichtig. Kein Sterbenswörtchen zu Dritten über diesen Zettel im Gewand der Toten. Vor allem nicht zu den Medien. Ich will dieses Papier bis auf Weiteres unter Verschluss halten. Es ist momentan also streng vertraulich."

„Alles klar, Toni. Aber lass mich fragen: Warum?"

„Jahrelanger Erfahrung und ein wenig Instinkt des Kriminologen. Ich nehme mit großer Sicherheit an, dass diese Botschaft vom Täter stammt. Er hat der Toten diesen Wisch ins Dirndl geschoben. Nur er und sonst niemand weiß davon. Jetzt wissen wir es auch. Es ist für weitere Erhebungen immer von Vorteil, wenn niemand außer uns weiß, was nur der Täter wissen kann. Daher muss der Betreffende verdammt aufpassen, sich bei einer Einvernahme nicht zu verschnappen. Deshalb!"

„Ich verstehe", nickte Jacopo. „Hätt' ich mir eh denken können!"

Ich wandte mich wieder Helga zu. „Bitte du auch, Helga! Wie gehabt in solchen Fällen. Kein Wort über diesen Zettel und den Inhalt verlauten lassen."

„Selbstmurmelnd!", brummte sie verärgert, weil sie es wirklich nicht gernhatte, wenn sie an Dinge erinnert wird, die für sie ohnehin sonnenklar waren.

„Ist noch etwas anderes gefunden worden?", lenkte ich das Gespräch wieder auf unsere Ermittlungen.

„Nein, nichts", antwortete sie. „Aber wir haben, aller Wahrscheinlichkeit nach, keinen Raubmord vor uns. Denn sie trägt noch ihre Uhr und ihren Schmuck. Sehr schönen, silbernen Trachtenschmuck. Ringe, Armbänder, eine kunstvoll gefertigte Brustkette samt dazu passender Schürzenkette und eine Brosche. Ein teures Ensemble zu diesem echten Ennstaler Dirndl. Fast vollständig. Nur die dazugehörige Halskette oder das Kropfband fehlt. Sie wurde ja erdrosselt. Ein breites Kropfband, denke ich, könnte dem Mörder vielleicht im Weg gewesen sein."

„Was ist mit einer Handtasche? Habt ihr in der Plastikumhüllung eine gefunden? Sie hat doch sicher eine bei sich gehabt. Selbst als sie geraubt wurde."

„Muss nicht sein, Toni", widersprach Helga, die ja aus der näheren Umgebung stammt und sich mit Brauchtum ganz gut auskennt. „Das ist ganz unterschiedlich.

Bei einem überraschenden Brautraub hat die Betroffene oft keine Gelegenheit mehr, die Handtasche mitzunehmen."

„Nach Angaben von Manfred Ebeneiner", mischte sich Lechleitner ein, „hat seine Frau die Hochzeitstafel unmittelbar nach der Suppe verlassen, um sich ein wenig frisch zu machen, wie sie gesagt haben soll. Auf gut Deutsch: Sie ist aufs Häusl gegangen. Am Weg dorthin oder zurück dürfte sie geraubt worden sein. Zum Frischmachen hat sie ihre Handtasche mitgenommen. Der Ehemann hat sie ihr sogar noch nachgereicht. Alle Frauen rennen mit ihrem Täschchen aufs Örtchen."

„Das klingt plausibel", stimmte ich zu und dachte dabei an meine Gattin, die auf dem Weg dorthin mitunter sogar ihr Mobiltelefon mitnimmt.

„Du hast dir bei der Vermisstenanzeige den Hergang der Entführung schildern lassen. Habt ihr darüber ein Protokoll angelegt?"

„Haben wir, Toni. Steht dir für euren Deliktakt schon zur Verfügung."

„Danke. Wir kommen bald darauf zurück. Eine Frage noch, Jacopo. Weiß der Bräutigam eigentlich schon von der Auffindung der Leiche?"

„Offiziell noch nicht. Auch dafür haben wir auf dich gewartet. Allerdings könnte es durchaus sein" – er deutete zum Straßenrand hinauf, wo sich bereits viele Neugierige versammelt hatten –, „dass sich schon etwas herumgesprochen hat zu ihm. Wir haben, wie du siehst, den Fundort zwar mit einem Sichtschutz abgedeckt, aber der Name der Toten ist schon genannt worden, als wir zum Fundort gerufen worden sind. Da waren auch schon die ersten Neugierigen an der Straße da, die unseren Einsatz bemerkt hatten. Möglicherweise hat inzwischen jemand zum Telefon gegriffen und den Manfred informiert."

Helga schüttelte skeptisch den Kopf. Das macht sie immer, wenn sie noch eines ihrer ‚Senfpatzerl' setzen will.

„Das glaube ich eher nicht", meinte sie nachdenklich. „Denn das wäre doch eine ganz schlimme Nachricht. So etwas sagst du einem Freund oder Bekannten nicht so einfach durchs Telefon, wenn du dazu nicht beauftragt worden bist. Stell dir vor, du hast dich beim Namen verhört und rufst versehentlich die falsche Nummer an. Ich denke, sollte Herr Ebeneiner schon informiert sein, dann ist er in Kürze hier. Aber wie ist das bei ihr, der Braut? Wer verständigt ihre Angehörigen?"

„Sie war immerhin schon seit Sonntag die Frau Ebeneiner", stellte ich fest. „Unsere Ansprechstelle ist – Gott sei's geklagt – der bedauernswerte Ehemann. Er und seine nächsten Verwandten sind dann die weiteren Informanten in ihrem Umfeld. Also müssten sie die Familie der Braut verständigen."

„Machen wir das dann? Fahren wir zu Herrn Ebeneiner?", fragte Helga.

Ich nickte. „Ja, natürlich. Aber wir warten vorerst noch ab, bis die Tote geborgen und zur Bestattung gebracht wurde. Dann fahren wir zur Familie Ebeneiner, wohin du, Jacopo, mich bitte begleiten wirst. Du, Helga", ordnete ich an, „bist hingegen so freundlich und begibst dich zur Bestattung. Dort setze dich mit dem Gerichtsmediziner in Verbindung. Du wirst voraussichtlich von ihm hören, dass die Tote stranguliert worden ist und dass die Verletzungen im Gesicht von einem Sturz herrühren. Allerdings ist ein solcher erst post mortem geschehen, denn die Tote ist" – ich deutete zur Straßenbrücke hinauf, die sich über den Spitalgraben spannt – „sicher in verpacktem Zustand von dort oben heruntergeworfen worden. Dabei sind die Verletzungen passiert.

Ihre Bekleidung hat die Tote vor weiteren Sturzverletzungen geschützt. Ihr Gesicht hingegen war durch die dünnen Plastiklagen mehr oder weniger ungeschützt."

„Du vermutest, man hat sie von der Bundesstraßenbrücke in den Spitalgraben hinuntergeworfen?", fragte Lechleitner erstaunt.

„Da bin ich mir ganz sicher. Sie wurde sicher nicht mühsam in den Spitalgraben heruntergeschleppt. Da würden wir hier viel mehr Schleif- und frische Bruchspuren an den Sträuchern sehen und es wären Fußspuren zu erkennen. Nichts dergleichen konnte festgestellt werden, wie mir Charly versichert hat. Schau dort hinauf." Ich deutete zu den Baumkronen. „Da oben sind einige Äste frisch gebrochen, dort, wo man vermutlich die Leiche hinuntergeworfen hat. Deshalb auch die vielen Verunreinigungen und Einrisse in der Plastikhülle. Sie ist dort, nahe der Buche aufgeschlagen und ein Stückchen hinuntergerollt. Die Spuren sind da eindeutig."

„Wahrscheinlich hast du recht, Toni!", nickte Lechleitner. „Deshalb also die vielen kleinen Risse in der Plastikumhüllung der Leiche."

„Hast du jemanden bei der Hand, der gegebenenfalls eine psychologische Betreuung bei der Familie Ebeneiner übernehmen kann? Wer weiß, in welchem Zustand sich die Familie befindet!"

„Ich werde Inspektor Wolfgang Gloger mitnehmen. Der hat eine diesbezügliche Ausbildung gemacht und sich schon ein paar Mal recht gut bewährt. Bei Bränden, Unfällen und anderen schrecklichen Ereignissen. Bei so etwas wie heute wird er allerdings seine Premiere haben, fürchte ich."

Wie recht mein Freund Lechleitner wieder einmal hatte. Als wir wenig später den grausigen Fundort verlassen hatten – die Tote im Leichensack war mit Hilfe der

Bergrettung zum dezent schwarzen Transporter der örtlichen Bestattung gebracht worden, die Leute der Spurensicherung hatten Beweismaterial fachgerecht verpackt und ihre Habseligkeiten, Koffer und Hilfsmittel eingesammelt – fuhren wir zu dritt zum Ebeneinerhof, um die traurige Botschaft, vermutlich als die Ersten, überbringen zu müssen.

Der junge Inspektor Gloger war ziemlich aufgeregt.

„Ich war noch nie dabei“, meinte er beim Einsteigen, „wenn man einem Mann mitteilen muss, dass seine Frau umgebracht worden ist. Schrecklich, so etwas! Hoffentlich rastet der nicht aus. Der Manni Ebeneiner ist ohnehin ein ziemlich direkter.“

„Was meinst du damit, Kollege?“, fragte ich.

„Ich meine, er gerät schnell in Wut, wenn etwas nicht nach seinem Willen funktioniert.“

„Na ja, wir werden sehen. Nur Mut, junger Mann! Alles wird einmal zum ersten Mal gemacht, nicht?“

Als wir auf dem Hof vor einem bäuerlichen Wohnhaus vorfuhren, kam uns jemand schon entgegen.

„Das ist er“, raunte mir Lechleitner zu, als wir ausstiegen und auf Manfred Ebeneiner zugingen.

„Das ist Kriminalkommissar Schrempf, Manni“, erläuterte Jacopo behutsam und deutete auf mich. „Er und ich müssen dir leider eine sehr schlimme Nachricht überbringen.“

Ebeneiner, ein gutaussehender Mann um Mitte zwanzig, hob kurz die Hand.

„Ich weiß schon“, sagte er leise. „Die Gundi hat gerade angerufen. Man hat meine Vroni also gefunden. Umbracht is‘ angeblich worden.“

„Gundi ist seine Cousine“, erläuterte mir Lechleitner leise. Dann wandte er sich wieder an Ebeneiner. „Dürfen wir zu dir hereinkommen?“

„Ja, ja, kommt's nur eine." Ebeneiner machte eine kurze Handbewegung in Richtung Eingang. Er wirkte abwesend und blickte ausdruckslos vor sich hin.

Als ich vorausging, hörte ich, wie Inspektor Gloger hinter mir leise auf ihn einredete.

„Komm nur, Manni", ermunterte er ihn. „Gehen wir hinein. Ich weiß, dir geht's jetzt nicht gut. Uns allen geht's auch nicht gut, weil wir uns das alles nicht erklären können ..."

In einer geräumigen Stube nahmen wir Platz. Ebeneiner ließ sich schwer auf eine Eckbank fallen.

„I kann euch nix anbieten", murmelte er teilnahmslos. „Ich weiß nicht, wo die Sachen sind. So etwas macht immer die Mutter. Entschuldigung, aber die Eltern sind im Stock oben. Die Mutter hat vorhin mit der Gundi telefoniert. Die hat sich nicht getraut, mich anzurufen, die gute Haut. Aber das ist jetzt ohnehin alles egal."

„Mach dir keine Gedanken, Manni", versicherte Lechleitner. „Kommissar Schrempf möchte nur kurz mit dir sprechen."

Ebeneiner blickte mich ausdruckslos an. Er vollführte eine Geste, als wollte er sagen: ‚Na, bitte. Was wollen Sie von mir?'

Ich sprach ihm und der Familie zuerst einmal meine Anteilnahme aus. Dann erläuterte ich in kurzen Worten, dass Veronika Ebeneiner eines gewaltsamen Todes gestorben ist, dass alles auf einen heimtückischen Mord hinweist und versicherte ihm, dass meine Abteilung in Zusammenarbeit mit Inspektor Lechleitner alles daransetzen werde, dieses entsetzliche Verbrechen aufzuklären und den oder die Täter vor den Richter zu bringen. Dann schwenkte ich behutsam auf den Brautraub um. Wie denn, nach seiner Erinnerung, alles vor sich gegangen ist, wollte ich wissen.

Ebeneiner machte eine resignierende Geste.

„Das hab ich doch alles schon beim Jakob am Posten zigmal erzählt. Vorgestern und gestern."

„Natürlich", sagte ich behutsam. „Ich weiß, dass es belastend für Sie ist, darüber zu sprechen. Besonders jetzt, wo Sie vor kurzem diese schlimme Nachricht erhalten haben. Aber für unsere Ermittlungen sind Ihre Angaben von besonderer Wichtigkeit. Doch Sie erwähnten vorhin, dass Ihre Eltern im Stock oben sind. Benötigen die Herrschaften in irgendeiner Form Hilfe? Herr Inspektor Gloger neben mir ist psychologisch geschult und kann Ihren Eltern hilfreich beistehen."

„Ja, das kann er", murmelte er und blickte zu dem jungen Inspektor. Dann deutete er auf ihn.

„Gelt, Wolfi, kannst di an den Unfall erinnern, wie i damals neben dir gestanden bin, während du auf die im Auto eingeklemmte Frau eingeredet hast. Die zuerst geschrien hat wie närrisch, sich aber dann beruhigt hat, weil du so ruhig mit ihr geredet hast, bis wir vom Bikerclub euch geholfen haben, sie aus dem Wrack herauszuschneiden. Hinterher bist du draufgekommen, dass sie kein Wort von dem verstanden hat, was du ihr Beruhigendes zugesprochen hast, weil sie Russin war."

„Ja, ja, Manni. Ich erinnere mich genau." Gloger lächelte schwach. „Das war die Macht der ruhigen Stimme."

„Heute könnt' ich dich gebrauchen, Wolfi."

„Für deine Mutter oben? Ich höre jemanden weinen."

„Ja, sie weint, aber das wird sich bald legen. Aber ich, Freund, ich könnte dich gut gebrauchen."

„Wenn du willst – ich bleib nachher bei dir."

„Nachher?", fragte Ebeneiner erstaunt zurück.

„Ja, denn der Herr Kommissar möchte ja erst von dir erfahren, wie sich alles zugetragen hat."

„Wie gesagt“, mischte ich mich ein. „Es wäre sehr hilfreich, wenn Sie mir Ihre Sicht der Ereignisse schilderten.“

Ebeneiner stützte sich auf den massiven Tisch vor ihm.

„Also gut, alles noch einmal! Wir, die ganze Hochzeitsgesellschaft, sind nach der Kirche zum ‚Steirerwirt' gefahren. So um ein Uhr herum waren wir dort. Bis alle anderen auch da waren, ist es doch halb zwei geworden. Dann waren endlich alle bei Tisch und wir haben die Suppe serviert bekommen. Nachher ist die Vroni plötzlich aufgestanden und hat gesagt, dass sie sich kurz frisch machen geht.“

Bei den letzten Worten war zu hören, dass er mit den Tränen kämpfte.

„Hat sie dabei auch ihre Handtasche mitgenommen?“, fragte ich leise nach.

Er nickte. „Ja, ich hab sie ihr sogar noch nachreichen müssen, weil sie sie nicht gleich vom Sessel genommen hat, wo sie gehangen ist.“ Er ließ den Kopf auf seine Hände fallen. „Sie hat mich noch so liab angelacht, wie sie sich dafür bedankt hat! Das war das letzte Mal, dass … ich sie … dass ich sie … gesehen habe.“ Sein Körper wurde nun von Weinkrämpfen geschüttelt. Gloger stand auf und ging zu ihm hin.

„Lass alles aussi, Manni. Die Wut, den Schmerz,“, sagte er leise und tätschelte zärtlich seinen Rücken. „Das muss jetzt so sein. Lass es laufen.“

Nach einiger Zeit hatte sich Ebeneiner beruhigt. Er richtete sich wieder auf, schnäuzte sich und strich sich über die Stirn.

„T‘schuldigen schon. Aber so ist es halt. Wie ist es weitergegangen, vorgestern? Na, weil die Vroni vom Häusel so lang nicht zurückgekommen ist, habe ich der

Susi einen Wink gegeben, sie soll bitte nachschauen, wo die Vroni denn bleibt. Weil –"

„Die Susi ist wer, bitte?", unterbrach ich.

„Susanne Schmidler, die Freundin vom Pilz Gerhard, meinem Freund vom Bikerclub."

„Danke! Bitte erzählen Sie weiter."

„Also, der Schweinsbraten ist auch schon serviert worden. Die Susi ist aber bald zurückgekommen und hat nur ganz aufgeregt g'sagt, dass sie die Vroni nirgends gesehen hat und am Häusl war auch niemand. Darauf bin ich gleich zu meiner Maschine hinausgegangen, weil ich gedacht habe, sie hat etwas in der Satteltasche oder im Top Case vergessen. Aber nein, weit und breit keine Vroni. Wie ich zurückgegangen bin, ist mir im Vorraum der Kellner über den Weg g'rennt. Den habe ich gleich gefragt, ob er meine Frau, also die Braut, gesehen hat. Aber der Kerl hat nur blöd gegrinst – wahrscheinlich hat er eh nur die Hälfte verstanden, weil er Pole ist – und hat so getan, als ob er von nichts weiß. Da bin ich ein bissel böse geworden, weil ich mir plötzlich sicher war, dass der Polak mehr weiß, als er sagt. Gerade wie ich ihn ein wenig gebeutelt habe, ist der Meixner Peter aus dem Büro gekommen. Das ist der Geschäftsführer im ‚Steirerwirt'. Er ist gleich dazwischengetreten und hat sich eingemischt. Er hat mir dann gesagt, dass die Braut halt entführt worden ist. Und gelacht haben's dabei, alle zwei. Ich war total von der Rolle, weil eine Entführung von mir zwar geplant war, schon, die Vroni hat das sogar wollen, weil's angeblich so romantisch ist, und der Rudi, der Karl und der Fredi hätten sie wegholen sollen. Aber erst nach dem Essen. So haben wir es ausgemacht. Ich hab' mich wirklich nicht ausgekannt, was da passiert ist. Wer hat denn jetzt meine Vroni entführt??? Dann sind die zwei endlich mit der Wahrheit herausgerückt. Der

Nikodem, das ist der Pole, hat gesehen, wie die Vroni an der Hand einer mit einer Kapuzenjacke bekleideten Person gerade dabei war, das Haus durch die Hintertür zu verlassen. Er, der Pole, habe noch gerufen, dass er den Schweinsbraten schon serviert habe, die Braut aber habe ihm lachend gesagt, dass jetzt der Brautraub stattfindet und ihm mit dem Finger vor dem Mund bedeutet, nichts zu verraten. Dann sind die beiden mit einem hellen Auto weggefahren. Richtung Bundesstraße."

Die letzten Worte kamen immer leiser über seine Lippen. Dann kippte sein Kopf wieder auf seine am Tisch liegenden Arme.

„Konnte der Kellner erkennen, ob es sich bei dieser Person mit der Kapuzenjacke um einen Mann oder eine Frau gehandelt hat?"

„Nein. Das habe ich ihn auch gefragt, aber er hat nur gesagt, dass die Person die Kapuze über den Kopf gezogen hatte. Er habe kein Gesicht erkennen können."

„Ich verstehe. Schade. Das wäre sehr wichtig zu wissen! Sagen Sie mir bitte jetzt nur noch eines, Herr Ebeneiner. Ihre Frau hatte zum Hochzeitsdirndl einen Trachtenschmuck angelegt. Trug sie eine Halskette oder ein Kropfband?"

„Ein Kropfband hat sie gehabt."

„Können Sie es beschreiben?"

„Ach Gott!", seufzte er. „Das weiß ich nicht. Ich glaub' mit Silberketten dran."

„Etwas anderes. Wie lange hat es gedauert, bis mit der Suche begonnen wurde? Nur zirka."

„Schon eine Weile, weil es erst einmal eine heftige Streiterei gegeben hat. Dass mir meine drei Freunde, die für den Brautraub vorgesehen waren, vielleicht einen Streich spielen wollten, hab' ich gedacht und entsprechend reagiert. Dann habe ich geglaubt, dass es die Jäger waren, die mir die Vroni entführt haben, aber als alle versichert haben, dass sie das nicht geplant und schon gar nicht ausgeführt haben, da ist mir mulmig geworden. Ich hab‘ gleich den Lechleitner angerufen und um Rat gefragt, was wir da machen können.“

„Ich schätze jetzt grob, dies wird so nach dreißig bis vierzig Minuten gewesen sein“, half ich auf gut Glück nach.

„Ja, schon. Wahrscheinlich“, seufzte er und lehnte sich erschöpft zurück.

Ich erwähnte nichts von dieser merkwürdigen Botschaft in der Rocktasche seiner Frau. Ich hatte ja beschlossen, darüber vorläufig überhaupt nichts verlauten zu lassen.

„Kann ich die Vroni sehen?“, fragte Ebeneiner plötzlich. „Wo ist sie denn jetzt? Noch im Spitalgraben?“

„Nein, sie liegt nicht mehr dort. Sie ist bereits in der Bestattung, aber ist noch nicht zur Beerdigung freigegeben. Wenn diese nach den gerichtsmedizinischen Untersuchungen erfolgt ist, können Sie mit dem Bestatter über das Begräbnis sprechen, denke ich. Vorderhand, leider, noch nicht.“

„Aha!“ Ebeneiner wirkte erneut ziemlich apathisch.

Es erschien mir momentan das Beste, ihn in Ruhe zu lassen. Ich stand auf.

„Danke vielmals, dass Sie bereit waren, mit uns zu sprechen. Für den Moment belasse ich es dabei und belaste Sie nicht mit weiteren Fragen. Ich ersuche aber schon jetzt um Verständnis, wenn ich nochmals kommen muss, um das eine oder andere noch zu erörtern.“

Ich deutete Lechleitner, dass ich aufbrechen wollte. Der erhob sich ebenfalls und Inspektor Gloger drückte Ebeneiner sanft auf die Bank zurück, als dieser aufstehen wollte.

„Lass nur, Manni! Wenn‘st willst, bleib ich jetzt noch ein wenig bei dir.“

„Danke, Wolfi,“ murmelte Ebeneiner nur und winkte uns kurz zu, als wir das Haus verließen.

„Der Mann ist ja völlig gebrochen“, stellte ich unnötigerweise fest, während wir zur Polizeistation zurückfuhren. „Verständlich, bei so einem entsetzlichen Schicksalsschlag.“

„Ich bin ein wenig in Sorge um ihn“, meinte Lechleitner. „Der Manni ist, auch wenn es momentan nicht so aussieht, wie ein brodelnder Vulkan. Da kann aus der vermeintlichen Ruhe und Gelassenheit urplötzlich ein Ausbruch kommen. Er hat vorhin doch gesagt, dass er den Ober im Gasthaus ‚ein wenig gebeutelt‘ hat. ‚Gebeutelt‘ ist eher ein Hilfsausdruck. Der Meixner ist gerade noch dazugekommen, die beiden zu trennen. Der Manni war drauf und dran, den verdatterten Ober zu verdreschen. Angeblich hätte der Mann ihm mit entsprechenden Gesten angedeutet, dass dem Manni eben Hörner aufgesetzt werden. Da ist er natürlich heißgegangen. Angespannt, nervös, verunsichert war er und getrunken hat er sicher auch schon etwas. Da fehlt zur Aggression nicht viel. Besonders beim schnell jähzornigen Manni.“

„Ich will die Leute vom ‚Steirerwirt‘ auch noch genau befragen. Hast du dir eine Liste der Hochzeitsgäste mit Namen, Adressen und Telefonnummern geben lassen?“

„Das haben wir alles. Liegt schon auf deinem Schreibtisch in der Station, Toni!“

„Danke. Eine andere Frage, Jacopo: Hat irgendwer von denen vielleicht einen Hinweis geben können, ob der Entführer ein Mann oder eine Frau war? Das wäre wirklich wichtig zu wissen!“

„Da tappen wir im Dunkeln, Toni. Leider. Außer dem Nikodem hat niemand diese Gestalt gesehen. Und der sagt nur, dass er eine Person mit übergezogener Kapuze erkannt hat. Wie Manni vorhin ausgesagt hat."

Ich schüttelte unwillig den Kopf.

„Das gibt es doch nicht. Jemand mit einer Kapuzenjacke – so etwas fällt doch auf. Noch dazu im Juni!! Der oder die muss zumindest in der Nähe gestanden sein und gewartet haben. Ich nehme nicht an, dass die Braut die einzige war, die aufs Häusl gegangen ist. Da müsste doch jemand diese Gestalt bemerkt haben. Habt ihr diesbezüglich auch bei den Hochzeitsgästen Erkundigungen eingezogen?"

„Nein, leider. Dazu ist noch keine Zeit gewesen. Außerdem waren alle im Speiseraum. Wir sind nach der Vermisstenanzeige in der Gegend herumgefahren und haben Ausschau nach einem hellen PKW gehalten, haben herumtelefoniert und uns die Finger wundgemailt."

„Sei also so nett und frage dich durch die Hochzeitsgäste, ob sie jemanden mit einer Kapuze bemerkt haben und ob uns jemand Fotos zur Verfügung stellen kann, auf denen die Braut gut erkennbar ist. Wir wissen immerhin, dass –"

„Ein Foto von ihr haben wir, Toni", unterbrach er mich. „Ohne ein solches wäre die Fahndung nach der Vermissten ja sinnlos gewesen."

„Gut gebrüllt, Löwe", spottete ich friedlich. „Aber ist darauf auch das Kropfband zu sehen?"

„Nein, natürlich nicht. Es ist so ein Schiachfoto von ihrem neuen Reisepass. Ein Jahr alt."

„Jacopo, mein Lieber, wir wissen momentan immerhin ein bisserl was in diesem mysteriösen Fall. Die Trachtentasche und das Kropfband fehlen bei der Leiche. Also sind die Sachen gewissermaßen im Umlauf. Vielleicht verschafft uns jemand ein Foto, auf dem auch ihre Trachtentasche zu erkennen ist. Beim Auszug aus der Kirche oder bei sonst einer Gelegenheit während der Hochzeit. Das wäre sehr hilfreich."

„Also, wenn der Täter aufs Geld versessen war, dann hätte er sicher sämtlichen Schmuck behalten. Immerhin silberner Trachtenschmuck. Der wäre unschwer zu verkaufen."

„Denke ich auch. Aber kommt Zeit, dann kommt auch für den Abgebrühtesten die Versuchung, Dinge zu Geld zu machen. Ich glaube, er oder sie hat wahrscheinlich alles noch bei sich. Das kann verräterisch sein. Ich wette meinen Kopf, dass er oder sie die Sachen möglichst bald loswerden will. Es sind immerhin schon zwei Tage seit der Entführung vergangen. Vielleicht ist alles sogar schon irgendwo in eine Mülltonne geworfen worden."

„Gut möglich, Toni! Wir können aber unmöglich eine Horde Polizeischüler anfordern, die bei der Müllentsorgung jeden Plastiksack nach einer Trachtentasche durchwühlen."

„Weiß ich auch, Jacopo. Aber vielleicht hilft uns Kollege Zufall und einer der Müllmänner sichtet das entsorgte Kropfband oder die Trachtentasche."

„Bene! Das sollte man unbedingt ins Auge fassen. Ich schicke dem Müllentsorger jetzt gleich eine E-Mail, damit er seine Leute darauf aufmerksam macht."

„Noch besser, Freund: Ruf ihn doch einfach an. Reden ist immer besser als mailen. Es geht schneller und du kannst sicher sein, dass der andere deine Botschaft sogar verstanden hat."

„Schneller schon, Toni, aber die Burschen dort sind sehr genau. Da laufen oft mehrere Suchanfragen pro Tag ein. Weil irgendwer etwas versehentlich weggeworfen hat, es aber plötzlich dringend braucht. ‚Gestern ist der Kübel entleert worden', wird gejammert, ‚geh schaut's doch bitte…‘ und so weiter. Da hat ein schriftliches Ersuchen der Polizei wesentlich mehr Gewicht und Chancen auf Beachtung.“

Ich nickte zustimmend.

„Genauso ist es. Was du vielleicht gestern nach längerem Hin und Her aus deinem Sammelsurium endlich entsorgt hast, vermisst du zwei Tage später garantiert. Das ist mir unlängst passiert, nachdem ich eine alte Serviertasse, schäbig und ein wenig zerkratzt, seit Jahren nicht mehr gebraucht, aber in der Größe eigentlich recht praktisch, gegen den Willen meiner Gattin endlich weggeschmissen habe. Ein paar Tage später schneit zufällig eine befreundete Familie herein. Ich, perfekter Hausherr, will alle Getränke gleichzeitig servieren. Wo ist die einzig mögliche Tasse dafür? Weg. Entsorgt!“

Wir waren unterdessen bei der Polizeidienststelle angelangt und wurden von Helga empfangen.

„Du bist beim Gerichtsmediziner schon fertig?“, fragte ich überrascht. „Das ist aber schnell gegangen!“

„Ja, das ist es, und es ist auch genau so gelaufen, wie du vorhergesagt hast.“

„Perfekt! Auch etwas Neues dabei gewesen?“, fragte ich, als wir drei in unserem Arbeitsraum waren.

„Ja, schon. Vorerst etwas Wichtiges: Es sind keinerlei Spuren an der Leiche zu sehen, die auf einen sexuellen Missbrauch hinweisen würden. Nichts in dieser Hinsicht! Gott sei Dank! Dann die Strangulierspur am Hals. Stammt von einem Drahtseil, wahrscheinlich zwei oder drei Millimeter stark, wie es in letzter Zeit gerne bei Metallzäunen gespannt wird. Dann gibt es auch etwas Wichtiges im Gesicht der Toten. Ich habe das auch bemerkt – nachdem die Leiche ausgepackt war und ich nach Kampfspuren gesucht habe –, dass es da etwas Ungewöhnliches gibt. Aber mit der Superlupe des Herrn Gerichtsmediziners war es ganz deutlich erkennbar. Die Frau hat Pfefferspray ins Gesicht bekommen. Auf ihrer Haut und vor allem in den Augen gibt es eindeutige Spuren. Und die Bindehaut zeigt seiner Ansicht nach auch eine ungewöhnliche Veränderung."

„Pfefferspray?", rief ich überrascht. „Da schau her. Das ist doch die wirksamste Verteidigungswaffe der Frau von heute."

„Der Doktor wird versuchen, im Labor herauszufinden, ob vielleicht ein bestimmter Wirkstoff nachweisbar ist. Wir bekommen den Bericht, so rasch es geht."

„Gut, danke, Helga. Sag', einmal, hast auch du Pfefferspray bei dir?"

„Toni! Ich doch nicht!" Sie schüttelte fast empört den Kopf und fuhr mit dem Zeigefinger demonstrativ langsam an ihrer Handkante entlang. „Ich habe eine grundsolide Karateausbildung hinter mir. Die hast du selbst mir voriges Jahr genehmigt. Ich brauche wirklich keinen Pfefferspray."

„Schon gut, schon gut, Helga. Es war nur eine Frage. Aber überlege einmal: War das ihr eigener Pfefferspray oder einer, den ihr Mörder bei sich hatte?"

„Ich könnte den Manni anrufen und fragen, ob sie einen bei sich hatte", überlegte Lechleitner neben mir.

Ich winkte ab. „Nein, lassen wir ihn jetzt in Ruhe. Das läuft uns nicht davon."

„Der Mörder wird den Spray verwendet haben", überlegte Helga laut, „um sie verteidigungsunfähig zu machen. Sie wird sich sicher nicht widerstandslos erwürgt haben lassen, oder? Kampf- oder Abwehrspuren wie Verletzungen, Kratzer oder Hautpartikel unter ihren Fingernägeln haben wir nicht feststellen können. Wahrscheinlich hat sie sich gegen das Erwürgen gar nicht mehr wehren können. Mit einer Ladung Chili in den Augen bist du nämlich völlig hilflos. Dieser Schmerz lässt dich alles um dich herum vergessen."

Ich nickte. „Ja, so könnte es gewesen sein. Gut möglich. Also haben wir einen weiteren Baustein in unserer Nachforschungspyramide. Wo bekommt man als Normalsterblicher einen Pfefferspray her?"

„Im Internet", erläuterte Lechleitner. „Pfefferspray gilt in Österreich zwar als Waffe, doch ab achtzehn Jahren sind Besitz und Mitführen gesetzlich erlaubt."

„Anwendung aber nur gegen Tiere oder im Verteidigungsfall auch gegen Menschen", ergänzte Helga. „Übrigens kannst du dir so einen Spray in Deutschland auch schon in Drogeriemarktketten besorgen."

„Tja", meinte ich, „da kommen wir momentan also nicht viel weiter. Aber immerhin. Falls wir später einmal Hinweise auf die eine oder andere verdächtige Person in der Hand haben, lassen sich gezielte Nachforschungen anstellen. Per Post, Paketdienste und so weiter über Zusendung von Absendern, die auch Pfefferspray liefern könnten."

Wenig später saßen Helga und ich in unserem Besprechungszimmer, welches wir zur Verfügung gestellt bekommen hatten, und ich verfasste einen ersten Bericht an Zeus. Viel Erhellendes konnte ich allerdings noch nicht melden, vor allem nicht, dass wir über das Motiv der Tat auch nur annähernd Bescheid wüssten.

Als ich fertig war und mich entspannt zurücklehnte, kam Helga mit einer Unterlage zu mir.

„Hier sind die Teilnehmer an der Hochzeitstafel im ‚Steirerwirt'. Eine eigenartige Zusammensetzung, finde ich."

„Aha", machte ich nur und nahm das Papier in Empfang. „Was ist denn daran so eigenartig?"

„Bei dieser Hochzeitstafel fehlen alle Familienangehörigen. Niemand unter den Gästen heißt Ebeneiner, niemand Steger oder Seidel. Bei Tisch gesessen sind demnach neben dem Brautpaar ausschließlich seine Biker Freunde und Jagdgefährten."

„Ups! Das ist nicht alltäglich. Mir scheint, die beiden Familien sind einander nicht grün, wie man so treffend sagt."

„Das hat Jacopo auch gesagt. Er meint, dass die Ebeneiner quasi zum Agraradel von Gröbming zählen oder einmal gezählt haben, hingegen die Seidelfamilie nur zum zugereisten Volk. Keine Ackerkrume unter den Fingernägeln, wie böse Zungen gerne ätzen."

„Ach Gott!", seufzte ich. „Immer das alte Lied. Das sollten wir aber dennoch morgen hinterfragen. Ob da nicht doch Standesdünkel in unserer causa mitspielt? Denk nur an die Botschaft mit dem geheimnisvollen Quitt-sein! Solches Denken sollte doch längst überwunden sein, aber herkunftsbewusste Hofeigentümer, oft in der weiß Gott wievielten Generation, die hängen selbst heute noch solchen Vorstellungen an. Helga, die Sache wird daher spannend!" Ich überflog die Liste der Teilnehmer. „Sind nicht einmal die Trauzeugen eingeladen gewesen?"

„Das habe ich Jacopo auch gefragt, aber das weiß er leider auch nicht. Unter den sechzehn Gästen sind fünf Frauen angeführt. Ich bin mir sicher, dass darunter seine und ihre Trauzeugen zu finden sind."

„Mir geht noch jemand ab, Helga. Und das finde ich ebenfalls eigenartig!"

„Noch wer?", fragte Helga, wenig interessiert.

„Der Pfarrer! Ich kann mich an keine christliche Hochzeit erinnern, bei der der Geistliche bei Tisch nicht mitgefuttert hat."

„Richtig, Toni! Was könnte das für uns bedeuten?“

„Tja, was wohl? Vielleicht hatte er keine Zeit oder er war aus irgendwelchen Gründen mit der Trauung nicht einverstanden, hat sie aber letztendlich doch gemacht. Oder er hat etwas gegen die eine oder andere Familie, obwohl die gar nicht dabei waren. Oder vielleicht hat der Zelebrant sogar schon eine Ahnung gehabt, was sich ereignen wird?“, meinte ich nachdenklich.

Wir blickten einander einige Zeit lang wortlos an. Beide hatten wir offenbar den gleichen Gedanken, wagten ihn aber nicht auszusprechen. Erst nach ein paar Schrecksekunden fand Helga ihre Sprache wieder.

„Nein, Toni!“, platzte sie heraus. „Das ist unmöglich! Das kann es doch nicht geben!“

„Ich halte es auch für undenkbar, dass ein Geistlicher in unseren Fall verwickelt sein könnte!“, stimmte ich ihr zu.

Dass wir uns nicht vorstellen konnten, ein Geistlicher hätte bei der Entführung seine Hände im Spiel gehabt haben, darin wurden wir in den kommenden Tagen bestätigt. Dass aber cin Geistlicher mir einen entscheidenden Hinweis zur Aufklärung geben würde, das konnten wir natürlich noch nicht wissen …

Mittwoch, 16. Juni, Vormittag

Tags darauf begab ich mich in Begleitung von Lechleitner zum ‚Steirerwirt', wo sich am vergangenen Sonntag der unerklärliche Brautraub ereignet hatte. Auf der Fahrt dorthin äußerte er die Vermutung, man werde im ‚Steirerwirt' unser Auftreten als behördliche Prüfungen interpretieren, ob für alle Damen und Herren des Personals, insbesondere jene mit Migrationshintergrund, die amtlichen Meldungen und die notwendigen Arbeitsgenehmigungen vorliegen. Wie recht er hatte erlebten wir wenig später. In der Mitte des Eingangsbereiches vom ‚Steirerwirt' erwartete uns schon ein breitschultriger Mann mittleren Alters, hinter dem eine Tür mit der Aufschrift, ‚Magazin' eben heftig zugeschlagen worden war.

„Griaß di, Herr Inspektor", rief er übertrieben freundlich und schüttelte Lechleitner die Hand. „Es ist alles schon für euch vorbereitet. Mittwoch ist bekanntlich der übliche Prüfungstag, nicht? Du kannst gleich in mein Büro gehen und dort die Listen checken. Bei mir ist immer alles in Ordnung. Alle Mitarbeiter sind ordnungsgemäß angemeldet." Er blickte mich kurz an. „Die Verstärkung hättest du wirklich nicht notwendig gehabt. Bei mir doch nicht!"

„Sicher nicht, Peter", lächelte Lechleitner milde. „Du kannst durchaus beruhigt sein, die Polizei prüft heute nicht illegale Ausländerbeschäftigung, sondern sie hat eine ganz andere Aufgabe. – Das ist Peter Meixner, der Geschäftsführer des Lokals,", erläuterte er mir, „und der Herr neben mir" – er deutete, nachdem er sich wieder dem Geschäftsführer zugewandt hatte, mit dem Daumen in meine Richtung – „ist keine Verstärkung für mich, sondern ich bin vielmehr als Verstärkung für ihn mitgekommen. Herr Kriminalhauptkommissar Schrempf vom

Landeskriminalamt hat einige Fragen an dich und an einen deiner Mitarbeiter. Es geht um den Brautraub Ebeneiner vom vergangenen Sonntag."

„Oh!" Meixner tat überrascht. „So ist das. Also keine schikanöse Prüfung durch die Behörde. Na, da freut man sich doch."

„Ich möchte ein paar Worte mit Ihrem Kellner, einem Herrn Nikodem, sprechen. Lassen Sie ihn bitte holen", begann ich meine Arbeit im ‚Steirerwirt'.

„Nikodem????", kam eine erstaunte Frage zurück. „Welchen Nikodem meinen Sie?"

„Jenen Kellner, der bei der Hochzeitstafel am Sonntag serviert hat."

Der Geschäftsführer schüttelte den Kopf. „Hier gibt's aber keinen Kellner, der Nikodem heißt."

„Was Sie nicht sagen!", staunte ich theatralisch. „Ich habe allerdings die Information, dass Sie selbst während der Hochzeitstafel einen handgreiflichen Streit zwischen diesem Kellner und Herrn Ebeneiner geschlichtet haben."

Jetzt hellte sich das Gesicht des Geschäftsführers etwas auf.

„Ach, den meinen Sie!", rief er verstehend. „Den Nico wollen Sie sprechen. Aber der war am Sonntag kein Kellner nicht, sondern nur ein Besucher."

„Ein Besucher, der Suppe und Hauptgericht serviert hat?", entgegnete ich, ohne meine Skepsis zu verbergen.

„Ja, ja, er war nur Hilfe", wiederholte Meixner und plapperte eindringlich weiter. „Weil er nur ganz zufällig da war. Und weil das auch so eine große Gesellschaft war, die Hochzeitstafel. Achtzehn Leute! Der Nico hat nur seine Schwester besucht, die in der Küche bei mir arbeitet. So war das. Weil er gewissermaßen beide Hände freigehabt hat, hat er ganz freiwillig mitgeholfen zu servieren. Er ist am Abend wieder nach Hause gefahren."

„Geben Sie mir bitte seinen Namen und die Adresse."

„Keine Ahnung, wie er mit vollem Namen heißt. Nur Nico", wich Meixner aus. „Auch nicht, wohin er gefahren ist."

„Dann fragen Sie Ihre Küchendame, seine Schwester. Es ist wichtig!"

„Oje!", bedauerte Meixner erneut. „Die hat heute keinen Dienst. Sie hat sich freigenommen."

Angesichts dieser unglaubwürdigen Informationen wurde ich langsam ärgerlich.

„Ich mache Sie darauf aufmerksam, Herr Meixner", sagte ich energisch und warf Jacopo einen vielsagenden Blick zu, „dass es sich bei unserem Gespräch nicht um ein lässiges Geplauder, sondern um eine kriminalpolizeiliche Untersuchung handelt. Es wäre Ihnen daher dringend anzuraten, bei der Wahrheit zu bleiben. Ich glaube nämlich nicht an Ihren zufälligen Gast."

„Aber bitte!", rief Meixner aufgebracht. „Wie kommen Sie denn dazu, mir einfach die Unwahrheit zu unterstellen?"

Ehe ich darauf eingehen konnte, trat Lechleitner dazwischen.

„Peter!", sagte er energisch. „Hör bitte mit deinem Herumreden auf. Die Situation ist zu ernst. Hier geht es nicht um illegale Ausländerbeschäftigung, sondern um Aufklärung eines Verbrechens. Dein angeblich zufällig helfender Gast war offenbar der einzige, der die Brautentführung und vor allem jene Person gesehen hat, die mit der Braut weggefahren ist. Die Entführte ist ja umgebracht worden. Weißt du das denn nicht?! Dieser Nikodem ist daher ein sehr wichtiger Zeuge."

„Wie bitte?", rief Meixner völlig entsetzt und prallte einen Schritt zurück. „Die ist umgebracht worden? Ja, um Gottes Willen!"

„Hörst du denn nicht Radio?", fragte Lechleitner. „Die Nachrichten gestern Abend und heute in der Früh waren voll davon. Gestern in der Früh ist sie gefunden worden. Tot. In Gröbming, im Spitalgraben!"

„Ich habe ja ... keine Ahnung gehabt", stotterte Meixner. „Ich war gestern den ganzen Tag in der Sölk wegen Schwammerln besorgen und heute –"

„Hol den Mann jetzt her", unterbrach Lechleitner, „oder besser, geh selber ins Magazin hinter dir und hol ihn heraus", fügte er energisch hinzu. „Dort versteckt sich dein sogenannter Gast höchstwahrscheinlich. Wir haben ja jemanden dort hineinhuschen gesehen, wie wir gekommen sind. Aber nun flott, Peter! Heraus mit ihm!"

War es der harsche Tonfall Lechleitners oder kam der Geschäftsführer selbst zur Einsicht, dass ihn ein weiteres Versteckspiel um und mit dem Kellner Nikodem nur in Schwierigkeiten bringen würde? Jedenfalls machte er schließlich eine resignierende Handbewegung.

„Na ja, wenn das so ist – dann muss ich ihn wohl herholen", murmelte er, worauf er sich umdrehte und hinter der Magazintür verschwand. Wenig später erschien er wieder in Begleitung eines ziemlich verängstigten jungen Mannes.

„Bitte", sagte Meixner und legte ihm die Hand auf die Schulter. „Das ist er."

Nikodem Polwezcyck war zunächst total verschüchtert und gab, nachdem wir seine Personalien notiert hatten, nur verschreckt knappe Antworten, wurde aber, als Meixner ihm versicherte, dass ihm nichts geschehen werde, etwas gesprächiger, soweit seine Deutschkenntnisse es zuließen. Allerdings konnte ich von ihm letztendlich auch nicht mehr erfahren als das, was Ebeneiner und Lechleitner mir bereits mitgeteilt hatten. Wichtig war mir jetzt die Frage nach der Person des Brautentführers.

„Kann nicht sagen, ob Mann war oder Frau", beteuerte Polwezcyck. „Hat Kapuze über Kopf gehabt und weite Jacke, was geflattert ist beim Gehen. Hat Kopf abgewendet gehabt."

„Wo sind Sie denn gestanden, als Sie die beiden gesehen haben?", setzte ich nach.

„Ich kommen aus Küche mit Gurkensalat und habe gesehen Brautfrau Richtung Ausgang hinten geht. War an Hand von Kapuze."

„Ist Frau Ebeneiner weggezerrt worden?"

„Nix. Braut an Hand hat gelacht, wirklich, und gesagt, braucht Schweinsbraten nicht, weil sie wird jetzt weggestohlen. Und hat gedeutet mit Finger vor Mund, ich das nicht verraten darf. Scheff kann bestätigen."

„Ja", nickte Meixner kleinlaut. „Das hat er mir genauso erzählt. Und dass die beiden dann beim Hinterausgang hinaus und in einem hellen Auto weggefahren sind. Nach rechts. Zur Bundesstraße."

„Haben Sie diese merkwürdige Gestalt auch gesehen, Herr Meixner?"

„Nein. Ich war im Büro und bin erst herausgekommen, weil ich Niko mit jemandem heftig streiten gehört habe." Er runzelte die Stirn. „Aber warten Sie! Weil Sie gesagt haben, dass diese arme Frau umgebracht worden ist – da fällt mir etwas ein. Ich habe einige Zeit davor etwas anderes vor meiner Bürotür gehört. Ich weiß aber nicht, ob das mit dem Brautraub im Zusammenhang gewesen sein kann."

„Das wird sich zeigen. Also, was haben Sie denn gehört?“, forderte ich ihn auf zu berichten.

„Meine Bürotür war nur angelehnt, ich mach‘ sie ja nie ganz zu, weil sie auch ein wenig klemmt. Na, wurscht. Ich habe eine Frauenstimme gehört, die irgendwie erstaunt ‚Was? Du machst das?‘ oder so etwas ähnliches gesagt hat. Und dann habe ich auch ‚Jetzt schon?‘ verstanden und eine Stimme hat irgendwie beschwichtigend versichert ‚Das habe ich mit ihm ausgemacht‘ oder ‚… haben wir vereinbart‘. So genau weiß ich das nicht. Ich habe ja nicht extra aufgepasst. Aber jetzt, im Nachhinein …“

„Denken Sie genau nach, Herr Meixner. War die andere Stimme, die Sie gehört haben, eine Männerstimme oder eine Frauenstimme?“

„Das kann ich wirklich nicht sagen. Es war eine irgendwie sehr melodiöse Stimme, aber irgendwie tiefer. Wissen Sie, in unserem Vorraum gehen immer viele Leute hin und her, da gibt es viele Stimmen, da wird oft viel durcheinandergeredet.“

„Es können aber in diesem Moment nicht viele Leute herumgegangen sein, Herr Meixner, sonst hätten Sie diese Worte nicht so gut verstehen können, denke ich einmal. Können Sie wenigstens die weibliche Stimme der Braut, also Frau Ebeneiner, zuordnen?“

„Nur sehr vage, Herr Kommissar, weil sie vorher noch nie bei uns essen war. Ich hab sie nicht gekannt.“

„War die Braut denn nicht bei der Besprechung der Hochzeitstafel mit dabei?“

„Nein, nein, das hat nur der Manni mit mir besprochen.“

„Eigentlich merkwürdig, dass er da seine Zukünftige nicht einbezogen hat. Finden Sie nicht auch?“

„Nein. Das ist nicht ungewöhnlich. Manchmal haben die Frauen keine Zeit oder sie kommen ohne den Gatten und bestellen das Mittagessen. Für mich ist nur wichtig, für wann alles fertig sein muss, für wieviel Leute und wer die Rechnung bekommt."

„Wer bekommt denn die Rechnung?"

„Nicht der Brautvater, denn der alte Seidel tät sich schwer beim Zahlen. Außerdem war er ja nicht unter den Gästen. Sie, die Braut wird die Rechnung bekommen." Er stutzte. „Jessas!", murmelte er verstört, „wie ist denn das jetzt? Die ist ja …"

„Machen Sie es, wie Sie vereinbart haben. Die Rechnung geht dann in die Erbmasse", belehrte ich ihn.

„Da könnt ich sie besser gleich dem Manni übergeben, oder?", fragte Meixner vorsichtig.

„Das würde ich eher nicht tun, denn Sie wissen ja nicht, wie die Erbschaft geregelt ist."

„Ach so, na ja, wie Sie meinen. Aber eine Erbschaft könnte der Manni recht gut vertragen, denk ich."

„Herr Ebeneiner wird Ihnen sicher sagen, wohin Sie die Rechnung schicken sollen. Aber etwas anderes, Herr Meixner. Wieviel Zeit ist denn vergangen, bis die Leute aufgebrochen sind, die Braut zu suchen?"

„Also, Niko!" Meixner stupste den während der Unterredung verunsichert hin- und herblickenden Kellner auf die Brust. „Jetzt denke nach. Wann ist Frau Ebeneiner mit dem Kapuzenmensch weggefahren und wie lange hat es gedauert, bis der Bräutigam dich gefragt hat, wo seine Frau ist?"

„Nicht genau ich wissen", wehrte der Pole ab. „Wie Frau war weg, ich hab' in Küche Schweinsbraten und Schnitzel auf Tablett geladen und im Saal mit Maria serviert. Dann wieder Küche für Salate und in Saal. Dann war Mann im Vorraum und hat nach Frau gefragt, aber ich hab' nichts gesagt. Mann ist böse geworden –"

„Ja, ja", unterbrach Meixner. „Danke, Niko. Schon gut. Ich schätze, das waren wahrscheinlich fünfzehn Minuten. Anschließend, nachdem ich dem Manni erklären musste, dass man ihm die Braut geraubt hat, ist er zurück in den Saal gelaufen. Worauf es dort ein lautstarkes Tohuwabohu gegeben hat. Alle haben durcheinandergeredet, große Aufregung, viele Telefonate. Bis die ersten Autos und Motorräder zur Suche aufgebrochen sind, ist sicher noch eine halbe Stunde vergangen."

„Sie haben gesagt", wandte ich mich wieder an den Kellner, „dass das helle Auto nach rechts, Richtung Bundesstraße weggefahren ist. Wie konnten Sie das erkennen?"

Nikodem deutete zum Fenster.

„Von hier aus man kann Auto erkennen was vorbeifahren. Auto ist vor Hintereingang gestanden, wohin Frau gegangen ist mit ihm."

„Konnten Sie die Automarke erkennen oder das Nummernschild?"

Er schüttelte den Kopf. „Fenster zu hoch und wenn Auto von Hintereingang aus Hof wegfahren, dann muss zwischen allen geparkten Autos und Motorradeln durch. Man sieht nicht von hier. Erst auf der Straße habe ich gesehen, wohin Kapuzenmensch gefahren."

„Sie haben die Kapuze im Auto erkannt?", wollte ich noch wissen.

Der Kellner nickte heftig. „Ja, ja, habe gesehen."

„Sie waren doch in Ihrem Büro, Herr Meixner", wandte ich mich an den Geschäftsführer. „Ihr Fenster geht ebenfalls auf den Hof hinaus. Haben Sie dieses helle Auto auch gesehen?"

„Leider nicht, Herr Kommissar. Das sind blinde Scheiben, damit mir nicht jeder zweite Lieferant beim Arbeiten zuschaut und ich meine Ruhe haben kann. Aber selbst wenn – im Hof stehen immer Autos herum. Auch von Gästen, denn unser Parkplatz vorne ist nicht sehr groß. Am Sonntag war überhaupt alles mit Motorrädern gerammelt voll."

Mehr war im Moment offenbar nicht zu erfahren. Ich fertigte mir dann eine Lageskizze vom Vorraum an, wo sich die Entführung abgespielt hat.

Der war leicht zu überschauen. Er wurde in Richtung Eingang durch einen mit Prospekten und Werbematerial bestückten halbhohen Ständer in zwei Hälften geteilt. Wenn man vom Eingang kommt, gehts es links am Raumteiler vorbei zu den Gasträumen und zur Küche, rechts zu den Türen vom Magazin und dem Büro von Meixner. In einer schmalen Verlängerung des Vorraums zwischen Küche und Büro gelangt man zur Hintertür, vor der sich die Klosetts befinden. Da der Raumteiler nur bis zur Hälfte des Vorraums reicht, kann man beim Verlassen der Küche auch nach links sehen. Ich konnte mir den Ablauf hier recht gut vorstellen. Der Ober Nikodem kommt gerade aus der Küche und sieht links Frau Ebeneiner an der Hand einer unbekannten Person in den Gang zum Hinterausgang gehen. Er macht ein paar Schritte in ihre Richtung und ruft ihr nach, dass der Schweinsbraten serviert wird, sie aber deutet ihm, er soll den Mund halten und nicht verraten, dass sie geraubt wird. Da der Gang zur Hintertür relativ schmal ist, kann es durchaus sein, dass man, wenn man ihr nachblickt, nur eine Kapuze wahrnehmen kann.

Nach allem, was wir nun in Erfahrung gebracht hatten, hatte der Brauträuber eine dreiviertel Stunde Vorsprung. Also ausreichend Zeit, die Braut in ein wahrscheinlich vorbereitetes Versteck zu fahren. Es bestand demnach am Sonntag fast keine Chance mehr, die geraubte Braut zu finden.

„Eine Frage, Peter." Lechleitner zog Meixner zur Seite. „Wenn du eine Braut entführen würdest – wohin tätest du mit ihr fahren?"

„Hm", machte Meixner. „Wohin?" Er dachte angestrengt nach. „Ich würde sie vielleicht zum ‚Häuserl im Wald' fahren, denn die meisten Brautentführungen enden eher beim ‚Bierfriedl' in Pruggern oder, wenn's weit sein soll, beim Schrempf in Tipschern. Dort wird's dann teuer für den Bräutigam, denn die Entführer haben genug Zeit eine ausgiebige Konsumation zu machen. Aber in diesem Fall jetzt – mein Gott! Ich kann es immer noch nicht glauben, dass die Braut umgebracht worden ist, wie du sagst! Schrecklich! Und der Herr Kommissar meint, dass der Mörder auch der –"

„Es ist mit Sicherheit anzunehmen, dass es ein und dieselbe Person war", unterbrach Lechleitner.

„Ja, aber Himmelherrgott noch einmal, warum denn?"

„Herr Meixner!" Ich tätschelte ihm freundlich auf die Schulter. „Das möchten wir alle gern wissen! Deshalb muss ich mich ja für Ihren Kellner interessieren. Der Mann ist enorm wichtig!"

Polwezcyck, der die ganze Zeit regungslos neben Meixner ausgeharrt hatte, hob abwehrend die Hände.

„Ich nicht wichtig! Ich nicht wissen, was passiert. Frau ist mit Kapuzenmensch fröhlich gewesen. Hat gelacht –"

„Aber ja, das haben Sie uns schon erzählt", beruhigte ich ihn. „Halten Sie sich aber zu unserer Verfügung, denn Sie werden als Zeuge gebraucht werden."

Jetzt erschrak der Pole heftig.

„Scheff muss Zeuge gehen“, rief er unsicher, „weil –“

„Ich weiß, ich weiß!“ Lechleitner war die Freundlichkeit in Person. „Herr Meixner wird Sie heute noch bei der Behörde anmelden, damit alles seine Ordnung hat. Man muss halt das Datum ein wenig ...äh ...einrichten. Sie kommen dann zu uns auf die Polizeidienststelle und wir protokollieren Ihre Aussage. Wir brauchen nur Ihre Unterschrift. Und du, Peter, ebenfalls. Wir müssen unbedingt festhalten, was du gehört hast.“

Während unserer Rückfahrt nach Gröbming wurde wenig gesprochen. Lechleitner schien in Gedanken versunken zu sein und ich dachte über die nächsten Schritte nach.

„Eines ist klar, Toni“, sinnierte mein Freund vor sich hin. „Sie muss diesen Kapuzenmensch gekannt haben. Sie war nur überrascht, dass jemand anderer als vermutet den Brautraub durchführt. Er oder sie hat sie aber beruhigt und versichert, dass alles mit dem Bräutigam vereinbart war.“

„Wir werden nach jemandem mit tiefer, aber doch melodischer Stimme fahnden müssen“, bestätigte ich. „Nach einer Zarah Leander, wenn’s eine Frau war oder nach einem Adriano Celentano, wenn’s ein Mann war.“

Jacopo blickte mich grinsend an. „Toni, ich fürchte, bei diesem Fall, da beißt ihr euch vom Kriminaldienst die Zähne aus.“

„Ho, ho!“, machte ich auf Optimismus. „Das wird kein Fall für brüchige Zähne! Oh nein! Das war bestimmt nicht die zufällige irre Tat eines Verrückten. Dies wäre ein gewaltiges Ermittlungsproblem. Da hättest du recht. Aber das Opfer hat ihn oder sie gekannt und war einverstanden, sich rauben zu lassen! Das wird mit Sicherheit sehr hilfreich sein!“

Auf der Polizeistation berichtete ich Helga von den Aussagen des Kellners und des Geschäftsführers.

„Na, das ist schon etwas“, nickte sie. „Also kein Depp, der wahllos zugeschlagen hat.“

„Wahrscheinlich nicht. Auch wenn man an den Zettel in der Tasche vom Dirndl denkt! Die zwei müssen einander gekannt haben. Wahrscheinlich sogar sehr gut. Da wird es möglicherweise gar nicht so schwer werden, diese Person auszuforschen.“

„Wer von uns zwei wird forschen?“ Helga lächelte plötzlich spöttisch.

„Was meinst du mit ‚wer von uns zwei‘?“, fragte ich überrascht zurück.

„Ganz einfach: Du oder ich. Zeus will das nämlich wissen!“

„Oh! – Er hat sich gemeldet?“

„Na, sicher! Er hat sich gewundert, dass *du* gestern den Bericht geschickt hast und nicht ich. Du wärest nämlich nur als Hilfe für mich geschickt worden, hat er gemeint.“

Ich verstand und hob sogleich abwehrend die Hände.

„Alles klar, Helga. Entschuldige bitte! Du, Frau Oberinspektor Tredor, wirst natürlich den Fall führen. So wie du von Zeus nach Gröbming ausgeschickt wurdest. Ich bin nur Assistenz. Alles klar!“

„Nein, nein, Toni“, entgegnete sie lachend. „So einfach ist das nicht. Ich kann meinen langjährigen Chef doch nicht zum Assistenten machen. Das geht nicht.“

„Ich hätte sicher kein Problem damit, Helga! Wirklich nicht!“

„Aber ich. Du bist jetzt da und nimmst daher den Fall in deine Agenda. Schluss der Diskussion! Ich habe Zeus auch schon in diesem Sinne geantwortet und um Zustimmung gebeten, dass wir tauschen. Wie früher, in der guten alten Zeit. Ich arbeite in diesem verworrenen Brautraubmord gerne als deine Assistentin."

Im Grunde genommen hatte Zeus recht, dieser schlaue Fuchs. Ich bin gestern eigentlich nur als Hilfe geschickt worden und habe vor Ort gleich so getan, als wäre ich der leitende Kommissar. Ich habe Helga, ohne nachzudenken, zum Gerichtsmediziner beordert, habe sie heute beauftragt, die Liste der Hochzeitsgäste durchzusehen und nach Fotos zu fragen. Ohne ihren Auftrag bin ich mit Lechleitner zum ‚Steirerwirt' gefahren und habe Erhebungen durchgeführt – wie wenn ich selbstverständlich der Boss der Truppe wäre.

„Hat er schon geantwortet?", wollte ich wissen.

„Ja, aber er will, dass du mit dem Tausch einverstanden bist und ihm das auch bestätigst."

„Na ja, Helga, wenn dem wirklich so ist, dann rufe ich ihn an. Verzeih übrigens dem alten Toni Schrempf, dass er so selbstverständlich über dich drübergefahren ist. Ich habe mich halt verhalten wie immer und einfach übersehen, dass du es warst, die beauftragt worden ist."

„Lass es gut sein, Toni. Ich fühle mich wesentlich besser, wenn du anordnest, was zu tun ist. Ich stehe nämlich ziemlich an in dieser Angelegenheit. Daher passt mir alles nur zu gut. Wenn mir etwas nicht passt, habe ich mich immer schon zu rühren verstanden. Aber es tut halt nicht gut, wenn die seinerzeitige Assistenz plötzlich der Chef ist und der Chef zum Assistenten wird. Das habe ich auch Zeus klargemacht."

„Bald wirst du allein das Kommando zu führen haben."

„Hoffentlich. Aber ohne dich als Assistenten! Mit jedem oder jeder anderen, aber nicht mit Hauptkommissar Anton Schrempf."

„Ja, ich bin durchaus einverstanden, dass dieser Tausch vor sich geht", bestätigte ich wenig später Zeus am Telefon. „Helga und ich sind in der ursprünglichen Konstellation ja gut eingespielt."

„Denk ich auch, Toni", meinte er leutselig, ehe er wieder in seinen amtlichen Tonfall zurückfiel. „Wie geht's weiter in Gröbming? Kennt Ihr schon das Motiv für diese völlig sinnlose Untat?"

„Außer dem Zettel, über den ich dir berichtet habe – den ich übrigens vorläufig noch unter Informationsverschluss halte –, haben wir noch nichts. Aber es ist offenkundig, dass die Braut den Entführer gekannt hat. Nach Zeugenaussagen haben die beiden angeblich sehr vertraut miteinander gesprochen."

„Ach! Das ist bemerkenswert. Hat man auch verstanden, was sie gesagt haben?"

„Nicht viel. Aber es wurde bestätigt, dass der Entführer oder die Entführerin mit tiefer, aber melodiöser Stimme gesprochen hat."

„Das ist sicher ein kleiner Hinweis. Was macht ihr also als nächstes?", fragte Zeus sachlich weiter.

„Drei Dinge. Erstens werden wir uns um die Familie der Braut kümmern und uns einmal schlau machen, ob bei dort irgendetwas vorgefallen sein kann, was zu einer Revanchetat geführt haben könnte. Zweitens werden wir die Zentralfrage aller Morde zu beantworten suchen, nämlich: cui bono? Wer hat einen Vorteil aus dem Tod von Frau Ebeneiner? Und drittens werden wir uns das Vorleben der beiden Eheleute ansehen, um herauszufinden, wem diese Botschaft ‚Jetzt sind wir quit!' zugedacht sein könnte."

„Da seid ihr zwei ja ziemlich ausgelastet. Darf ich meinem erfahrenen Hauptkommissar Schrempf noch einen Rat erteilen?"

„Aber ja doch. Ich bitte darum."

„Du hast zu Beginn erwähnt, dass Täter und Opfer einander gekannt haben dürften. Wenn du den Bekanntenkreis der Brautleute beisammenhast, dann siebe einmal jene heraus, die in einem Chor im Alt singen. Von wegen tieferer, melodiöser Stimme."

„Gute Idee! Ich hatte aber nicht vor, mich nur unter Baritonsängern umzuhören."

„Ach Gott!", seufzte es aus meinem Handy. „Du machst dich lustig über mich. Soll sein. Lass' hören, respektive lesen, wenn es etwas Neues gibt. Wir haben bereits Anfragen von Medien. Die sind ständig unruhig und lästig."

Als ich später mit Helga die zahlreichen Hochzeitsfotos, die per WhatsApp übermittelt worden waren, betrachtete, konnten wir auf Vergrößerungen zwar das Kropfband der Braut gut erkennen, die Handtasche allerdings war nur auf wenigen Bildern zu sehen und wenn, dann leider nicht sehr deutlich. Ein geeignetes Foto für eine Suche nach der Handtasche ließ sich daraus nicht erstellen.

„Aber nun zeige ich dir etwas ganz anderes", seufzte Helga, als wir nach fast einhundertzehn Fotos etwas ermüdet einen Kaffee schlürften. „Ich habe nämlich, während du im ‚Steirerwirt' warst, im Internet gegraben und etwas recht Interessantes gefunden."

Sie setzte sich vor ihrem Laptop zurecht und deutete auf einen Zeitungsausschnitt am Display, auf welchem ich aber noch nicht erkennen konnte, welchen Zusammenhang es dabei mit unserer Arbeit geben könnte. Aber bald fiel bei mir der Groschen.

„Da schau her", rief ich überrascht. „Ein Foto von Manfred Ebeneiner in Begleitung einer hübschen Dame. Von wann stammt dieser Artikel?"

„Das ist mehr als zwei Jahre her. Der Bericht stand in der SVZ Lokalausgabe von Radstadt."

„Interessant!", murmelte ich vor mich hin, als ich ihn durchlas las.

Manfred Ebeneiner war Ehrengast bei einer Benefizveranstaltung des örtlichen Bikerclubs namens ‚Die Tauernpassler'. Er wurde als Vizepräsident des Steirischen Landesverbandes der Radsportvereine erwähnt und war in Damenbegleitung. Die Bildunterschrift lautete ‚Manfred Ebeneiner (Gröbming) mit Maria Plachta (Schladming).'

„Ein Motorradfan ist er ja, unser Bräutigam", bemerkte ich. „Das ist jetzt lang her. Wahrscheinlich ist das seine damalige Freundin. Ziemlich intim, wenn ich seiner rechten Hand folge, mit der er sie umfangen hält. Aber das sei ihm gegönnt."

„Was Ihr Männer schon wieder alles bemerkt!" Helga schüttelte missbilligend den Kopf. „Ja, vielleicht. Seine Hand auf ihrem Rücken reicht tief hinunter." Sie hob den Zeigefinger. „Jetzt halte dich bitte an, denn ich habe noch eine Zusatzinformation, die ich aus den Tiefen des Internets herausfischen konnte. Diese Frau Plachta war damals nämlich verheiratet. Ihr Ehemann war und ist der Inhaber der Tierhandlung „Chappi" in Schladming."

„Wieso war?", fragte ich verwundert.

„Sie ist tot. Vor fast genau neun Monaten gestorben."

„Oh! Das ist tragisch. Weißt du mehr?"

„Schon, aber nicht viel. Hier ist die Parte!"

Nach wenigen Tastenklicks erschien die Todesanzeige von Maria Plachta auf dem Bildschirm. Sehr schlicht und im Text irgendwie trocken. Lediglich der Ehemann Reinhard Plachta unterzeichnete ‚in tiefer Trauer'. Ohne jegliches Kreuz oder religiösen Schmuck, was doch ungewöhnlich ist, denn entweder ist man in dieser Gegend katholisch oder evangelisch. Viel mehr gibt's da nicht.

Ich nickte zustimmend.

„Sehr interessant, was du da herausgekitzelt hast. Ein Zusammenhang mit unserem Brautraub und dem Mord erscheint mir noch nicht augenscheinlich. Hast du noch eine weitere Sensation auf Lager?"

„Nein, habe ich nicht."

„Gut. Dann machen wir uns auf den Weg zum Ebeneinerhof. Ich möchte nochmals mit dem Bräutigam und, wenn es geht, auch mit seinen Eltern reden."

„Irgendwie komisch, Toni", meinte Helga nachdenklich. „Du redest von einem ‚Bräutigam', weil die Braut geraubt wurde. Und du redest von Ehemann, dessen Frau ermordet wurde. Braut und Ehefrau, Bräutigam und Ehemann – das ist schon ein bizarrer Fall hier."

„Aber auch die bizarrsten Fälle erfordern gehörige Akribie. Ich werde jetzt eine Liste jener PKWs aus dem Bezirk Liezen anfordern, welche eine helle Lackierung haben."

„Buh! Da werden unsere Kollegen aber keine Freude haben. Das ist eine Riesenarbeit. Liezen ist flächenmäßig der größte Bezirk in Österreich."

„Mit einem entsprechenden Algorithmus lassen sich die Daten der ‚LI'-, ‚GB'- und ‚BA'-Zulassungen, sortiert nach der Wohnadresse des Zulassungsbesitzers, relativ leicht ermitteln."

„Wenn die entsprechende Datenbank aktuell ist, sicher! Wenn der Personalstand der Abteilung hingegen nicht aktuell ist, dann werden wir lange warten müssen."

„Das wird sich zeigen, Helga. Schauen wir einmal!"

Ich schickte eine entsprechende Mail an die Zulassungsbehörde in der Hoffnung ab, die Herrschaften dort würden sich darüber nicht gleich bei Zeus beschweren.

Mittwoch, 16. Juni, Frauenbergkirche bei Admont

Pater Herwig Juskiewich betrat einen der prächtigen, barocken Beichtstühle und wischte zunächst mit einem feuchten Tuch vorsorglich über das dunkelbraune Holz des Sitzes, wo sich der Staub der Jahre gesammelt hatte, klopfte dann den Sitzpolster mehrmals gegen die Tür, worauf allerlei Staubpartikeln durch die Luft wirbelten und bürstete anschließend auch auf der Seite des Beichtenden gewissenhaft das gepolsterte Kniebrett unter dem Beichtfenster. Erst dann war er zufrieden, nahm, nachdem er die Tür sorgfältig geschlossen hatte, in Erwartung des angekündigten Beichtkindes Platz und legte seine Brille vorsichtig neben sich auf den Sitz. Er lächelte versonnen, denn er war sich bewusst, dass es schon sehr lange her war, dass er in diesem Beichtstuhl ein Sündenbekenntnis gehört hatte. Seit die hohe Geistlichkeit in Rom, Wien und Graz-Seckau in Sachen ‚Sakrament der Buße' die Zügel seiner Meinung nach zu sehr ‚schleifen' lässt, ist die Ohrenbeichte, wie sie korrekt genannt wird, selbst bei ‚praktizierenden' Katholiken fast gänzlich aus der Mode gekommen, was der engagierte Seelsorger stets sehr bedauerte.

Umso erfreuter war er, als er in der Früh per Telefon eindringlich um eine Beichte gebeten worden war. Sein Vorschlag, ihn gegen zwölf Uhr im Aussprachezimmer seines Klosters in Admont zu besuchen, wurde abgelehnt, dafür aber ersucht, die Beichte im Beichtstuhl der stimmungsvollen Wallfahrtskirche zu hören. Wenn es ihm recht wäre, dann um zehn Uhr dreißig.

Eigentlich ist es ihm nicht so ganz recht gewesen, denn um diese Uhrzeit pflegte er seinen alltäglichen Obliegenheiten nachzugehen. Allerdings, mit einer Trost und Zuspruch suchenden Seele wollte er nicht um die Uhrzeit feilschen, war ihm doch die Bekehrung eines reuigen Sünders oder einer Sünderin – so genau hatte er es nicht ausmachen können, weil das Gespräch zu kurz war – die Unterbrechung seiner Vormittagsroutine wert.

Gerade als die Turmuhr die halbe Stunde schlug, hörte er, dass sich im Beichtstuhl jemand hinkniete, nachdem vorher ein eigenartiges Gerumpel und Kratzen zu hören war. Das Beichtkind war also gekommen.

Langsam schob Pater Herwig das Deckbrett vor dem Beichtgitter zurück und beugte sich, den Kopf mit der Hand abstützend, zu diesem hinunter.

„Im Namen des Vaters und des Sohnes und des Heiligen Geistes", murmelte er, während die Hand ein flüchtiges Segenskreuz andeutete. „Ich höre, was du deinem allgütigen Gott bekennen willst."

„Ich danke Ihnen sehr, dass Sie den weiten Weg zu diesem Beichtstuhl wirklich in Kauf genommen haben, Herr Pfarrer", ertönte eine durchaus weiche, aber eher tiefere Stimme, sodass nicht eindeutig herauszuhören war, ob es sich um eine weibliche oder eine männliche handelte.

„Oh, das ist doch selbstverständlich", wehrte Pater Herwig ab. „Also bitte – ich höre."

„Ich muss nämlich mit meinem Gott ins Reine kommen! Und zwar schnell. Deshalb wollte ich nicht bis Mittag warten und habe um diese frühere Zeit gebeten. Alles ist bei mir in den letzten Tagen durcheinandergeraten, kann ich nur sagen und mehr noch. Ich bin in ein Stadium der Verzweiflung gekommen und dachte mir, bei einer Beichte wird vielleicht alles besser bei mir." Die letzten Worte waren etwas gepresst gesprochen und schwer verständlich. „Die Katastrophe ist ja nur passiert, weil man mir den Hass … ja, es ist der Hass gewesen, nur der Hass, der mir … seit frühester Kindheit … in einem fort unter die Nase gehalten, besser gesagt ins Herz eingepflanzt wurde. Was kann ich nun dafür, dass es zu diesem Ausbruch gekommen ist. Der Hass hat mich getrieben… ja, gehetzt… Sie müssen mir glauben, Herr Pfarrer … ich –"

Die Stimme hatte einen zunehmend aufgeregten Unterton angenommen und alles hörte sich einigermaßen wirr an, sodass sich der Beichtvater veranlasst sah, mit all seiner Routine das Gespräch in verständlichere Bahnen zu lenken.

„Moment, Moment, bitte", unterbrach er daher mit ruhiger Stimme. „Alles der Reihe nach. Wollen Sie bitte zuallererst damit beginnen, zu bekennen, wann die letzte Beichte erfolgt ist. Nun – wann haben Sie das letzte Mal gebeichtet?"

„Ich? Ach, ich hab' noch nie gebeichtet. Glaub' ich zumindest."

„Noch nie? Tatsächlich? Das ist sehr bedauerlich. Aber überlegen Sie nochmals – Sie haben wirklich noch nie gebeichtet?"

„Na ja, vielleicht als Kind einmal, Herr Pfarrer. Möglich. Ich weiß das aber nicht mehr. Das ist mir aber auch egal."

„So, so!", murmelte Pater Herwig und senkte die Stimme etwas ab. „Aber nun drückt das Gewissen, vermute ich. Kein Wunder, es wird sich halt im Laufe der Jahre viel Schlimmes zusammengesammelt haben bei Ihnen."

„Ja, wahrscheinlich, aber darum geht es mir heute nicht."

„Oh doch!", widersprach Pater Herwig, der sich nun auf ein längeres Beichtgespräch einstellte. „Es wird sehr wohl darum gehen müssen, sage ich. Aber lassen Sie mich vorerst fragen – nur damit ich mich besser orientieren kann –. Ihre Stimme lässt mich nicht erkennen, ob Sie eine Frau oder ein Mann sind. Verraten Sie mir das bitte."

„Nein, Herr Pfarrer", kam die entschiedene Antwort. „Das mache ich nicht. Ist das für Sie und für die Absolution denn notwendig?"

„Nein, eigentlich nicht", räumte der Pfarrer ein. „Wohl aber für meine Empathie. Mich in eine männliche oder weibliche Seele versenken zu können, und auch um am Weg der Läuterung behilflich sein zu können. Das ist nämlich sehr schwer. Aber Ihr Alter werden Sie mir wohl preisgeben, oder?"

„Herr Pfarrer!" Die Stimme wurde ungehalten. „Ihr Gott weiß, wer ich bin und Ihr Gott weiß, wie alt ich bin. Als mein

Beichtvater brauchen Sie daher nur zu wissen, welche Sünde ich begangen habe, welche Schuld ich auf mich geladen habe und dass ich alles bereue. Mehr braucht es für die Absolution nicht! Schluss.“

„So einfach ist das aber wirklich nicht, wie Sie sich das vorstellen“, entgegnete Pater Herwig sanft. „Eine Beichte ist doch kein Automat, in den man gewissermaßen oben die Sünden hineinwirft und die Absolution kommt unten heraus. Es handelt sich doch um ein Sakrament. Also um eine große Gnade Gottes. Und nicht um ein Recht, auf das man einen Anspruch zu haben glaubt.“

„Da haben Sie ja vielleicht recht, Herr Pfarrer“, klang es versöhnlicher zurück. „Ich bereue eh alles. Es hat aber schon einen Grund, weshalb ich meine Person bei dieser Beichte bedeckt halten muss. Ich will Ihnen nämlich die Einhaltung des Beichtgeheimnisses nicht noch zusätzlich erschweren!“

„Des Beichtgeheimnisses?“ Pater Herwig war erstaunt. „Ich versichere Ihnen“, fuhr er routiniert fort, „es gibt schwerere Aufgaben für einen Seelsorger als das Hüten des Beichtgeheimnisses. Machen Sie sich also darüber keine unnötigen Gedanken.“

‚Eine ängstliche, zornige Seele‘ ging es dem erfahrenen Seelsorger durch den Kopf. ‚Aber offenbar in höchster Not!‘

„Sie haben zwar eine sehr eigentümliche Auffassung vom Sakrament der Buße“, setzte er mit Wärme in der Stimme fort, „das sei Ihnen durchaus unbenommen. Ich werde mich danach richten. Doch nun kommen wir langsam zu Ihrem Bekenntnis. Hernach können wir über die Absolution sprechen.“

„Danke für Ihr Verständnis, Herr Pfarrer!“, kam die rasche Antwort. „Es ist ja nicht so viel, was mich von meinem Gott trennt. Es ist nicht das Lügen, Saufen und die Unkeuschheit, die mich drückt. Solche Sachen verzeiht mir der gütige Gott sicher, weil das alles ja nur menschliche Schwächen sind.“

„Da sollten Sie sich aber nicht so sicher sein!“ Der Geistliche winkte mit erhobenem Zeigefinger zum Beichtgitter. „Gott hat

dem Menschen sehr wohl Gebote auferlegt. Sie beginnen alle – zumindest bis in allerjüngste Zeit – mit ‚Du sollst nicht …'"

„Von mir aus. Aber das alles macht mir trotzdem keine schlaflosen Nächte. Es ist ja etwas ganz anderes, was mich zur Verzweiflung bringt. Etwas, was eben keine menschliche Schwäche ist, die ich mir verzeihen könnte."

„Nämlich?", drängte Pater Herwig.

„Ich habe einen Menschen getötet!"

„Oh!" Der Geistliche prallte erschrocken zurück, hatte sich aber schnell wieder im Griff. „Durch einen Unfall, vermute ich?", fragte er vorsichtig.

„Aber nein, das war kein Unfall. Ich habe vielmehr einen Menschen erwürgt!"

Dies freilich hatte der brave Gottesmann noch nie zu hören bekommen. Weder seinerzeit im Beichtstuhl noch in diesen Tagen im Aussprachezimmer. Der Ärger stieg plötzlich in ihm hoch, denn diese Beichte verlief so ganz anders, als erwartet. Nach einigen Momenten des Überlegens kam er zur Überzeugung, dass er das nicht glauben musste. Und vor allem nicht glauben wollte.

„Wir haben heute nicht den 1. April", stellte er energisch fest, „und ein Beichtstuhl ist kein Ort für Scherz und Tollerei. Oder anders ausgedrückt: So etwas sagt man nicht einfach so ‚mir nichts dir nichts'. Wiederholen Sie es, aber nur, wenn es wirklich der Wahrheit entspricht!"

„Was glauben Sie denn, warum ich hier bin, Herr Pfarrer", zischte die Stimme verärgert. „In der Abgeschiedenheit eines Beichtstuhls, zu einer Uhrzeit, zu der kein Mensch in der Kirche ist. Nur jetzt und hier kann ich Ihnen meine Schuld eingestehen und vor meinen Gott hintreten und um Vergebung flehen. Damit er mir die drückende Schuld von der Seele nimmt, einen unschuldigen Menschen hingemordet zu haben."

‚Wenn das wirklich stimmt', dachte der Gottesmann, ‚dann, o gütiger Gott, erbarm dich unser!'

Doch Pater Herwig war trotz seines hohen Alters dennoch ein Mann der heutigen Zeit. Er wusste sehr wohl, was sensationslüsterne Medien mitunter anstellen, um zu deftigen Schlagzeilen zu kommen. Überhaupt! Die ganze Art und der Verlauf des Gespräches, der merkwürdige Wunsch nach einer Beichte im Beichtstuhl und letztendlich die Weigerung, weder Geschlecht noch Alter bekannt zu geben, ließ in ihm doch den Verdacht hochkommen, eine Journalistin – die Stimme war seiner Meinung nach doch eher eine weibliche – vor sich zu haben. Er beschloss daher in die Offensive zu gehen.

„Damit wir uns in diesem Punkt einig sein können, meine Dame“, begann er nach einer Nachdenkpause und seine Stimme war ohne Groll und Unsicherheit. „Falls Sie unser Beichtgespräch in irgendeiner Form aufzeichnen und daraus eine Story in einer Zeitung, in einem Journal oder in einer Sendung im ORF oder in den Sozialen Medien zu machen beabsichtigen – die Diözese hat einen Vertrag mit einem der prominentesten Rechtsanwälte Österreichs. Wir haben diesbezüglich aus dem seinerzeitigen Fall Groër gelernt. Ist das klar?“

„Sie glauben also nicht, dass ich beichten will?“ Die Stimme klang resignierend.

„Nein“, stellte Juskiewich entschieden fest. „Es sei denn, Sie machen endlich ein ordentliches Kreuzzeichen und bekennen vor Gott klipp und klar, wen Sie angeblich getötet haben, wie und warum.“

„Das hätte ich ohnehin alles gesagt, damit Sie meine Tat verstehen und mein Gott mir vergeben kann. Aber Sie vermuten jetzt nur einen Medientrick, weil ich über mich nichts sagen will. Ja, das ist sicher verdächtig. Ich kann es verstehen, aber es ist kein Trick. Ehrenwort! Ich hab‘ ihnen vorhin doch gesagt, dass Ihnen die Einhaltung des Beichtgeheimnisses leichter fallen wird, wenn Sie nicht wissen, wer ich bin. Wenn Sie einzig nur wissen, dass ich –“ Die Stimme verstummte abrupt.

„Was denn?“

„Lesen Sie den ‚Ennstaler' oder die ‚Steirerkrone'? Hören Sie Nachrichten im Radio Steiermark?", kam die überraschende Rückfrage.

„Aber ja doch, sicher!"

„Dann sollten Sie ja am Laufenden sein und wissen, worüber derzeit geredet und geschrieben wird. Ich war es nämlich, der Veronika Ebeneiner erwürgt und bei Gröbming in ein Bachbett geworfen hat."

Mittwoch, 16. Juni, um die Mittagszeit

Als Helga und ich wenig später beim Ebeneinerhof ankamen, war Manfred Ebeneiner leider nicht anwesend, wohl aber trafen wir seine Mutter an, die emsig im Gemüsegarten arbeitete. Mit einiger Überredungskunst von Helga ließ sie von ihrer Arbeit ab – „Wer soll diese Arbeit denn sonst machen? Wir haben ja niemanden!“ – und führte uns in jenen Raum, in welchem ich schon gestern mit dem verzweifelten Bräutigam gesprochen hatte.

„Also, liebe Frau Ebeneiner“, begann ich, „wir sind zu einem kurzen Gespräch gekommen, weil wir auch Ihnen unser Beileid zu diesem tragischen Verlust, der Ihrer Familie widerfahren ist, ausdrücken wollen und auch, um etwas mehr aus dem Leben Ihrer Schwiegertochter in Erfahrung zu bringen.“

Es bedurfte einiger Geduld, die verhärmte Frau – von allen nur ‚Mutter Ebeneiner' genannt, wie uns Lechleitner zuvor instruiert hatte – zum Sprechen zu bringen. Zu sehr schien der Schreck, der Schock, das Entsetzen über das Geschehene präsent zu sein. Außerdem wurde sie von der Sorge um den Gesundheitszustand ihres Mannes geplagt, der, wie sie uns stockend mitteilte, noch gestern Nachmittag, nach meinem Besuch, einen Zusammenbruch erlitten hatte und ins Spital gebracht werden musste. Ihr Sohn wäre momentan bei ihm in Schladming im Krankenhaus.

Sie schüttelte müde und bedächtig den Kopf.

„Mir ist das ein Rätsel“, sagte sie leise. „Ich versteh es einfach nicht. Warum hat jemand unsere neue Hausfrau umgebracht! Endlich hat der Manni eine gefunden – und jetzt das! Sie hat doch niemandem etwas getan!“

„Das sehen wir auch so. Deshalb fragen wir, ob es wegen oder mit Ihrer Schwiegertochter irgendwann einmal eine Zwistigkeiten gegeben hat“, fragte Helga.

Mutter Ebeneiner drehte sich langsam zu ihr hin.

„Ja, doch!“, flüsterte sie. „Aber nicht mit ihr, sondern wegen ihr.“

„Aha“, horchte ich interessiert auf. „Worum ist es denn dabei gegangen?“

„Jo mei, wir haben den Manni ja schon seit langem gedrängt, endlich zu heiraten, damit eine Jungbäuerin auf den Hof kommt und wir zwei Alten nicht alles allein machen müssen. Weil er, der Manni, der greift ja net wirklich zuwe. Jetzt wird er bald siebenundzwanzig und wir haben noch immer keinen Hoferben. Weil der Herr Sohn seinen Schädel nur bei der Jagd und seinem Motorradclub hat. Herumziehen tut er seit Jahren, einmal mit dieser, dann wieder mit jener, aber picken geblieben ist ihm noch keine. Ist auch kein Wunder nicht, denn das Leben auf unserem Hof ist wirklich kein Honiglecken. Da musst du anpacken und mitarbeiten. Das machen die jungen Frauen von heute nicht so gerne. Die schönen Filme im Fernsehen, mit den strahlenden jungen Bäuerinnen, pah! – Nicht einen Schweißtropfen siehst du da im Gesicht von denen. Solche Fernsehpuppen sollten einmal eine leere – ich sage wirklich: leere – Milchkanne hin und hertragen. Da tät ihnen das ewige Grinsen schnell vergehen.“

Sie stieß einen tiefen Seufzer aus.

„So gehofft haben wir, dass er uns vielleicht die Maria heimführt. Die hätte zu ihm und zum Hof ganz gut gepasst. Da bin ich mir sicher, auch wenn sie nur so eine Art Künstlerin war. G’schichtlschreiberin für Zeitschriften. Aber immerhin, das hätt‘ auch was gebracht. Aber leider! Nix war‘s. Der Vater hat ihm damals energisch ins Gewissen geredet. Auch wegen unserer Schulden haben‘s schon ein paar Mal heftig gestritten, die zwei Männer, aber der Manni hat immer nur gelacht. Aber dann, bald nachdem er die unglückliche Maria gewissermaßen abgelegt hat, ist eine aufgetaucht, die ihn heiraten und auch auf den Hof ziehen will! Die Veronika! Mei, waren wir glücklich, wie er das erzählt hat. Aber dann hat er sie uns vorgestellt! Das war vielleicht ein Schreck, sag' ich Ihnen! Ausgerechnet die!!!"

„Inwiefern war Ihnen Veronika Steger nicht willkommen, wie ich aus Ihren Äußerungen heraushören kann?"

„Mir wäre sie ja schon willkommen gewesen, aber der Vater hat getobt und gesagt, die ist schon zu alt fürs Kinderkriegen, obwohl sie, glaub' ich, nur ein paar Jahre älter war wie der Manni, sie hätte aber schon viel zu viel hinter sich und überhaupt, sie hat von einem Bauernhof überhaupt keine Ahnung."

„Das klingt hart", meinte Helga vorsichtig. „Ihr Sohn hat sich dennoch durchgesetzt und geheiratet."

„Na ja", meinte Mutter Ebeneiner resignierend, „wir hätten sie schon so weit gebracht, dass sie am Hof mit Hand anlegt und vor allem, dass sie einen Hoferben auf die Welt bringt. Ihr Alter? Das wär' sicher kein Problem gewesen. Die Gertner Gretl aus Tunzendorf, die hat noch mit einundvierzig Jahren Zwillinge bekommen. Aber jetzt –" Sie verstummte, weil ihr Tränen über das von Arbeit und Witterung zerfurchte Gesicht rannen.

Wir warteten, bis sie sich wieder beruhigt hatte, und Helga bot an, ein Glas Wasser zu bringen.

„Das ist nett von Ihnen, Fräulein", nickte Mutter Ebeneiner. „Die zweite Tür links ist die Küche und die Gläser sind im Kastl neben dem Spiegel."

Helga brachte gleich drei Gläser. Nach ein paar Schluck schien Mutter Ebeneiner gestärkt zu sein.

„Sie erwähnten vorhin die Vorbehalte Ihres Mannes gegen die Braut, weil sie schon viel ‚hinter sich hätte', wie Sie gesagt haben. Was haben Sie damit gemeint?"

„Das würde ich Ihnen schon sagen, aber das ist es ja. Ich weiß das nicht so genau. Der Manni hat die Vroni eines Tages zum Mittagessen mitgebracht und hat nur wenig über sie erzählt. Nur so viel, dass wir uns freuen könnten, denn nun käme bald eine Frau ins Haus. Der Vater hat gleich losgewettert – kaum dass die zwei nach dem Essen wieder auf und davon waren – dass er besser die Finger von dieser Witwe lassen sollte. An ihren Händen klebe nämlich Blut. Die hat schon einmal einen Mann ins Grab gebracht. Ja, das hat sie! Und überhaupt – ein Bauernhof ist doch kein Hotel!"

„Witwe? Veronika Ebeneiner war Witwe?"

„Ja, ihr erster Mann ist vor Jahren am Stoder abgestürzt. Ausgerutscht am Florasteig, dort, wo es vom Friedenskirchlein vom Horstig zum Gipfel hinauf geht. Kennen Sie das?"

Helga schüttelte den Kopf.

„Ich werde es dir bei Gelegenheit zeigen, Helga", bot ich gleich an. „Wirklich sehenswert."

„He! Ist es dort gefährlich?"

„Nein, nein", lächelte Mutter Ebeneiner, „ganz und gar nicht. Zum Friedenskircherl rennen die Leute heute in Schlapfen und Badeschuhen. Aber von dort zum Stodergipfel sollte man besser nicht über den Florasteig gehen, wenn man nicht trittsicher ist oder keine Ahnung von einem Berg hat. Wissen Sie, ich kenne dort jeden Tritt, bin ja in meiner Jugend viel dort herumgekraxelt. Sie aber, die Veronika, sie hätte angeblich darauf bestanden, dass ihr Mann mit ihr über den Florasteig klettert. Und dabei ist es irgendwie passiert. Der Vater hat sich später erzählen lassen, dass der alte Steger angeblich nicht einmal schwindelfrei gewesen ist. Da hat es hinterher natürlich viele Gerüchte gegeben um die fesche Witwe Veronika. Wen wunderts!"

„Gerüchte? Welche denn?“

„Na, das werden Sie sich doch denken können! Der Hotelbesitzer Steger, schwerreich, hat Häuser in Rohrmoos und am Radstädter Tauern oben. Die Veronika war seine zweite Frau. Wesentlich jünger als er, der schon eine Tochter gehabt hat. Da hat sie halt ordentlich geerbt. Angeblich. Bitte, so genau weiß ich das nicht. Uns Frauen erzählen die Männer nie etwas von dem, was sie gehört haben.“

„Ihre Schwiegertochter hätte mit einem Bauernhof also keine Erfahrung gehabt?“, brachte Helga das Gespräch wieder in unsere Bahnen.

„Nein, nix. Da hat der Vater schon recht gehabt, wie er dem Manni vorgehalten hat, sie habe noch nie in ihrem Leben etwas mit Vieh und Stall zu tun gehabt. Aber das hätte sich mit der Zeit sicher ergeben. Am Hof, bei den Viechern, da lernst schnell, worauf es ankommt! Von daheim hätte sie dazu nichts mitgebracht. Die Seidels, ihre Eltern, das sind biedere Postangestellte und die Veronika war in ihrer frühen Jugend übrigens eine ganz wilde. Aus dieser Zeit gibt’s jede Menge Gerüchte über sie ...“

„Sie haben vorhin erwähnt, Frau Steger hätte nach dem Tod ihres Mannes eine große Erbschaft gemacht.“

„Angeblich, Herr Kommissar. Angeblich! Ich weiß da nichts Genaues. Angeblich pfeifen es in Schladming die Spatzen von den Dächern. Aber das müssen Sie halt den Manni fragen, wie das mit den Hotels von der Vroni ist. Er hat immer, wenn der Vater über sie gemeckert hat, nur gesagt, dass es uns guttut, wenn Geld ins Haus kommt. Aber ob die beiden da schon etwas vereinbart haben – keine Ahnung. Mir sagen die Männer nie etwas!“ Sie blickte plötzlich auf. „Ah, der Manni ist grad heimgekommen.“

Tatsächlich ist das satte Geräusch eines Motorrades zu hören gewesen. Wenig später nahm Manfred Ebeneiner bei uns Platz. Er wirkte im Vergleich zu gestern etwas gelöster und sprach gleich ungefragt über den Gesundheitszustand seines Vaters.

„Es geht ihm eh wieder ganz gut. Sie haben ihm Beruhigungsmittel gegeben. Er hat sich halt furchtbar aufgeregt. Auch schon die ganze Zeit vor der Hochzeit. Und wie es dann gestern gewiss war, was passiert ist, da war es doch zu viel für ihn. Er hat sich noch um die Mutter gekümmert und sie getröstet, aber dann ist ihm plötzlich schlecht und schwindlig geworden. Gut, dass der Wolfi Gloger noch im Haus war. Der hat gleich die nötigen Schritte veranlasst. Mein Gott! Unglück über Unglück!"

„Ich bin", wandte ich mich an ihn, „wie gestern schon angekündigt, heute in Begleitung meiner Assistentin, Frau Inspektor Tredor, gekommen, Herr Ebeneiner. Ihre Mutter war so freundlich, uns ein wenig von Ihrer unglücklichen Frau zu erzählen."

„Was denn?", fuhr er auf.

„Nicht viel, Manni", beschwichtigte Mutter Ebeneiner rasch. „Weil wir ja von ihr nicht viel wissen und der Vater hat immer nur von Gerüchten geredet, die über sie im Umlauf waren." Sie deutete zu uns. „Jetzt können Sie ihn gleich alles fragen, was Sie wissen wollen."

Manfred Ebeneiner seufzte.

„Also gut, von mir aus! Wenn Sie unbedingt wollen, fragen Sie! Ich kann Ihnen später auch einen Hinweis geben, was wirklich passiert ist. Mir ist nämlich inzwischen vieles klargeworden."

„Wenn Sie uns also die Zeit geben – sehr freundlich. Danke. Wir werden Sie nicht lange aufhalten. Wir haben nur erfahren, dass Ihre Frau offenbar sehr vermögend war. Da Sie ja, wenn auch leider nur sehr kurz, mit ihr verheiratet waren, so müssen wir Sie als gesetzlichen Erben ansehen. Erben Sie also ein großes Vermögen?"

„Moment!" Ebeneiner straffte sich. „Kommen Sie mir jetzt nicht mit der Verdächtigung, ich hätte –"

„Aber überhaupt nicht", beeilte ich mich zu versichern, denn ich dachte an Lechleitners Worte vom brodelnden Vulkan. „Wir erkundigen uns nur über Hintergründe von Personen und Vorfällen. Ihre Gattin war also vermögend, wie Ihre Mutter angedeutet hat. Stimmt das?"

„Aber ja doch! Sie ist sehr reich gewesen, die Vroni!" Er verzog verärgert das Gesicht. „Aber nicht so, wie Sie jetzt denken. Hauptsächlich Vermögen in Liegenschaften, weniger Bares oder Finanzvermögen. Sie hat Anteile an der Holdinggesellschaft gehalten, in der die vier Hotels von ihrem verstorbenen Mann gemanagt werden. Und dieser Firmenkomplex ist ziemlich viel wert. Fragen Sie mich bitte nicht, wie das alles zusammenhängt, weil ich das nicht ganz verstehe. Das ist kompliziert. Da kennen sich nur die Rechtsanwälte und Paragraphenhengste aus. Der größte Teil an dieser Holding gehört übrigens nicht der Vroni, sondern ihrer Stieftochter, Tamara Steger, der Tochter aus der ersten Ehe vom Hotel-Steger. Weil sie aber, als der Vater verunglückt ist, noch minderjährig war, hat das Gericht Vroni die Vormundschaft über die Tochter übertragen."

„Tamara Steger?" Helga runzelte die Stirn. „Sie war aber nicht auf der Liste der Hochzeitsgäste im ‚Steirerwirt'."

„Nein, sie war nicht dabei. Niemand von den Familien. Auch die Familienmitglieder der Seidels nicht."

„Warum denn nicht?", wollte ich wissen. „Gab es irgendwelche Differenzen? Eine Hochzeitstafel ist normalerweise ein Ort des Friedens und der Eintracht."

Mutter und Sohn wechselten einen raschen Blick.

„Du musst es ihnen sagen, Manni. Da hilft jetzt nichts!“, murmelte sie vor sich hin.

„Na schön!“ Manfred Ebeneiner stand auf und begann im Raum auf- und abzugehen. „Differenzen – das ist zu wenig gesagt. Wechselseitige Abneigung ist der bessere Ausdruck. Mein Vater war strikt gegen die Heirat, weil die Vroni Witwe ist und sich die Tratschweiber in den diversen Frauenrunden von Schladming und Umgebung mit Genuss das Maul über sie zerrissen haben. Der Tod ihres ersten Mannes am Stoder wäre durch sie, wenn schon nicht gefördert, so doch irgendwie in Kauf genommen worden. Jetzt sei sie seit Jahren eine sehr lustige Witwe, die in Schladming und vor allem in Rohrmoos im Mittelpunkt der Après-Ski-Gesellschaft steht. Meine Mutter war noch am freundlichsten zu ihr. In Wirklichkeit war die Vroni aber eine tüchtige Hotelmanagerin, die es verstanden hat, mit Leuten umzugehen und wichtige Leute nach Schladming zu bringen. Mein Vater hat leider dauernd gegen sie geschimpft und die Seidels, ihre Eltern, überhaupt nur von oben herab behandelt. Er, der angestammte Bauer, dort die Angestellten. Das ewige Lied. Der Bauernstolz! Der Vater hat leider klipp und klar gesagt, wenn die Seidels beim Hochzeitstisch sitzen, dann geht er. Und die Seidels haben unter diesen Umständen von vornherein darauf verzichtet, an der Tafel dabei zu sein, auch weil sogar die Vroni das nicht wollte.“

„Was wollte sie nicht?“, fragte Helga überrascht.

„Dass ihre Eltern zur Hochzeitstafel geladen werden. Punkt! Und die alte Liesel wollte sie schon gar nicht dabeihaben. Nicht einmal in der Kirche.“

„Die alte Liesel?“, fragte Helga. „Wen meinen Sie damit?“

„Ihre Großmutter. Uralt und dement. Eine Plage, sag ich Ihnen!“

„Moment bitte!“, unterbrach ich. „Wie ist das zu verstehen? War denn Ihre Frau mit ihrer Familie zerstritten?“

„Nicht so ganz. Man hatte sich eben mit der Zeit auseinandergelebt. Die Eltern und die Vroni sind sich mit den Jahren ganz fremd geworden. Seit Vroni in Schladming gelebt hat.“

Er ging zu Helga, die gerade die Liste der Tafelteilnehmer in der Hand hatte.

„Wenn Sie die Gästeliste ansehen, Frau Kommissar, dann werden Sie niemanden von den beiden Familien darauf finden. Vroni und ich haben uns nämlich geeinigt, nur mit meinen Freunden zu feiern. Mit dem Bikerclub und der Jägervereinigung. In der Kirche können die Familien dabei sein, wenn sie wollen, da können sie sauber voneinander getrennt sein und keiner muss dem anderen in die Augen schauen. Aber bei Tisch – nein, da wird es intim und es wäre mit Sicherheit eine Streiterei losgegangen.“

„Deshalb war auch die Stieftochter Ihrer Frau nicht dabei“, nickte Helga. „Ich verstehe.“

„Die war nicht einmal in der Kirche. Mit ihr hat Vroni generell seit Jahren kein besonders gutes Verhältnis. Das hängt sicher mit der Eifersucht der Tochter auf die Stiefmutter zusammen. Daran dürfte aber auch die restliche Steger Familie mitschuldig sein, die nie akzeptieren konnte, dass der alte Walter Steger nach dem plötzlichen Tod seiner Frau nochmals geheiratet hat. Die haben die Vroni, wo es nur ging, schlechtgemacht!“

Plötzlich mischte sich Mutter Ebeneiner ins Gespräch ein. Sie hatte in den letzten Minuten immer öfter verärgert zu ihrem Sohn geblickt. Jetzt drohte sie ihm sogar.

„Ich bin ja nicht zu Wort gekommen bei dir, Manni. Aber etwas muss ich schon sagen. Dass der Vater gegen die Seidels gewettert hat, das war auch die Schuld von deiner Vroni. Sie hat sich immer abfällig über das – wie sie es genannt hat – verarmte Bauernvolk geäußert. Weil du ihr erzählt hast, dass unser Hof verschuldet ist und wir das Geld gut brauchen können."

„Still bist!", rief der Sohn verärgert. „Das ist nicht wahr. Die Vroni hat sich in der letzten Zeit ja gar nicht mehr hierher getraut, weil sie vom Vater, und auch von dir, Mutter, ja, auch von dir!, ständig angebissen worden ist."

„Bitte, bitte! Meine Herrschaften", mischte ich mich beruhigend ein. „Keinen Zwist, wenn ich bitten darf. Meine Kollegin und ich müssen den Tod von Veronika Ebeneiner klären. Dazu brauchen wir Informationen und müssen daher vielleicht unangenehme Fragen stellen. Das Letzte, was wir wollen, ist, Unfrieden zu stiften."

Ich beschloss dennoch, etwas deutlicher zu werden.

„Ihr Vater, Herr Ebeneiner, war, wie wir gesehen haben, ebenfalls nicht bei der Tafel. Wo waren er und, Frau Ebeneiner, wo waren Sie denn, während man zu Mittag im ‚Steirerwirt' gespeist hat?"

Manfred Ebeneiner wollte etwas sagen, aber ich deutete ihm unmissverständlich, er möge sich zurückhalten.

„Wir sind nach der Trauungsmesse nach Hause gefahren", meinte Mutter Ebeneiner stockend. „Ich hab' für meinen Mann und mich gekocht. Wir wären nach der Kirche eigentlich ganz gern zur ‚Post' essen gegangen, aber er hat befürchtet, dort treffen wir womöglich auf die Seidelleute. Das wollten wir absolut vermeiden. Und außerdem hätte man uns vielleicht blöde Fragen gestellt, warum wir nicht bei der Hochzeitstafel sind. Geht doch niemanden etwas an. Darum sind wir heimgefahren. Aber die Leute hätten sicher gefragt. Und was sagst dann?“

„Danke für Ihre Auskunft“, beeilte sich Helga die durch die bösen Blicke des Sohnes angespannte Stimmung zu beruhigen.

„Wozu brauchts Ihr das überhaupt wissen?“, knurrte Manfred Ebeneiner und schaute mich finster an.

„Reine Routinesache. Wir erheben nur Fakten.“

„Nix ist bei euch nur Routinesache“, brauste er auf. „Das war eine ganz hinterfotzige Frage, vorhin. Wegen der Kontroverse um die Vroni glaubt die Polizei offenbar, mein Vater hätte sie geraubt und umgebracht. Sie haben meinen Vater noch nicht kennengelernt, Herr Kommissar. Ich rate Ihnen, halten Sie vor ihm besser den Mund mit solchen Anschuldigungen.“

„Es wird niemand beschuldigt, Herr Ebeneiner, und niemand verdächtigt. Auch Ihr werter Herr Vater nicht!“

„Warum fragen Sie dann, wo er war, he? Mich können Sie nicht täuschen. Ihr wollt euch das Leben möglichst leicht machen, Ihr von der Polizei. Und bei der Obrigkeit Gutpunkte sammeln.“

Manfred Ebeneiner wurde lauter und emotionaler. ‚Jetzt brodelt der Vulkan offenbar‘, ging es mir durch den Kopf.

„Wenn wir vom Bikerclub einmal eine Ausfahrt machen, hinüber in den Lungau zum Beispiel, dann melden wir das vorher dem Lechleitner. Damit die Polizei informiert ist, wo wir fahren. Falls sich Leute wegen der vielen Motorradler aufregen und die Polizei aufhetzen wollen. Und du kannst Gift drauf nehmen, dass hinter der dritten Kurve am Sölkpass zehn von denen aufgebaut stehen und jeden von uns peinlich genau kontrollieren, ob alles in Ordnung ist. Von der Apotheke bis zur Zulassung. Von der Beleuchtung bis zum Auspuff. Wie das Amen im Gebet. Die machen sich die Sache immer recht einfach. Und hier und jetzt ist es nicht anders. Für euch ist es wohl das Einfachste, gleich meinen Vater zu verdächtigen."

Jetzt unterlief meiner tüchtigen Assistentin leider ein böser Fehler. Ich wollte ihr noch deuten, auf die Tiraden Ebeneiners gar nicht einzugehen. Aber leider. Die Frau Oberinspektor reagierte gleich ziemlich heftig. Und das kann sie!

„Bevor Sie uns beiden und zum Drüberstreuen auch der gesamten Polizei unterstellen", stellte sie energisch fest, „unseren Aufgaben und Pflichten nicht ordnungsgemäß nachzukommen und die Verkehrsteilnehmer zu schikanieren, sollten Sie sich besser vorher überlegen, was Sie sagen. Wir müssen nämlich nicht lange recherchieren, um herauszubekommen, dass Sie letztendlich der Nutznießer des Todes von Veronika Ebeneiner sind. Sie sind der Ehemann, Sie erben und Sie erben offenbar nicht wenig! Und Sie haben diese Erbschaft auch bitter nötig!"

Einige Sekunden lang herrschte absolute Stille im Raum. Dann brach der Vulkan Manfred Ebeneiner aus.

„Sagen Sie, was glauben Sie eigentlich, wen Sie hier vor sich haben?", schrie er. „Zuerst verdächtigen Sie meinen Vater und jetzt verdächtigen Sie mich! Den Ehemann! Der seine Frau stundenlang gesucht hat und der sich nicht vorstellen kann – hören Sie bitte! –nicht vorstellen kann, warum jemand meine Frau umgebracht hat! Und dass wir Geld nötig haben, das geht Sie wirklich einen Dreck –"

Ich hatte mich, schon während er seinen Unmut geradezu ausspuckte, von der Sitzbank erhoben und ging zu ihm hin.

„Ganz ruhig, Herr Ebeneiner", beschwichtigte ich ihn. „Bitte, ruhig bleiben! Niemand verdächtigt Ihren Vater oder Sie. Es sind alles Routinefragen, und es ist für uns halt ärgerlich – da muss ich unsere Zunft schon in Schutz nehmen –, wenn Sie unsere Arbeit in Bausch und Bogen schlecht machen. Übrigens gehen solche Schwerpunktaktionen, wie Sie sie eben bei Motorradkontrollen erwähnt haben, niemals von einem einzelnen Polizeiposten aus, sondern werden als Planquadrate auf Bezirksebene entschieden. Was uns hier betrifft, halte ich hiermit fest: Wir machen uns das Leben sicher nicht leicht, aber es ist unsere Aufgabe, in alle Richtungen zu ermitteln. Dazu gehört grundsätzlich auch, zu schauen, wer der Nutznießer eines Mordfalls sein kann. Und dabei sind wir – logisch! – auf Sie, den Ehemann, gestoßen. Da es keine gemeinsamen Kinder gibt, erben Sie, sofern nicht ein anders lautendes Testament auftaucht. Oder wissen Sie noch jemanden, der am Ableben Ihrer Frau interessiert gewesen sein könnte?"

Ebeneiner fixierte mich mit zusammengekniffenen Augen. Dann lachte er plötzlich abfällig.

„Ich bleibe dabei", rief er erbost. „Ihr arbeitet schleißig. Natürlich gibt es jemanden, der sogar ein sehr heftiges Interesse an ihrem Ableben gehabt haben wird. Das hätten Sie, bei ordentlichen Recherchen, längst in Erfahrung bringen und entsprechende Schritte einleiten müssen."

„Ach!", sagte ich nur. „Wer sollte das sein?"

„Sehen Sie!" In Ebeneiners Stimme lag hämischer Triumph. „Das wissen Sie nicht. Aber ich weiß es!"

So schnell ließen wir uns nicht blenden.

„Warum haben Sie das gestern nicht gleich gesagt?“, fragte Helga betont freundlich.

„Kommissar Schrempf war doch gestern schon bei Ihnen am Hof.“

„Da war ich wegen der Ereignisse nicht fähig, nachzudenken. Da hab‘ ich es noch nicht gewusst und mir auch nicht vorstellen können, wer so eine Brutalität vollbringen kann!“

„Und jetzt wissen Sie es?“

„Ja. Ich bin mir sicher.“ Ebeneiner war plötzlich wieder die Ruhe in Person. „Etwas anderes kann ich mir nicht vorstellen!“

„Also, dann tragen Sie mit Ihrem Wissen zur Klärung des Verbrechens bei, wenn ich bitten darf. Dazu sind Sie übrigens sogar verpflichtet!“

Statt einer Antwort ging Ebeneiner zu seiner Mutter.

„Geh doch bitte in die Küche und mach das Mittagessen“, sagte er „Währenddessen berede ich mit den beiden da ein paar Sachen, die so kompliziert sind, dass ich selbst sie nicht ganz verstehe. Aber du wirst sehen, schon bald werden die Mörder, die uns die Vroni genommen haben, verhaftet und verurteilt sein.“

„Ja, schön – aber wer war es denn, Manni?“, fragte sie leise.

Er schüttelte lächelnd den Kopf.

„Du wirst es in der Zeitung lesen, Mutter. Geh jetzt in die Küche bitte, ja?“

Frau Ebeneiner stand mühsam auf. Manni half ihr dabei. Sie blickte zu ihrem Sohn auf, lächelte schwach und strich ihm dabei zärtlich über die Wange.

„Ist gut, Manni! Ich geh schon in die Küche. Du, ich hab‘ von deiner Hochzeitstafel noch einen Schweinsbraten, den mir der Meixner gebracht hat, weil so viel übergeblieben ist. Willst du einen?“

„Nein danke, Mutter!“ Manfred Ebeneiner schüttelte den Kopf. „Dieser Schweinsbraten kann mir nicht mehr schmecken. Mach mir etwas anderes. Du hast doch sicher noch Reste von immer und überall.“ Er drehte sich zu uns um. „Wollen Sie vielleicht einen Schweinsbraten? Sie können gern zum Essen bleiben.“

Helga und ich sahen uns unschlüssig an. Konnten wir das annehmen?

„Es wäre doch schade um den guten Braten“, meinte Mutter Ebeneiner und nickte aufmunternd.

„Danke vielmals“, sagte Helga plötzlich. „Ja, wir nehmen Ihr Angebot gerne an. Da der Braten vom Hochzeitsmahl war, werde ich vor dem Essen in stillem Gedenken an die arme Frau Veronika Messer und Gabel in Kreuzform über die Speisen legen.“

Mutter Ebeneiner, die nun in die Küche gehen wollte, blieb stehen und drehte sich um.

„Woher stammen Sie denn, Frau Kommissar?“, fragte sie verwundert. „Das klingt mir nach einer christlichen Sitte. Aber nicht bei uns hier. Diesen Brauch kenne ich nicht.“

„Davon hat meine Großmutter, Gott hab sie selig! oft erzählt. Sie stammte aus Galizien, aus der Gegend von Kulykiw, in der heutigen Ukraine. Dort war es üblich, dass man beim Leichenschmaus Messer und Gabel in Kreuzform über die Hauptspeise gelegt und an den Verblichenen gedacht hat. Also, nach der Suppe das gemeinschaftliche Gedenken im Gebet und hernach erst wurde gegessen.“

„Das gefällt mir sehr gut. Was sagst du, Manni? Die Vroni tät sich freuen, oder?“

Ebeneiner nickte wortlos.

„Ja, Mutter!“, sagte er dann leise. „Das können wir gerne machen. Aber jetzt geh, bitte!“

Kaum war sie aus dem Zimmer, wurde Ebeneiner wieder zum wütenden Mannsbild.

„Jetzt werde ich euch einmal ein paar Dinge erklären“, polterte er los. „Damit Sie beide besser durch diese grausliche Angelegenheit sehen können. Was da wirklich passiert ist und was diese verdammten Koreaner angerichtet haben.“

„Koreaner?“ Helga und ich fragten beinahe gleichzeitig.

„Die Koreaner allein oder zusammen mit Tamara Steger. Entweder diese Schlitzaugen oder das Fräulein Tamara allein haben die Vroni umgebracht. Mit Sicherheit!“

„Wie kommen Sie denn darauf?“

„Das liegt doch auf der Hand, wenn man die Zusammenhänge kennt, die Ihnen beiden ja unbekannt zu sein scheinen. Nämlich – und jetzt passen Sie auf, jetzt gibt's Neuigkeiten.“

„Und zwar?“ Langsam ging mir seine Art auf die Nerven. „Der Reihe nach, wenn ich bitten darf! Und langsam, zum Mitschreiben!“

„Ihr zwei habt mir vorhin ung'schaut an den Kopf geworfen, ich erbe einen Haufen Geld und ein Vermögen, weil die Vroni angeblich so reich ist. Daher bin ich gleich verdächtigt worden, meine Frau umgebracht zu haben. Aber nichts davon stimmt. Weder habe ich sie umgebracht, noch war sie so besonders reich, sieht man von ein paar ordentlichen Bankkonten ab. Das Vermögen vom alten Steger, ihrem ersten Mann, bestand hauptsächlich aus den Anteilen an dieser Holdingfirma, in welcher seine vier Hotels gemanagt werden. Zwei in Rohrmoos und zwei am Radstädter Tauern. Wie die Anteile von Vroni berechnet wurden, ist eine komplizierte Sache, die ich nicht durchschaut habe. Aber sie, die Vroni, ist nur zu 28% an der Holding beteiligt, den Löwenanteil besitzt Tamara, die Tochter vom alten Steger. Vroni war als geschäftsführende Direktorin der Holding Vormundschaftsberechtigte für deren Anteil, bis Tamara großjährig ist. Klar?“

„Ok. Verstanden. Und nun?“

„Die Vroni ist mit Tamara in letzter Zeit heftig aneinandergeraten, weil Tamara ganz andere Ziele verfolgt hat als sie. Zumindest verfolgen wollte, sobald sie über ihre Anteile frei verfügen darf. Noch kann sie das nicht, weil sie noch nicht großjährig ist.“

„Wie alt ist Frau Tamara Steger?“, fragte Helga.

„Siebzehn! Meine Vroni hat sich im Hotelgeschäft nämlich besser ausgekannt als die Kleine und hat große Pläne gehabt. Sie war der Meinung, dass man für den weiteren Erhalt der Hotels kräftig investieren muss. Alle vier Hotels sind seinerzeit sicher erstklassig gewesen, heute allerdings machen sie einen etwas schlampig abgewohnten Eindruck, sodass es bei den letzten Ratings für die fünf Sterne schon Probleme gegeben hat. Die Ansprüche der internationalen Wintersportkundschaft und die Vorgaben der Rating-Gesellschaften sind halt gewaltig gestiegen. Nach längerem Hin und Her – zwei Hausbanken haben, weil sie an Konkurrenzhotels beteiligt sind, bei den Verhandlungen eine sehr undurchsichtige Rolle gespielt – sind Vroni und Tamara zur Einsicht gekommen, dass es gescheiter ist, die vier Häuser zu verkaufen, als sie technisch kompliziert und vor allem aufwändig zu sanieren. Interessenten gab‘s bereits. Aber bei der Frage, an wen man verkaufen soll, sind die Meinungen auseinandergegangen. Vroni wollte unbedingt, dass die vier Hotels weiter unter dem bisherigen Namen existieren, Tamara hingegen zeigte kein Interesse daran und wollte nur ganz schnell möglichst viel Geld einstreifen. Was mit den Hotels ihres Vaters weiter geschehen würde, das wäre ihr völlig egal gewesen."

Er griff, weil er zufällig neben ihr stand, zu Helgas Wasserglas und leerte es auf einen Zug.

Helga zwinkerte mir verstohlen zu.

„Vroni hat eine deutsche Hotelkette im Auge gehabt", setzte er seine Erläuterungen fort, „die interessiert war, in Österreich Fuß zu fassen und Hotels zu betreiben, die in erstklassigen Wintersportzentren liegen. Deren Angebot war, wie Vroni meinte, unter Berücksichtigung der zu erwartenden Sanierungskosten nicht besonders hoch, aber durchaus angemessen. Tamara hingegen hat eine koreanische Investorengruppe bevorzugt, die einen wesentlich höheren Betrag für die Hotels angeboten hat, aber alles abreißen und ‚Wellness-Centers' errichten wollte. Was immer man darunter verstehen mag. Wo die Kleine diese Schlitzaugen hergehabt hat, wollte sie nicht verraten. Aber egal, Vroni hat das energisch abgelehnt, auch um den Ruf der Steger Hotels aufrechtzuerhalten. Sie hat sich dabei auf das Testament ihres verstorbenen Gatten berufen, wo angeblich drinnen steht, die Tochter solle die Hotels weiterbetreiben. Oder so ähnlich. Damit war der Krach zwischen den beiden Frauen perfekt. Kurz gesagt: Vroni hat den Deal mit den Deutschen vorangetrieben und dabei auch über Tamaras Anteile verfügen wollen. Noch war sie ja verfügungsberechtigt. Tamara hingegen hat mit rechtlichen Konsequenzen gedroht, sollten ihre Anteile gegen ihren Willen veräußert werden. Aber was soll's. Vroni hätte in den nächsten Tagen den Verkauf perfekt gemacht und Tamara hätte dann endlos prozessieren müssen, was der Vroni total wurscht war. Aber jetzt? Vroni stirbt diesem Mädel und den Koreanern genau zur rechten Zeit! In knapp einem Jahr wird sie großjährig und kann daher an die Schlitzaugen verkaufen. Die 28% von Vroni würden da nicht stören. Daraus hätte aber nichts werden können, hätte Vroni das Geschäft mit den Deutschen abschließen können."

Er blickte grimmig zwischen uns hin und her.

„Daher liegt es ja auf der Hand, dass Tamara und ihre koreanischen Freunde ein reges Interesse am Ableben von Vroni hatten und folglich beim Mord ihre schmutzigen Hände im Spiel gehabt haben müssen. Wer denn sonst!"

Helga und ich blickten uns wortlos, aber vielsagend an.

„Das war jetzt eine schwerwiegende Beschuldigung, die Sie ausgesprochen haben, Herr Ebeneiner", resümierte ich bedächtig. „Wir werden diesen Aspekt natürlich im Auge behalten und die entsprechenden Ermittlungen anstellen."

„Worauf warten Sie denn noch?", brauste er auf. „Was muss man da noch lange ermitteln? Fahren Sie gefälligst hin und verhaften Sie die Leute."

„Geben Sie mir also Namen und Adressen der von Ihnen eben beschuldigten Personen bekannt. Die brauchen wir nämlich, um einschreiten zu können. Einen Haftbefehl werden wir zwar noch nicht bekommen, denn ein solcher wird nur bei einer begründeten Verdachtslage ausgestellt. Die Damen und Herren Richter unterschreiben nicht mehr automatisch, sondern prüfen sehr penibel, ob eine Festnahme gesetzeskonform ist."

„Tamara wohnt im ‚Panoramablick' in Rohrmoos", erläuterte Ebeneiner gelangweilt. „Die Stegers haben dort ihre Privatwohnungen mit Traumterrasse und Blick auf den Dachstein. Von den Koreanern habe ich weder Namen noch Adressen, aber das ist kein Problem. Sie finden alle Unterlagen im Safe von Vronis Büro. Das ist auch im ‚Panoramablick' oben. Das Schild ‚SHH' an der Tür im ersten Stock heißt ‚Steger Hotel Holding'."

„Die Koreaner werden sich unschwer finden lassen", sagte ich zu Helga. „Da fragen wir bei der Gemeinde Schladming nach."

„Machen wir, Toni", bestätigte Helga. Dann wandte sie sich mit einem für sie sehr speziellen Gesichtsausdruck – den ich einmal mit ‚Jagdblick' bezeichnete – an Ebeneiner.

„Wer hat denn einen Schlüssel zu diesem Safe Ihrer Frau?"

„Nur die Vroni. Sonst niemand!"

„Wo hatte Ihre Frau diesen Schlüssel verwahrt?"

„Immer in der Handtasche."

„Immer? Sind Sie sich da ganz sicher?", forschte ich nach.

„Aber ja, weil ich sie einmal danach gefragt habe, als ich aus ihrer Handtasche das sogenannte Nottäschchen geholt habe. Wofür diese Extraschlüssel in ihrer Tasche gut seien, hab ich so nebenbei wissen wollen. ‚Büro und Safe' hat sie bestätigt. Diese hätte sie immer und überall bei sich!"

Helga warf mir einen ‚Soll ich?'-Blick zu und ich nickte zustimmend. Daraufhin verließ sie eilends das Zimmer und zog schon im Weggehen ihr Mobiltelefon hervor.

„Was ist denn?", wunderte sich Ebeneiner. „Warum rennt sie weg?"

Ich lächelte verbindlich.

„Das ist eigentlich ausschließlich unsere Sache Herr Ebeneiner, aber in diesem speziellen Fall ist das Faktum auch für Sie von Interesse."

„Reden Sie nicht so geschwollen daher, ich –"

„Die Schlüssel zu diesem besagten Safe sind aller Wahrscheinlichkeit nach in der Hand des Mörders, denn die Handtasche befand sich nicht bei der Leiche. Also überprüfen unsere Leute jetzt schnell das Büro, ob da vielleicht schon jemand am Safe gewesen ist. Zeit genug dafür hätte man ja gehabt!"

„Und dann?"

„Nichts und dann, mein Herr. Erst schauen wir nach, wie es dort aussieht und dann werden sich die nächsten Schritte ergeben."

Er wollte etwas einwenden, aber ich ließ ihn nicht zu Wort kommen.

„Etwas anderes würde mich noch interessieren." Ich zückte mein Mobiltelefon und suchte bei den Notizen jene Anmerkungen, welche ich vor wenigen Stunden notiert hatte.

„Ja, da ist es." Ich blickte ihn voll an. „Sie waren doch bis vor knapp einem Jahr mit einer Dame namens Maria Plachta befreundet, oder?"

„Wie kommen Sie denn darauf?", wich er aus.

„Waren Sie oder waren Sie nicht? Das war meine Frage!"

„Ja, schon. Aber lassen Sie doch Maria in Ruhe. Sie ist längst unter der Erde."

„Waren Sie lange mit ihr … hm … befreundet?"

„Was geht Sie das eigentlich an!", brauste er auf. „Statt dass Sie –"

„Es geht uns alles an, wenn es um Mord geht, Herr Ebeneiner. Wir ermitteln in alle Richtungen, nicht? Also bitte – wie lange waren Sie mit ihr in einer Beziehung?"

„Beziehung, Beziehung." Er warf theatralisch die Hände in die Höhe. „Von mir aus! Eineinhalb oder vielleicht zwei Jahre! Was weiß denn ich! Wie kommen Sie überhaupt auf sie?"

„Wir haben im Internet eine Fotographie von Ihnen beiden gefunden. Eine zufällige Aufnahme, die aber auf ein intimes Verhältnis schließen lässt."

Ich zeigte ihm das Foto am Display meines Mobiltelefons. Er warf nur einen kurzen Blick darauf.

„Ach, damals!", meinte er geringschätzig. „Ja, da waren wir Ehrengäste in Radstadt. Was soll daran intim sein, Herr?"

„Betrachten Sie doch Ihre rechte Hand. Sie halten Frau Plachta an sich gedrückt und der Winkel Ihres Arms auf dem Rücken der Dame zeigt ziemlich schräg nach unten. Ihre Handfläche kann gar nicht woanders liegen als auf dem Gesäß von Frau Plachta, oder?"

Auf Ebeneiners Gesicht machte sich ein schäbiges Grinsen breit.

„Na und? Sind Sie mir neidig drum? Diesen Hintern hätten viele gerne betatscht!"

„Mag sein. Ich möchte gerne wissen, wieso die Dame so jung gestorben ist. Wir haben die Parte ebenfalls im Internet gesehen."

„Das weiß ich nicht und interessiert mich auch nicht. Die Sache war zu Ende."

„Sehr zum Leidwesen Ihrer Mutter, habe ich gehört."

„Ach geh!", meinte er mit einer abfälligen Handbewegung. „Was hat sie Ihnen denn da erzählt? Die Mutter hat in jeder meiner vielen Freundinnen immer die kommende Schwiegertochter erhofft."

„Demnach auch bei Maria Plachta?"

„Ja, auch deshalb, weil sie ja nicht gewusst hat, dass Maria verheiratet war!"

„Aber geh, Manni! Natürlich habe ich das gewusst", rief Mutter Ebeneiner von der Küchentür her, durch die sie eben mit einem Tablett in der Hand eintrat. „Die Leute haben sich ja den Mund über euch zerrissen. Weil du allen erzählt hast, dass sie sich wegen dir scheiden lassen wird."

„Sei still, Mutter! Das verstehst du nicht!"

„Kam es zu einer Scheidung?", fragte ich nach.

„Es war davon die Rede", meinte Ebeneiner nebenhin. „Aber was soll denn das alles? Wozu die Fragerei? Ich hab' jetzt Hunger. Komm, Mutter, bring uns jetzt das Mittagessen."

Ich wollte eben Helga holen gehen, die vor dem Haus telefonierte, als sie schon hereinkam.

„Erledigt!", sagte sie knapp. „Die Schladminger sind auf Jacopos Ersuchen schon beim ‚Panoramablick'."

Mutter Ebeneiner, die routiniert Teller, Besteck und Schüsseln aufgedeckt hatte und daranging, den verlockend gut riechenden Schweinsbraten auszuteilen, hielt inne.

„Was ist los mit dem ‚Panoramablick'?", fragte sie.

Doch Ebeneiner, der sich bereits zu Tisch gesetzt hatte, hob die rechte Hand und machte ein Kreuzzeichen.

„Segne, Herr, uns und die Gaben, die wir auf dem Teller haben", leierte er. „Dir, o Herr, sei Dankbarkeit, Lob und Preis in Ewigkeit! Amen!"

„Amen!", antworteten wir mit ernster Miene, worauf Mutter Ebeneiner wieder aufstand und mit dem Austeilen fortsetzte.

Helga blickte vorsichtig in die Runde.

„Da wir keine Suppe essen", meinte sie, „lege ich jetzt im Gedenken an Veronika Ebeneiner mein Besteck über die Speisen, wie ich es vorhin angekündigt habe."

Langsam legten alle das Besteck über den Teller und senkten andächtig den Kopf. Leider begann just in diesem Moment mein Mobiltelefon zu schnarren. Weder mit Torerokennung noch mit dem Erzherzog Johann Jodler.

„Entschuldigung, bitte!“, sagte ich im Aufstehen. „Leider muss man erreichbar bleiben.“

Lechleitner war am Apparat und informierte mich lang und ausführlich, dass nach Angaben der Schladminger Kollegen das Büro von Frau Steger bzw. Ebeneiner und ihre Wohnung verschlossen und unberührt vorgefunden worden sind. Keinerlei Anzeichen, dass dort jemand eingedrungen sein könnte.

„Woher will die Polizei das so genau wissen, he?“, fragte Ebeneiner erstaunt, als ich ihm davon berichtete.

„Neben dem Hotel wird gebaut, wie Sie sicher wissen. Durch ein gekipptes Fenster dürfte tagelang Staub eingedrungen sein, sodass Boden und Einrichtung mit einer feinen Schicht überzogen sind. Keinerlei Fußspuren oder sonstige Anzeichen auf eine Anwesenheit waren zu erkennen. Aber nun, denke ich, sollten wir uns diesen feinen Braten schmecken lassen. Vielen Dank auch dafür!“

Ebeneiner hatte etwas anderes auf dem Teller, weil er ja von dem Schweinsbraten der Hochzeitstafel nichts mehr konsumieren wollte. Dass er überhaupt etwas essen konnte, wunderte mich ein wenig. Nach allem, was in den letzten Minuten besprochen worden war. Da vergeht den Leuten oft für längere Zeit der Appetit. Diese Erfahrung hatte ich in meinem langen Berufsleben gemacht.

‚Den erschüttert offenbar überhaupt nichts‘, ging es mir durch den Kopf.

Obzwar uns die freundliche Mutter Ebeneiner nach dem Mittagessen sogar noch einen Kaffee angeboten hatte, lehnten wir dankend ab und fuhren zum Posten zurück, weil ich mit Helga die weitere Vorgangsweise in

Ruhe besprechen wollte. Ich verzichtete darauf, Ebeneiner weiter zu befragen, denn ich wollte seine schlechte Laune nicht noch verstärken.

„Ich hätte gedacht“, begann Helga im Auto, „dass du die Gelegenheit nützt und die merkwürdige Botschaft mit dem ‚quitt sein‘ gewissermaßen als kleine Bombe zur Sprache bringen würdest. Warum eigentlich noch nicht?“

Ich seufzte. „Ich kann das nicht logisch erklären, warum nicht. Ich habe nur eins unbestimmte Gefühl, dass ich mir damit Zeit lassen soll. Ebeneiner scheint mehr zu wissen, als er uns sagt. Irgendetwas bleibt bei ihm bedeckt. Nur so ein Gefühl ist das. Aber diese Angelegenheit mit den Koreanern und den Verträgen müssen wir uns unbedingt ansehen und diese Frau Tamara Steger ebenfalls. Auf sie bin ich wirklich gespannt. Sie hat momentan höchste Priorität.“

„Höchste? Wirklich?“ Helga schüttelte den Kopf. „Eine Siebzehnjährige?“

„Ganz bestimmt. Denke nur daran, dass Frau Ebeneiner ihren Entführer oder die Entführerin gekannt hat. Gut sogar, denn sie hätte, laut Herrn Meixner, „Was? Du machst das?“ gesagt. Sie könnte daher vielleicht ihre Stieftochter erkannt haben. Das macht doch was her, oder?“

„Schon, aber was sollte es dann mit dem ‚quitt sein’ auf sich haben?“

„Vielleicht dies: Diese Verträge über einen Verkauf der vier Hotels. Die Streitereien darüber.“

„Toni, nein. Das kann ich nicht glauben, wenngleich wir natürlich alles in Betracht ziehen müssen. Aber die Koreaner sind eigentlich nicht die Mafia oder die Camorra. Denen traute ich es zu, zum Mittel des Mordes zu greifen, aber den Ostasiaten? Nein, eher nicht!“

„Tamara Steger auch nicht? Vielleicht hat sie der Stiefmutter den Tod Ihres Vaters am Stoder nicht verziehen?"

„Keine Ahnung", winkte Helga ab. „Mein Gott, wir kennen die junge Dame ja noch gar nicht. Es besteht aber durchaus auch die Möglichkeit, dass Brauträuber und Brautmörder doch nicht ein und dieselbe Person sind."

„Du meinst, die junge Steger entführt Veronika im Auftrag der Koreaner, und einer der fernöstlichen Finsterlinge besorgt den Rest? Möglich, aber ich habe noch etwas anderes in Betracht gezogen, weshalb mir Zweifel an dieser Zettelbotschaft gekommen sind."

„Ach so?"

„Wir wissen nämlich nicht, meine liebe Helga, wann der Zettel in den Dirndlrock gesteckt wurde. Als Botschaft nach dem Mord? Möglich und sogar wahrscheinlich, aber nicht sicher. Vielleicht war er schon während der Hochzeit drinnen, nicht? Könnte auch sein, dass er einen ganz anderen Hintergrund hat."

„Toni, ich glaube, du wirst kompliziert. Hast du vielleicht deshalb nichts von der Botschaft erwähnt?"

„Nicht nur deshalb. Auch weil der Ebeneiner mit dem Tischgebet begonnen hat. Solange unsere Untersuchungen noch in den Kinderschuhen stecken, hat das Tischgebet höhere Priorität gehabt. Schon mit Rücksicht auf die Mutter Ebeneiner."

Unterdessen waren wir bereits im Ortszentrum von Gröbming angelangt. Wir fuhren aber noch nicht zur Polizeistation zurück, sondern genehmigten uns am Hauptplatz einen ordentlichen Kaffee mit Schlag, zusammen mit einer köstlichen Joghurttorte. Dort erhielt ich zunächst eine Nachricht vom Gerichtsmediziner, dass es im Fall Veronika Ebeneiner nichts Neues zu berichten gibt und dass es sich beim Pfefferspray um den in solchen

Geräten handelsüblichen Wirkstoff Capsaicin handelt, der aus kurzer Entfernung zum Einsatz gekommen sein dürfte. Da die Todesursache ‚Tod durch Strangulierung' vom Gerichtsmediziner schon bestätigt war, konnten wir die Leiche zur Beerdigung freigeben. Davon unterrichtete ich sofort Manfred Ebeneiner und die Bestattung.

„Wir haben jetzt drei wichtige Bojen anzusegeln, Helga", sagte ich, während ich anschließend den Rest der Torte verzehrte. „Da ist einmal die Familie der Toten. Die Familie Seidel."

„Nicht erst Tamara Steger?", wunderte sich Helga. „Ich dachte, die hätte Priorität bei dir."

„Sie ist dann die nächste, wenn heute noch Zeit bleibt. Wir wissen noch nicht, wie lange wir bei den Seidels gebunden sein werden. Hernach gehen wir in Rohrmoos der Hotelangelegenheit nach. Im Safe vom Büro."

„Wie denn Toni? Die Schlüssel hierfür sind in der Handtasche des Mordopfers."

„Was der Täter offenbar gar nicht weiß", vermutete ich.

„Was ihm vielleicht auch ganz wurscht ist", setzte Helga fort. „Sollte der Mord tatsächlich wegen Hotelinteressen veranlasst worden sein, dann brauchen die Leute ja nichts aus dem Büro oder aus dem Safe holen. Durch den Tod Veronikas können keinerlei Verträge zum Abschluss gebracht werden. Das Ziel wäre erreicht."

„Aber wir, Helga, wir müssen an diesen Unterlagen interessiert sein, denn sie stellen gegebenenfalls wertvolles Material für unsere Ermittlungen dar. Ins Büro kommen wir ebenso hinein wie die Kollegen aus Schladming vorhin und in den Safe mit etwas Hirnschmalz."

„Nur, Veronika Ebeneiner hatte einen Schlüssel, aber jeder Safe hat zwei Stück."

„Exakt, Frau Kollegin. Wir werden uns also nur ein wenig anstrengen müssen, wo die Dame den Zweitschlüssel und die Ziffernkombination zugriffsicher deponiert haben könnte. Möglicherweise in ihrer Wohnung."

„Vielleicht weiß Tamara genaueres?"

„Das denke ich nicht, Helga. Wenn Ebeneiners Angaben stimmen, dann wird sie sich sehr wohl gehütet haben, ihr das Versteck dieses wichtigen Safeschlüssels anzuvertrauen."

„Wir sollten uns mehr auf Manfred Ebeneiner konzentrieren", überlegte Helga laut, „weil die Dirndlbotschaft höchstwahrscheinlich ihm gegolten hat. Wenn es wirklich eine solche war."

„Da bin ich bei dir, Helga. Wenn sich nämlich jemand bei ihr revanchieren wollte – was hätte er oder sie denn davon? Nichts. Frau Ebeneiner konnte sie nicht mehr lesen und sich gegebenenfalls darüber ärgern, dass jemandem eine Revanche geglückt ist."

Tortengestärkt und kaffeebelebt begaben wir uns in die Wamprechtshammerstraße, der Wohnadresse von Wolfgang und Anna Seidel, die uns Lechleitner genannt hatte.

Ein vollbärtiger Mann öffnete und ließ uns, nachdem wir unser Sprüchlein hergesagt hatten, mit einem müden „Ach Gott, ja!" eintreten. Er führte uns in ein bescheiden schlicht eingerichtetes Wohnzimmer, an dessen Fensterbrettern eine Unzahl von gerahmten Fotografien standen. Als wir Platz nahmen, kam eine Frau herein, die sich die Hände an der Schürze abwischte.

„Das ist meine Frau", stellte er sie vor. „Anni, die Herrschaften sind von der Polizei. Sie sind wegen der Vroni da!"

„Ja, ja, traurig, traurig", nickte sie und gab uns ein wenig schlaff die Hand, ehe sie sich setzte.

Wie vereinbart übernahm Helga das Wort und sprach mitfühlend unser Beileid aus und versicherte routiniert unser Bestreben, das schnöde Verbrechen so rasch wie möglich aufzuklären.

„Is scho wieda wer gsturbn …gsturbn“, ließ sich eine krächzende Stimme hinter uns vernehmen und erst jetzt bemerkte ich eine alte Frau, die im hintersten Eck des ein wenig düsteren Raums in einem Rollstuhl saß.

„Lass gut sein, Oma“, rief Frau Anni ihr zu. „Ich bin gleich bei dir.“

„Das ist die Mutter meiner Frau, die alte Liesel“, erläuterte der Hausherr. „Sie ist einundneunzig, die Beine tragen sie nicht mehr und sie bekommt fast nichts mehr mit, die Arme. Sie ist dement. Beachten Sie sie am besten gar nicht.“

„Ach so“, nickte Helga verstehend. „Da wird diese Tragödie sicher eine Erschütterung für sie darstellen, denke ich.“

„Nicht so sehr“, meinte Frau Anni und lächelte. „Sie hat‘s nicht ganz verstanden. Ist ohnehin besser so.“

Auch ihr Mann lächelte, was mich ein wenig wunderte, denn Eltern, deren Kind so heimtückisch ermordet worden war, pflegen verzweifelt oder verstört zu sein. Nicht versonnen zu lächeln.

„Dürfen wir Ihnen etwas aufwarten?“, fragte die Hausfrau. „Einen Kaffee, Tee oder vielleicht ein Glas Wein?“

Wir lehnten dankend ab, dennoch stellte Herr Seidel ein Glas vor uns hin, als er für sich und seine Frau den Rotwein zum Tisch brachte.

„Später vielleicht“, meinte er erklärend und füllte die Gläser. Ein fünftes goss er halbvoll ein und brachte es der alten Dame nach hinten.

„Nix verschütten, Oma“, mahnte er mit fröhlicher Stimme. „Es ist ein guter Wein!“

„Unsere Oma hat hie und da noch lichte Momente“ erklärte Frau Anna, „aber die werden immer seltener. Doch Gottlob, sie zittert nicht. Kein Parkinson.“

Sie betrachtete ihre Hände. „Ist unsere Veronika schon zur Beerdigung freigegeben?“, fragte sie nach einer Weile. „Der Herr Manfred hat uns gestern alles erzählt und gesagt, dass er noch keinen Termin für das Begräbnis nennen kann.“

„Er wollte sogar, dass wir, nicht er, das Begräbnis organisieren“, bemerkte Wolfgang Seidel verärgert. „So eine Unverschämtheit. Nach all den Jahren der Herablassung und Geringschätzung. Jetzt auf einmal erinnert sich der saubere Herr an uns. Und wir sollten zahlen. Nix da! Die Vroni war seine Frau und basta. Er muss sie eingraben, nicht wir!“

„Wird wer eingrobn, Anni, is doch scho wieda wer g‘sturbn …“, brabbelte Oma im Hintergrund.

Jetzt nahm ich doch einen Schluck Rotwein. Das konnte mühsam werden hier.

„Bitte erläutern Sie die Zusammenhänge“, forderte ich die Seidels auf. „Ich verstehe im Augenblick nicht ganz, was Sie meinen.“

„Sie haben vorhin ein wenig überrascht ausgesehen, Herr Kommissar“, begann Seidel. „Sie wundern sich vielleicht, dass wir, die Eltern der armen Vroni, nicht in Tränen aufgelöst sind.“

„Das hat uns in der Tat ein wenig gewundert“, bestätigte Helga vorsichtig.

„Das kommt daher, weil die Vroni für uns – leider – schon seit langem verlorengegangen ist.“

„Verlorengegangen?“, fragte ich verwundert.

„Ja, verloren haben wir sie. Mehr oder weniger. Wissen Sie, unsere Vroni war schon als Kind unbändig und eigensinnig. Irgendwie ein Problemkind halt. In der Schule war sie schlimm, lernen wollte sie nicht, hat aber immer gute Noten gehabt, weil sie ja nicht blöd war. Aber die Schwierigkeiten waren halt mehr mit ihrem Charakter. Gefolgt hat sie überhaupt nicht, nur frech und aufmüpfig war sie. Später ist sie dann öfter von daheim ausgerissen –"

„Nächtelang hab' ich geweint", fiel ihm seine Frau ins Wort. „Aus Angst, dass dem Kind was passiert ist, und gehofft hab' ich, dass sie bald wieder heimkommt."

„– und sie hat sich", setzte Vater Seidel unbeirrt fort „leider mit unguten Freunden umgeben. Alkohol und Drogen hat sie wahrscheinlich auch probiert. Sicher wissen wir das nicht, weil uns die Vroni schon damals nie etwas erzählt hat. Sie war immer in sich verschlossen. Wir haben uns bemüht um sie und haben getan, was wir konnten, aber wissen Sie, ich war nur ein Postbeamter, da konnte ich bei so manchem nicht mitmachen. Die Vroni war sehr anspruchsvoll was Kleidung, Konsum und Reisen betrifft. Es war eine schwere Zeit, auch weil sie zu saufen begonnen hat."

„Das hat sie vom …hä hä... Vater g'habt", rief Oma aus dem Hintergrund. „Vom Vater ...vom Vater ..."

„Sei ruhig, Oma! Du hast die Vroni immer von deinem Schnaps kosten lassen. So war das!"

„Schnaps, Schnaps, nein … der Vroni hot er immer g'schmeckt … der Schnaps …"

Herr Seidel machte nur eine abwertende Handbewegung.

„Nicht beachten. Sie redet oft nur so daher."

„Die Vroni hat sich aber wieder derfangen, wie sie so um die zwanzig war", berichtete Frau Seidel weiter. „Sie ist dann endgültig weg von daheim, weg von uns, hat irgendwo gewohnt und einige Zeit im ehemaligen Gasthof Post als Servierlehrling gearbeitet. Schon damals hat sie das Nachtleben mehr geschätzt als das Arbeiten am Tag. Aber eine super Skifahrerin war sie, die Vroni. Den Horstiglauf hat sie zwei Mal gewonnen!" Sie deutete zu einem Fenster. „Die Fotos dort – die zeigen alle unsere Vroni, wie sie noch ein Kind war. Mit Pokalen und Urkunden."

Sie ging zu dem besagten Fenster und brachte eine Reihe von Fotos zum Tisch.

„Da", sagte sie stolz. „Die Vroni mit dem Siegerpokal. Mei, Sie hätten sie sehen sollen! Sie ist ja g'fahrn wie später dann die Annemarie Moser-Pröll. Schneidig, sag' ich Ihnen! Dieses Foto hier, da ist sie auf der Planai. Dort hat sie sich einmal den Haxen gebrochen, weil sie zu wild gefahren ist und die Bindung nicht aufgegangen ist."

„Und dies?", fragte ich und deutete auf die Fotografie einer Schulklasse.

„Das Ende der Volksschule. Da wurden sie alle nochmals fotografiert. Liab sind's, die Kleinen, gelt?"

Ich nickte bestätigend. „Der Herr Klassenlehrer überragt sogar die Kinder, die auf der Bank in der zweiten Reihe stehen", bemerkte ich.

„Ja", bestätigte Herr Seidel. „Das war Joschi Schupfer. Er war zwei Meter groß und war Basketballer."

„Aha", murmelte ich. „Bei so einer Körperlänge hat er beim Stopfen nicht einmal sehr hoch springen müssen! Eine Frage noch: Dieses Gebäude im Hintergrund, war das die vormalige Volksschule von Gröbming?"

„Nein, nein. Das war die Schule in Stainach. Dort haben wir die Vroni hingeben müssen, weil, ja weil sie so schlimm war. Deshalb haben's uns einen Schulwechsel nahegelegt. Die dritte und vierte Klasse hat sie dort gemacht und beim Edwin, dem Bruder meines Mannes, gelebt, der dort bei der Molkerei angestellt war."

„Welches von den Mäderln ist denn Ihre Veronika?"

„Die da!" Herr Seidel tippte auf die zweite Reihe. „Die dritte von rechts. Das ist sie. Zwischen der Susi und dem Bertl!"

Plötzlich begann Frau Seidel leise zu weinen.

„Sehen Sie", schniefte sie, „da können einem schon die Tränen kommen, wenn ich mir die Kinder so anschaue. Mein Gott, die Susi neben ihr, so eine liebe Frau, hat ums Eck gewohnt, vor zwei Jahren hat sie den Krebs bekommen. Tot. Dann auch die Mizzi, die hinter ihr, mit den Zöpfen, Autounfall. Auch schon tot. Dann ist da noch Karli, der vor ihr sitzt, der mit den Sommersprossen. Bergführer ist er worden. Und trotzdem abgestürzt auf der Wildstelle. Auch tot! Ist das nicht traurig! Und jetzt unsere Vroni – auch tot!"

„Vroni … kumm …kost doch … von mein' Obstler … kumm her …wo bist denn …"

Frau Seidel zog die Augenbrauen in die Höhe, als wollte sie ‚Schon wieder!' sagen. Dann stand sie auf und ging zum Rollstuhl.

„Lass nur Oma. Die Vroni ist nicht mehr da. Wir haben dir doch gesagt, dass sie gestorben ist, weil sie in den Spitalgraben gestürzt ist."

„Is a daschossen word'n? Hat's an Jud' versteckt?", haspelte die alte Dame aufgeregt, „wie die Stess Maria … die Tote vom Spitalgraben …hä… verrecken hat er sie lassen … die Stesserin ... der Ebeneiner …"

„Oma, still bist! Hör' auf damit. Das ist lange her. Beruhige dich."

„Sie ist völlig verwirrt und redet manchmal durcheinander", versuchte Herr Seidel erneut zu erklären. „Aus der Kriegszeit, aus ihrer Jugendzeit. Sie vermischt das alles, es kommt ihr durcheinander. Muss man nicht beachten."

„Ich bring die Oma in ihr Zimmer", rief uns Frau Seidel zu und schob den Rollstuhl aus dem Wohnraum.

„Gib ihr auch eine der gelben Tabletten, Anni!", riet ihr Mann. Dann wandte er sich wieder uns zu.

„Wo sind wir stehengeblieben?"

„Bei den Kinderfotos", stellte Helga fest. „Sie haben erzählt, dass Ihre Tochter in der Gastronomie gearbeitet hat."

„Ja so!", nickte er. „Eines Tages war sie überhaupt weg und wir haben nicht mehr gewusst, wo sie sich aufhält. Wir haben dann erfahren, dass sie in Schladming bei ihrem Freund wohnt, einem Koch im ‚Sporthotel Royer'. Eines Tages ist die Vroni dann doch wieder vor unserer Tür gestanden. Aber sie war ganz verändert. Nobel angezogen und die Nase hat sie hochgetragen. Richtig arrogant war sie. Wir sollten sie vergessen und in Ruhe lassen, sie lebe jetzt ein anderes Leben als wir, hat sie uns klargemacht. Heftig war das damals!"

„Sie hat halt nur sich gekannt, die Dame", ergänzte Frau Seidel, die zum Tisch zurückgekommen war. „Sie wollte von uns nix mehr wissen. Dankbarkeit kannst du ja von den Kindern nicht erwarten, aber so wie sie uns behandelt hat – das hat schon wehgetan."

Helga nickte.

„Es kommt manchmal vor, dass sich Kinder von den Eltern gewissermaßen loslösen und den Kontakt abbrechen. Ich kenne das aus meinem Freundeskreis. Das ist sehr schlimm für die Eltern."

„Mit ein paar Freundinnen von früher hat sie noch Kontakt gehalten und von denen haben wir später gehört, dass sie vom ‚Royer' weg ist und im ‚Panoramablick' in Rohrmoos gearbeitet hat. Eines Tages ist dann eine Hochzeitsanzeige hereingeflattert, aber erst ziemlich spät. Lang nach dem Hochzeitstag. Sie hat den Besitzer vom ‚Panoramablick' geheiratet und ab jetzt Steger geheißen. Gehört haben wir auch, dass sie dort eine große Dame und sogar die Chefin im Hotel geworden ist."

Im weiteren Verlauf des Gesprächs erfuhren wir nicht viel Neues, nur dass sie sich doch, wie die Eltern gehört hatten, zu einer ‚Persönlichkeit' entwickelt hatte. Kontakt mit den Eltern gab es trotzdem keinen mehr. Alles weitere hätten die geplagten Eltern erst aus der Zeitung erfahren. Den Unfall von ihrem Mann am Stoder und alles was damit in Zusammenhang gebracht worden war. Von der bevorstehenden Verehelichung mit Manfred Ebeneiner hätten die Seidels erst wenige Tage vorher von Veronika selber erfahren.

„Hat sich dadurch etwas geändert zwischen Ihrer Tochter und Ihnen?", wollte ich wissen.

„Nein", meinte Frau Seidel bitter. „Mit den Ebeneinern schon gar nicht. Die Vroni hat uns sogar davor gewarnt, in die Kirche zu kommen, weil wir dort nicht dazu passen würden."

„Haben Sie so etwas schon einmal gehört?" Wolfgang Seidel nickte grimmig vor sich hin. „Die Tochter geniert sich für ihre Eltern. Nur weil wir nicht so viel Geld haben und den Trachtenfirlefanz der reichen Leute nicht mitmachen können!" Plötzlich reckte er den Kopf energisch in Richtung Helga. „Aber eines kann ich Ihnen sagen, meine Dame! Unser Grundbuch ist sauber. Ich hab' keine Schulden! Nicht einen Euro! Aber werfen Sie einmal einen Blick ins Grundbuch der Ebeneiner! Alle ihre Liegenschaften, und das sind nicht wenige, sind seitenlang mit Hypotheken belastet. So verschuldet sind die noblen Herrschaften. Aber wissen Sie, was mir unlängst einer von unserer Kartenpartie zugeflüstert hat? Das werden Sie kaum glauben! Bei den Ebeneinern ist's schon so knapp mit dem Geld, dass der Manfred, der was jetzt eigentlich mein Schwiegersohn ist, nicht einmal seinen Mitgliedsbeitrag im Motorradverein zahlen kann. Der hat doch unsere Veronika nur deshalb geheiratet, weil sie Geld hat. Und das hat sie! Sicher. Die Steger Familie mit ihren Hotels ist ordentlich g'stopft!"

„Die finanzielle Beengtheit bei Ebeneiners ist uns nicht neu, Herr Seidel. Daher ist der gewaltsame Tod Ihrer Tochter für uns natürlich auch in diesem Licht zu sehen", stellte ich fest.

„Wie wir vom Brautraub und von allem nachher gehört haben – der noble Herr Manfred hat es nicht der Mühe für wert gefunden, persönlich zu uns zu kommen. Er hat seine Mutter telefonieren lassen! –, da haben wir uns gesagt, es würde uns nicht wundern, wenn der saubere Gatte es gewissermaßen nicht hat erwarten können. Wenn Sie verstehen, was ich meine!"

„Ich verstehe sehr gut", wandte ich ein, „aber nach der Faktenlage erscheint dies eher unwahrscheinlich. Waren Sie vorher, also ehe Ihre Tochter in die Familie Ebeneiner gekommen ist, mit dieser Familie irgendwie in Kontakt?"

„Mit denen?" Aus Frau Seidels Frage war die Geringschätzung sogar für einen Schwerhörigen problemlos auszumachen. „Die und ein paar andere Großbauern haben uns immer ignoriert und, wenn überhaupt, nur sehr herablassend behandelt. Ich sag's wie es ist: Wir waren schon bald nach unserer Ansiedlung hier auch auf sie nicht mehr neugierig."

Helga, die Steirerin aus Espang, schüttelte skeptisch den Kopf.

„Ich kann Ihre Gemütslage durchaus verstehen“, meinte sie vorsichtig, „aber ich denke, man kann doch nicht alle in einen Topf werfen.“

„Meine Frau übertreibt ein wenig. Doch leider stimmt das manchmal. Aber im Großen und Ganzen sind wir Zeit unseres Lebens mit unseren Mitmenschen ja ganz gut ausgekommen, aber es hat lange gedauert, bis auch die Alteingesessenen uns, die wir aus dem Oberösterreichischen zugezogen sind, überhaupt ‚Grüß Gott‘ gesagt haben, nicht? Die Ebeneiner, die haben sich aber immer für den Nabel der Welt gehalten. Auch heute noch! Verlangen die doch glatt und unverschämt, wir sollten das Begräbnis der Vroni bezahlen. Unglaublich so etwas!“

Ich musste lächeln. „Sie erwähnten vorhin die Verschuldung der Familie. Vielleicht können sie deshalb das Begräbnis nicht bezahlen.“

„Das ist wahrscheinlich sicher so, Herr!“, brauste Seidel auf. „Aber dann soll er es auch deutlich sagen. Und noch etwas, Herr: Die Anni und ich, wir haben nicht viel, wir leben von unserer kleinen Pension. Aber das Begräbnis für unsere arme Tochter – das könnten wir uns schon noch leisten, allerdings nur, wenn man uns darum ersucht hätte. Gern würden wir es machen. Auch damit die Veronika leichter vor ihrem Gott erscheinen kann. Sie hat ohnehin einen großen Rucksack zu schleppen.“

„Inwiefern?“, fragte Helga.

„Sie hat halt überhaupt nicht gottgefällig gelebt, die Vroni.“ Frau Seidel goss sich etwas Rotwein ins Glas. „Sie wollte sich zum Beispiel nicht firmen lassen, sie ist nie in die Kirche gegangen, mich hat sie oft als Kerzerlschluckerin bezeichnet. Ich fürchte, sie ist durch viele Hände gegangen. Aber so ein trauriges Ende im Spitalgraben – nein, das hat sie nicht verdient!“

„Absolut nicht“, bestätigte ich schnell.

„Wissen Sie schon mehr, was ihr passiert ist?“, fragte sie vorsichtig. „Man hat uns nämlich nichts gesagt. Wir haben nur im ‚Ennstaler‘ gelesen, was sich ereignet hat.“

„Ihre Tochter wurde von der Hochzeitstafel im ‚Steirerwirt’ geraubt. Durchaus mit ihrer Zustimmung. Sie ist freiwillig mitgegangen, denn sie dürfte die Person gekannt haben. Seither war sie verschwunden und wurde zwei Tage später tot im Spitalgraben gefunden. Noch im Hochzeitsgewand, aber in Plastik eingehüllt.“

„Hat sie leiden müssen?“ Frau Seidel holte ein Taschentuch hervor, denn es rannen ihr Tränen über die Wangen.

„Wir wissen“, Helga breitete beruhigend die Hände aus, „dass Ihre Tochter nicht misshandelt worden ist, es wurde ihr nicht Gewalt angetan und sie wurde auch nicht ausgeraubt. Ihr Tod dürfte sehr rasch und schmerzlos gewesen sein, denn wir haben keine Hinweise gefunden, dass sie sich gewehrt hätte.“

„Vielleicht ist das ein, wenn auch nur schwacher, Trost für Sie!“, fügte ich behutsam hinzu.

„Sie haben uns“, begann ich mich nach einer Weile auf unsere Aufgabe zu besinnen, „viel über Ihre Tochter erzählt. Auch wenn Sie so viele Jahre keinen Kontakt mehr gehabt haben, – ist Ihnen etwas zu Ohren gekommen, dass jemand Ihrer Tochter absolut feindlich gesinnt war oder hat es ein Ereignis gegeben – es kann durchaus lange, lange her sein –, welches mit ihrem gewaltsamen Tod in Zusammenhang gebracht werden könnte? Rache für irgendetwas?“

Die beiden schienen nachzudenken. Dann schüttelte Vater Seidel langsam den Kopf.

„Nein, meine Herrschaften. Da kann ich Ihnen nicht helfen. Als Kind und als Jugendliche war die Vroni ja durchaus beliebt, weil sie immer und überall dabei und sogar Anführerin war. Sportlich war sie obendrein und hübsch auch noch. Solche Mädels sind in der Regel sehr beliebt. Ob sich etwas in jüngster Vergangenheit zugetragen hat, ob sie, die Witwe und Hotelbesitzerin, irgendwelche Affären gehabt hat, ob es Streitereien gegeben hat, das wissen wir wirklich nicht. Das können Sie nur in ihrer Rohrmooser Umgebung nachfragen."

Trotz behutsamer weiterer Fragen konnten wir über Veronika Ebeneiner nicht viel mehr erfahren. Sie war den Eltern schon seit Jahren zu weit entfernt, als dass man Näheres aus ihrem Privatleben hätte erfahren können. Wir erhielten zum Schluss noch den Hinweis, dass uns die Stieftochter wahrscheinlich mehr über sie erzählen könnte und verabschiedeten uns bald.

Am Weg zum Auto begleitete uns Frau Seidel, die in die Kirche gehen und einen Rosenkranz für ihre Tochter beten wollte. Neben der Autotür zupfte sie Helga am Ärmel.

„Ich müsst' Ihnen noch etwas sagen, aber …" Sie blickte zögernd zum Hauseingang zurück. „Er dürfte das nicht hören …"

„Dann nehmen wir Sie ganz einfach im Auto zur Kirche mit", schaltete Helga schnell.

„O ja, bitte …"

Während der kurzen Fahrt zur Kirche wurde kein Wort gesprochen. Am Hauptplatz angelangt, bog ich in die Stoderstraße ein und fuhr dann gleich nach links in die Schulstraße zu einem geräumigen Parkplatz, denn, das wusste ich nur zu gut, rund um die mächtige Kirche von Gröbming findest du alles, nur keinen Parkplatz.

Ich stellte den Motor ab. Helga und ich beugten uns zu Frau Seidel im Fond zurück, die ein wenig verschreckt um sich blickte.

„Hier ist es ruhig und hier sieht auch niemand, dass Sie mit uns in einem Auto plaudern", erläuterte ich. „Was wollen Sie uns denn noch anvertrauen?"

„Na ja, das ist nämlich so, weshalb ich täglich einen Rosenkranz für die Vroni beten will. Sie hat ein sehr lockeres Leben geführt und sie hat oft nur ihr Vergnügen gekannt ..."

„Ja, ja", bestätigte Helga freundlich, „das haben Sie uns schon erzählt. Der große Rucksack, nicht, mit dem sie vor Gott hintreten muss, den meinen Sie doch?"

Frau Seidel seufzte tief.

„Genau! Ich weiß nämlich von einer Freundin, die bei einem Arzt in Radstadt arbeitet, dass die Vroni zwei Mal schwanger war. Ich hab' auch erfahren, dass sie bei der ersten Schwangerschaft wohin gefahren ist und sich das Kind hat wegnehmen lassen. Aber beim zweiten Mal, da weiß ich das nicht. Meine Freundin hat mir leider nichts sagen können, weil sie den Job gewechselt hatte. Möglich, dass die Vroni wiederum wo gewesen ist, möglich aber auch, dass sie ein Kind auf die Welt gebracht hat."

„Das wäre ja ein ganz neuer Aspekt, Helga, nicht? Da bedanken wir uns für diese wichtige Information."

„Ich hätte da noch eine Bitte an Sie!", setzte die alte Dame vorsichtig fort.

„Gern, Frau Seidel."

„Sie erforschen jetzt das Leben der Veronika. Vielleicht stoßen Sie dabei auf ihr Kind, von dem wir ja überhaupt nichts wissen. Aber jetzt, wo die Vroni doch tot ist, was passiert denn mit diesem Kind? Wer kümmert sich drum?"

„Das ist gegebenenfalls eine ganz wichtige Frage", bestätigte Helga und nickte. „Wir werden schauen, ob wir da etwas herausfinden können."

„Ja, ja, danke. Und noch etwas bitte: Wenn es wirklich ein Kind gibt – bitte sagen Sie es uns. Wir nehmen es gern zu uns. Es ist ja unser Enkelkind, nicht?“

„Erinnern Sie sich, wann diese vermutete Geburt stattgefunden haben könnte?“, fragte ich nach.

„Das Kind könnte jetzt zwei oder drei Jahre alt sein.“

Ich blickte Helga an.

„Wir sind jetzt ohnehin auf dem Weg nach Schladming. Liebe Frau Seidel, wir schauen und hören uns sicher um. Nochmals vielen Dank, dass Sie uns das noch gesagt haben. Das könnte vielleicht wichtig werden.“

Frau Seidel verließ unseren Wagen und ging das kurze Stück zu Fuß zur Kirche. Wir fuhren geradeaus weiter und kurvten, vorbei am Spitalgraben, auf die Bundesstraße nach Schladming.

„Ändert sich jetzt viel für uns, seit wir wissen, dass Frau Ebeneiner vielleicht ein Kind hat?“, fragte ich nachdenklich.

„Für uns vorderhand nicht, Toni, aber unter Umständen für ihren Kurzzeitgatten. Weil damit der Großteil der Erbschaft an dieses Kind ginge und nicht an ihn.“

„Das erscheint mir kein Motiv für den Gatten, die Veronika umzubringen!“

„Nein, mir auch nicht!“ Helga sagte eine Weile nichts, dann wurde sie nachdenklich.

„Aber ist das nicht rührend, Toni?“, murmelte sie nachdenklich.

„Diese Anni Seidel. Sie möchte ihr Enkelkind haben. Die Seidels, die ohnehin nicht viel haben im Leben, sind sofort bereit, für ein Enkelkind zu sorgen. Ich finde das rührend und auch großartig!“

„Vielleicht könnten wir zum Christkind werden für die braven Leute, wenn wir dieses Kind, sollte es wirklich eines geben, finden.“

Mittwoch, 16. Juni, Nachmittag

Auf der Fahrt nach Schladming bat ich Helga, bei Tamara Steger anzurufen und unseren Besuch anzukündigen. Echte Chancen, dass wir mehr oder weniger unangekündigt bei ihr mit der Tür ins Haus fallen könnten, räumte ich uns nicht ein.

„Nur die Box!“ brummte Helga nach mehreren Anrufversuchen enttäuscht.

„Dann fahren wir, wenn wir schon nach Schladming unterwegs sind, zur Tierhandlung ‚Chappi‘ dieses Herrn Plachta, und reden einmal mit ihm über seine verstorbene Frau.“

Helga hantierte eifrig am Navi und gab die Zieladresse ein. Wenig später hielten wir vor einem, vom Zentrum Schladmings etwas abgelegenen, Geschäft für Haustierbedarf.

Zwei Herren standen hinter dem Verkaufspult. Einer war in ein Gespräch mit einem Kunden vertieft, der andere fingerte an einem Smartphone herum. Wir beschlossen uns zu gedulden, schlenderten zu einem Turm von prächtigen Aquarien und betrachteten das farbenfrohe Gewimmel der Fische. Eine ganze Wand daneben war mit Katzen- und Vogelfutterpackungen bestückt, das Bord darunter quoll über von Tierpflegebüchern.

„Kann ich Ihnen helfen?“, wurden wir plötzlich gefragt. Der junge Mann hatte noch immer sein Smartphone in der Hand, aber keinen Knopf mehr im Ohr.

„Ja, das können Sie“, sagte ich. „Wir wollen mit Herrn Plachta sprechen.“

„Der Chef hat gerade Kundschaft. Vielleicht kann ich Ihnen behilflich sein?“

„Danke, aber wir sind in einer Angelegenheit da, die wir mit Herrn Plachta persönlich besprechen können.“

„Ganz wie Sie wünschen, die Herrschaften!“ Damit zog sich der junge Mann zurück, stopfte im Weggehen wieder einen Knopf ins Ohr und stöpselte das Ende des Kabels in sein Smartphone. Worauf er sich ans Verkaufspult lehnte und zu den Klängen in seinem Ohr rhythmisch wippte. Er lauschte offensichtlich einer flotten Musik.

Wenig später verließ die Kundschaft das Geschäft und Herr Plachta kam zu uns.

„Guten Tag!“, wünschte er freundlich. „Sie wollen mich sprechen?“

„Ja, genau“, eröffnete ich das Gespräch. „Wir kommen vom Landeskriminalamt Steiermark, die Dame neben mir ist Frau Oberinspektor Tredor und ich bin Kommissar Schrempf.“

„Aha! Und – was wollen Sie bei mir?“, kam die wenig überraschende Frage.

„Wir ermitteln im Kriminalfall Veronika Ebeneiner. Sie haben sicher auch davon gehört oder gelesen.“

„Allerdings“, lautete seine knappe Antwort.

„Dazu hätten wir ein paar Fragen an Sie.“

„Muss das jetzt sein?“ Plachta schien unangenehm überrascht zu sein. „Während der Geschäftszeit? Jeden Augenblick kann Kundschaft kommen.“

„Könnte da nicht Ihr Mitarbeiter einspringen? Er hat uns vorhin seine Dienste angeboten.“

„Er hat keine Kassaermächtigung. Außerdem wüsste ich nicht, welche Fragen Sie an mich haben könnten.“

„Wir schon, Herr Plachta. Also bitte. Können wir irgendwo in Ruhe miteinander ungestört reden?“

„Nein, können wir nicht!“, stellte er verärgert fest. „Weil ich Geschäftsbetrieb habe. Und ich kann dem Lehrling nicht alles überlassen.“

„Sie haben hier doch sicher einen abgetrennten Büroraum, oder?“

„Ja, schon. Aber der ist winzig und sollte Kundschaft kommen, muss ich sowieso gleich wieder hinaus.“

„Ein Vorschlag, Herr Plachta“, schaltete sich Helga ein. „Da wir Ihre Zeit sicher nicht lange in Anspruch nehmen werden, könnten Sie ihr Geschäft doch auch kurzzeitig zusperren und die Tafel ‚Komme gleich‘ an die Tür hängen. Die Öffnungszeit endet ohnehin bald und die Tafel liegt griffbereit neben der Kassa, wie ich gesehen haben.“

„Und der Willibald? Was mach‘ ich mit dem?“

„Na, der freut sich sicher über ein halbes Stündchen Freizeit.“

Nun lenkte Plachta widerwillig ein. Er gab seinem Lehrling zwar nicht frei, sondern schickte ihn ins Lager, ‚nach hinten‘ zur Bestandsaufnahme. Dann sperrte er die Eingangstür brummend ab, hing das Schild, welches ihm Helga lächelnd gereicht hatte, an die Tür und holte hinter dem Verkaufspult zwei Sessel für uns hervor. Er selbst blieb stehen und lehnte sich an den Tresen.

„Unsere Fragen werden Ihnen nicht sehr angenehm sein, Herr Plachta“, begann ich vorsichtig, „aber ich versichere Ihnen, dass wir sie stellen müssen, um gewisse Zusammenhänge im Fall Veronika Ebeneiner zu verstehen.“

„Bitte!“ Plachta machte eine nichtssagende Geste.

„Kennen Sie Manfred Ebeneiner aus Gröbming?“

Als hätte man ihn mit einer Nadel ins Gesäß gestochen, schnellte Plachta vom Pult weg.

„Nein!“, sagte er mit fester Stimme. „Diesen Herrn kenne ich nicht und ich will ihn auch nicht kennen!“

„Oh!“ Ich war überrascht. „Das war jetzt eine eindeutige Antwort. Und warum nicht?“

„Weil dieser Saukerl schuld am Tod meiner Frau gewesen ist!“ Plachta bellte diese Worte richtiggehend heraus.

Ich machte eine besänftigende Handbewegung.

„Pardon, Herr Plachta, ich sehe, dieses Thema regt Sie offenbar stark auf. Dennoch muss ich Sie ersuchen, uns diese heftige Abneigung näher zu erklären.“

„Eigentlich geht Sie das nichts an, meine Herrschaften, pardon, auch Damenschaften, Frau Inspektor. Aber Sie sind leider offizieller Kriminaldienst, also hat es keinen Sinn, sich zu weigern, bestimmte Dinge zu erzählen. Wenn Sie es unbedingt wissen wollen, von mir aus!“

„Es wäre im konkreten Fall für unsere Gesamtzusammenschau sehr hilfreich.“

„Herr Ebeneiner“, – Plachta spuckte den Namen förmlich aus – „dieser Scheißkerl, ja.

, ich sage es nochmals, dieser Scheißkerl, hat mir meine Frau genommen.“

„Ihre Frau war demnach mit ihm – befreundet?“, fragte Helga.

„Befreundet, nennen Sie das, Frau Inspektor? Meine liebe Gattin hat mich fast eineinhalb Jahre lang mit ihm betrogen! Jawohl, schlicht und einfach betrogen! Leicht haben es die zwei gehabt. Ich war ja untertags ständig im Geschäft und habe gearbeitet, während sich die große Schriftstellerin in der Ramsau, in Filzmoos, am Dachstein oben oder sonst wo, Inspirationen für ihre Heimatgeschichten geholt haben wollte. Das hat sie mir nämlich ständig weisgemacht. In Wirklichkeit hat sie sich mit diesem Scheißkerl getroffen. Die Liebesszenen in ihren Romanen hat sie wahrscheinlich vorher mit ihm in natura durchgeprobt, damit sie sie besser beschreiben kann. Ach, verdammt, es tut heute noch weh darüber zu reden.“ Er blickte wütend aus der Glastür hinaus.

„Ihre Frau war also Schriftstellerin?“, fragte Helga nach.

„Ja!“ Plachta drehte sich abrupt um. „Sagt ihnen der Name Marianne Seisenberg etwas?“

„Ja, sicher! Die schreibt die beliebten Heimatromane im ‚Dorfglockenverlag‘.“

„Genau! Das war meine Frau. Maria Plachta. Künstlername: Marianne Seisenberg. Ich habe ihr immer geglaubt, wenn sie wieder einmal gemeint hat, sie müsse hinaus in die Natur. Früher ja, da war alles harmlos. Aber dann hat sie einmal ‚Urlaub am Bauernhof‘ ausprobiert, ausgerechnet am Ebeneinerhof in Gröbming, und dort ist sie diesem Typ begegnet.“

„Was ist dann weiter geschehen?“, fragte Helga.

„Na ja, ich muss Ihnen wohl alles sagen. Eines bösen Tages sagt sie aus heiterem Himmel, so nebenbei beim Abendessen, sie wolle sich von mir trennen. Da ist meine Welt krachend zusammengebrochen, weil sie mir ja alles war. Sie war seit jeher Sinn und Ziel meines Lebens. Aber leider. Ich war es nicht mehr für sie. Sie habe den Mann ihres Lebens getroffen, sie habe seit weiß Gott wie lange schon ein Verhältnis mit ihm, sie bitte mich um Verzeihung, dass sie mich hintergangen hat, aber sie will sich unbedingt von mir trennen, denn der Betreffende, und das war dieser Herr Ebeneiner, warte nur darauf, sie zu heiraten. Wie gesagt, meine Welt ist dabei in Trümmer gegangen.“

Plachta ging, während er sprach, wütend auf und ab.

„Wir waren dann noch bei einer Mediatorin, weil ich gehofft habe, dass dabei vielleicht herauskommt, was ihr an mir nicht mehr gefällt, weshalb sie sich einem anderen zugewendet hat, ja, ja, jünger natürlich und vitaler, aber da muss noch etwas anderes mitgespielt haben, dass sie sich nach so vielen Ehejahren von mir abwenden wollte – aber nix ist dabei rausgekommen. War nur schade ums Geld."

Er drehte sich wieder zu uns.

„Und dann ist die Katastrophe eingetreten. Ich habe nämlich nolens volens meine Einwilligung zur Scheidung gegeben. Sie war überglücklich und hat noch am selben Tag unsere gemeinsame Wohnung verlassen, weil sie gleich zu ihm ziehen wollte, zwar noch nicht auf seinen verkommenen Hof, aber irgendwo in Gröbming in zwischenzeitige Miete. Halt nur weg von mir und hin zu ihm, zum Geliebten!"

„Ihre Frau ist aber gestorben, nicht? Wir haben die Parte im Internet gesehen."

„Sie ist nicht gestorben, sondern sie hat sich umgebracht!"

„Umgebracht? O Gott! Das haben wir nicht gewusst. Wissen Sie warum?"

„Na, sicher! Was sich damals in Gröbming ereignet hat, habe ich erst hinterher erfahren. Aus ihrem letzten Brief, den sie mir geschrieben hat. Sie hat ihn ins Postkastl geworfen, ehe sie zu den Riesachfällen gefahren und dort in die Tiefe gesprungen ist. Sie könne nicht mehr ins Leben finden, hat sie geschrieben, weil sich der ersehnte Mann als Lump entpuppt hat. Er habe sie abgewiesen, hätte ihr niemals die Ehe versprochen und außerdem hätte er jüngst eine andere kennengelernt, jünger, schöner und mit viel Geld, das er dringend benötige. Sie solle halt die Scheidung rückgängig machen, die wäre ohnehin voreilig gewesen."

„Das ist wirklich unglaublich!", empörte sich Helga.

„Sie hat nicht mehr den Mut gehabt, mich um Verzeihung zu bitten und hat in ihrer Verzweiflung den Sprung in den Wasserfall für die einzig mögliche Lösung gehalten. Am nächsten Tag ist sie gefunden worden und einen Tag später habe ich ihren Brief in der Hand gehabt."

Plachta lehnte sich wieder an das Verkaufspult und strich sich über die Augen.

„Jetzt werden Sie verstehen, warum ich diesen Herrn als Scheißkerl bezeichne."

Seine Stimme schwoll etwas an.

„Wie ich dieser Tage gelesen hab', was sich in Gröbming bei seiner Hochzeit ereignet hat, da hab' ich fast gejubelt. ‚Du Schweinskerl hast mir meine Frau genommen', hab' ich mir gedacht. ‚Recht geschieht dir, dass dir jetzt jemand deine Frau genommen hat!' Es gibt doch noch so etwas wie eine ausgleichende Gerechtigkeit!"

Helga und ich blickten uns kurz an. Plachta stand wieder bei der Glastür. Wir konnten sehen, dass ihn seine Emotionen fest im Griff hatten. Seine Fäuste am Rücken waren geballt.

Ich deutete Helga mit einer Geste an, dass wir ‚nun an die Sache herangehen müssen'. Ich ging zu Plachta.

„Wo waren Sie", fragte ich, als ich neben ihm stand, „am vergangenen Sonntag?"

Er drehte sich langsam zu mir um. Dann nickte er grimmig.

„Ja, ja. Jetzt sind Sie überzeugt, dass ich der Täter bin. Aber Sie begehen einen Denkfehler, Herr Kommissar."

„Ach so? Welchen denn?"

„Wäre ich zum Mörder geworden – bei Gott! Ich wäre es nur allzu gern geworden! –, ich hätte *ihn* umgebracht, und nicht die bezaubernde Vroni. Vergessen Sie also Ihre ganze Fragerei und gehen Sie Ihrer Wege!"

Ich wollte noch etwas nachfragen, doch im gleichen Moment trat Helga zu uns und hielt eine schmale Dose in die Höhe.

„Wozu brauchen Sie denn Pfefferspray, Herr Plachta?“

„Den? Na, für den Fall, dass jemand auf die Idee kommt, sich bei mir Geld zu beschaffen. Die Gaunergesellschaft wird immer dreister und ich stehe oft allein im Geschäft. Heutzutage kann man nicht vorsichtig genug sein!“

„Ich wiederhole meine Frage von vorhin“, beharrte ich durchaus behutsam. „Wo waren Sie?“

Plachta fixierte mich mit unfreundlichem Blick.

„Ich war vormittags hier, in der Sonntagsmesse, bin anschließend ins Gesäuse gefahren und auf die Mödlinger Hütte aufgestiegen.“

„In Begleitung?“

„Nein, allein.“

„Kann das jemand bestätigen? Der Hüttenwirt vielleicht oder haben Sie jemanden getroffen, den Sie kennen oder der Sie kennt?“

„Ich hab‘ mich hinter der Hütte in den Schatten gesetzt und zu Mittag gegessen. Es herrschte ein großes Gedränge drinnen und auf den Terrassen. Es war ja Sonntag. Die Hütte ist am Wochenende ziemlich überlaufen. Getroffen habe ich niemanden.“

„Könnte sich vielleicht jemand vom Servierpersonal an Sie erinnern?“

„Kaum. Dort oben ist Selbstbedienung. Ein ständiges Kommen und Gehen.“

„Haben Sie vielleicht noch einen Rechnungszettel von Ihrer Konsumation?“

Wiederum Kopfschütteln. „Den habe ich gar nicht genommen. Wer braucht denn so einen Wisch!“

„Das ist aber schade, denn –“

„Moment!“, unterbrach er mich. „Da fällt mir etwas ein.“

Er ging in sein Büro und kam mit einem Rechnungsstreifen zurück.

„Hier, bitte!“ Er reichte ihn mir. „Ich habe auf der Fahrt nach Johnsbach in Trautenfels getankt. Uhrzeit: 12:22 Uhr. Mit Datum vom Sonntag, 13. Juni.“

Ich nahm die Quittung und warf einen kurzen Blick auf die Daten.

„Welchen Wagen fahren Sie?“

Plachta blickte genervt zur Decke.

„Was Sie alles wissen wollen! Einen Skoda Benziner. Sonst noch etwas?“

„Farbe?“

„Beige. Steht in der Garage neben dem Magazin. Wollen Sie ihn sehen?“

„Vorderhand noch nicht. Danke für den Tankzettel. Den müssen wir aber für kurz Zeit einbehalten.“

„Von mir aus! Ich muss mir nur vorher eine Kopie für die Buchhaltung machen.“

„Nicht nötig. Sie erhalten den Beleg umgehend zurück, sobald wir unsere Arbeit abgeschlossen haben“, erklärte Helga.

„Ja, ja, am Sankt Nimmerleinstag“, meinte Plachta bitter. „Ich hab da Erfahrung mit Gewerbe, Steuer und Gemeinde. Wenn du der Behörde eine Unterlage aushändigst, dann kannst du sicher sein, dass du sie nicht mehr siehst.“

„Hatten Sie auf ihrer Bergtour ein Mobiltelefon mit?“, wollte ich jetzt wissen.

„Wozu hätte ich eines mitnehmen sollen?“

„Für Fotos. Anhand der Datumsanzeige könnten wir nämlich sehen, dass Sie wirklich auf der Hütte waren.“

„Selbst wenn ich so ein Wischding, wie das vom Willibald, hätte, ich hätte es sicher nicht mitgenommen."

„Sie besitzen kein Mobiltelefon?", fragte Helga.

„Nein, ich brauche keines. Ich habe im Büro und in der Wohnung einen Festnetzanschluss. Das genügt."

„Das erscheint mir, gelinde gesagt, eher ungewöhnlich für einen Geschäftsmann von heute. Wenn nicht unwahrscheinlich", meinte Helga. „Haben Sie wirklich keines?"

„Ich bin die letzten dreißig Jahre mit dem Festnetz bestens ausgekommen und gedenke es weiterhin zu bleiben. Stört Sie das irgendwie?"

„Nein", sagte ich betont lässig. „Wir verfügen aber durchaus über Mittel und Wege nachzuprüfen, ob Sie wirklich keinen Mobiltelefonanschluss haben. Sollte es anders sein, schauen wir uns Ihr Bewegungsprofil ganz genau an."

„Sie werden nur den Anschluss von meiner Frau finden. Sie hat so ein Wischding gehabt. Ich habe es seit ihrem Tod nicht benützt. Es liegt in der Lade im Büro."

„Wie kommt es denn in Ihren Besitz?"

„Sie hat es, wie alles andere, einfach liegengelassen, als sie damals weggelaufen ist."

„Aha. Dann muss ich Sie jetzt auffordern, es uns auszuhändigen. Zusammen mit dem Ladegerät."

„Dazu haben Sie wirklich kein Recht!", beharrte er mürrisch.

„Dazu haben wir als ermittelnde Beamte sehr wohl das Recht, weil bei Ihnen ein dringender Tatverdacht besteht."

„Wie kommen Sie denn auf diese Idee!!!", rief er außer sich. „Ich habe Ihnen doch klipp und klar –"

„Sie haben uns vorhin ein einwandfreies Tatmotiv für den Mord an Veronika Ebeneiner frei Haus geliefert,

Herr Plachta", übernahm Helga das Kommando. „Wie haben Sie so treffend formuliert? ‚Er hat mir meine Frau genommen, jetzt hat ihm jemand seine Frau genommen!' Da müssen wir natürlich hellhörig werden."

„Ja, schon", meinte Plachta verunsichert, „aber deswegen … doch nicht die reizende Vroni …"

„Dieser Jemand könnte also durchaus Sie gewesen sein", setzte sie nach. „Sie waren auch der Ansicht, ihm, Manfred Ebeneiner, wäre durchaus recht geschehen. Könnten wir das so verstehen, dass Sie mit ihm jetzt gewissermaßen – ‚quitt' sind?"

„Aber dass er mir meine Frau genommen hat, heißt doch noch lange nicht, dass ich ihm die seine genommen habe!"

„Kommen Sie, Herr Plachta!" Ich nahm behutsam seinen Arm, führte ihn zu einem Sessel beim Verkaufspult und ließ ihn dort niedersetzen. „Hören Sie uns jetzt gut zu und überlegen Sie sich genau, was Sie sagen. Es gibt ein paar Dinge, die Sie belasten. Nämlich: Frau Ebeneiner wurde mit Hilfe eines ‚hellen Wagens', die Farbe demnach weiß bis beige, von der Hochzeitstafel entführt. Ihr PKW ist beige, wie Sie vorhin bestätigt haben. Frau Ebeneiner wurde, ehe sie umgebracht wurde, mit Pfefferspray kampfunfähig gemacht. Sie besitzen so eine Dose und haben sie griffbereit. Bei der toten Frau Ebeneiner besteht der dringende Verdacht auf eine Revanchetat, zu der Sie, Herr Plachta, allen Grund gehabt hatten. Muss ich noch deutlicher werden?"

Plachta vergrub sein Gesicht in den Händen.

„Das gibt's doch nicht!", rief er. „Sie halten tatsächlich mich für den Mörder! Ich doch nicht! Ich, der friedlichste Mensch weit und breit. Ich bringe doch die Vroni nicht um. Ich war auf der Mödlinger Hütte, das müssen Sie mir glauben."

„Das wird sich herausstellen. Momentan besteht ein dringender Verdacht. Führen Sie uns jetzt bitte zu Ihrem Pkw. Wir wollen uns den einmal näher ansehen."

Plachta erhob sich zur vollen Größe. Er hatte sich wieder gefasst.

„Nein!", sagte er mit fester Stimme. „Sie haben keinen Durchsuchungsbefehl in der Hand. Demnach dürfen Sie hier, in meinem Geschäftslokal, gar nichts."

„Sie haben völlig recht, Herr Plachta", meinte Helga versöhnlich. „Wir dürfen hier vorderhand gar nichts. Außer Sie gestatten es. Sollten Sie es aber nicht gestatten, dann haben wir schon morgen die nötigen Ermächtigungen und dürfen alles! Vorderhand wollen wir nur den Spray untersuchen, wann er das letzte Mal verwendet wurde und in Ihr Auto möchten wir auch einen Blick werfen, ob sich Hinweise finden, dass außer Ihnen noch jemand anderer drinnen war. Sie dürfen gerne dabei sein und zuschauen, was wir in die Hand nehmen. Also?"

Plachta drehte sich wortlos um, verließ, gefolgt von uns, das Geschäftslokal durch eine Hintertür und führte uns zu seinem Magazin, wo er dem Lehrling Willibald für den Rest des Tages freigab. Dann öffnete er umständlich die Garagentür neben dem Magazin und deutete auf einen beigen Skoda Oktavia.

„Bitte", sagte er knapp, „Das ist er, er ist offen!"

Worauf er sich zornig auf eine Kiste setzte.

Helga und ich durchsuchten den Wagen mit kriminalistischer Routine. Das ging rascher als gedacht, weil das Wageninnere sauber und aufgeräumt war. Im Kofferraum befand sich nichts, außer den üblichen Hilfsmitteln für den Fall eines Unfalls oder einer Panne.

Ich war gerade dabei, das Handschuhfach zu durchsuchen, als ich an der Schulter angetippt wurde. Hinter mir stand Helga mit weißen Handschuhen und hielt mir etwas entgegen, das mir kurz den Atem nahm. Ein Kropfband. Passend zu einem Trachtendirndl.

„Wo war das?“, fragte ich leise.

„Zwischen der hinteren Sitzbank und der Lehne. Dort ist ein schmaler Spalt“, erklärte sie. „Dahinter ist der Überzug der Sitzbank ein wenig eingerissen, sodass sich das Kropfband dort verfangen hat und hineingerutscht ist.“

Wir verließen die Garage und gingen zu Plachta hinaus, der noch immer auf seiner Kiste sitzend vor sich hinbrütete.

„Die Leiche von Frau Ebeneiner“, begann ich, „trug noch ihr Hochzeitsgewand und ihren Schmuck, als man sie fand. Nur das Kropfband fehlte.“ Ich hielt ihm unseren Fund unter die Nase. „Dies hier haben wir in Ihrem Wagen gefunden. Haben Sie eine Erklärung dafür?“

Wenn ich erwartet hätte, dass es nun zu einem emotionalen Ausbruch kommen würde, so hatte ich mich getäuscht. Emotional war sein Ausbruch tatsächlich, aber ganz anders als erwartet. Plachta warf die Arme in die Höhe, als wolle er den Himmel anrufen.

„Das gibt es doch nicht!“, rief er außer sich. „Und wir haben uns dumm und dämlich gesucht. Im Auto ist es gewesen! Wer hätte das gedacht!“ Dann erst schien er unsere ernsten Gesichter zu bemerken.

„Das ist das Kropfbandl meiner Frau“, erläuterte er wieder ruhig. „Sie hatte es damals überall gesucht und Stein und Bein geschworen, dass es irgendwo in der Wohnung sein muss!“

„Ihrer Frau gehörte dieses Kropfband? Das ist leicht zu überprüfen. Halte einmal bitte, Helga!“

Ich holte mein Mobiltelefon hervor, fertigte rasch ein Foto des Schmuckstücks an und wählte die Nummer von Manfred Ebeneiner.

„Guten Tag, Herr Ebeneiner“, begann ich, als er sich gemeldet hatte. „Ich hoffe, ich störe nicht! – Na, gut. Ich schicke Ihnen jetzt gleich per WhatsApp ein wichtiges Foto. Sollte es sich dabei um das Kropfband Ihrer Frau handeln, dann schicken Sie mir umgehend ein ‚JA‘ zurück. Aber nur, wenn Sie sich absolut sicher sind. Ansonsten ein ‚NEIN‘. – Wie bitte? – nein, nein, das ist Nebensache – egal. Ja. Also bitte, bis gleich!“

Ich schickte das Foto ab und sogleich wurden am Display die beiden blauen Häkchen sichtbar, dass die Sendung korrekt abgegangen und beim Empfänger auch angekommen ist. Jetzt stieg der Spannungspegel bei mir doch ein wenig an. Kommt ein ‚ja‘ zurück, dann wäre der Fall Veronika Ebeneiner wahrscheinlich so gut wie geklärt. Lupenreines Motiv und er hat das Kropfband.

Ebeneiner schickte aber keine Botschaft, sondern rief mich an.

„Nein, nein“, plapperte er los. „Ganz anders. Das ist nie und nimmer das Kropfband meiner Frau. Ihres hatte kleine Kettchen, war nicht so knallrot und –“

„Danke, Herr Ebeneiner“, unterbrach ich ihn. „Vielen Dank! Damit haben Sie uns schon geholfen. Wir sind in Eile. Guten Tag!“

Ich steckte mein Telefon weg und übergab Plachta das Kropfband. Er stand auf und steckte es wortlos ein.

„Danke. Bin ich also, Gott sei Dank, einer Verhaftung gerade noch entgangen!“, meinte er mit sarkastischem Unterton.

„Wir hatten nicht die Absicht, Sie zu verhaften“, warf Helga ein. „Was den Tatverdacht begründet hat – und es immer noch tut – ist Ihr starkes Motiv.“

„Bei welcher Mediatorin sind Sie und Ihre Frau gewesen, ehe sich das Unglück, der Tod Ihrer Frau, ereignet hat?“ fragte ich und holte meinen Notizblock hervor.

„Wozu brauchen Sie das denn schon wieder?“

„Ich möchte Sie dringend daran erinnern, dass es ganz in Ihrem Interesse wäre, mit uns zusammenzuarbeiten. Ihre Situation ist nicht gerade rosig. Name und Adresse bitte?“

Er funkelte mich böse an. Dann senke er den Kopf.

„Die zwei Sitzungen waren bei einer Frau Griessbart oder Grissbert in Liezen. Die Adresse weiß ich nicht mehr.“

„Ist auch nicht nötig. Die wird sich finden. Danke. Damit hätten wir es, vorderhand. Das Smartphone Ihrer Frau übergeben Sie uns noch, ehe wir weggehen und die Pfefferspraydose. Bis auf Weiteres verlassen Sie bitte Schladming nicht und halten sich zu unserer Verfügung.“

Bei der frostigen Verabschiedung kündigte er an, sich sofort bei seinem Anwalt zu erkundigen, ob wir nicht unsere Kompetenzen überschritten hätten und er werde uns zur Anzeige bringen und alles in den Medien breittreten, sollte dem so gewesen sein.

„Wenn wir wieder in Gröbming sind, Toni“, kündigte Helga auf der Heimfahrt an, „werde ich mich gleich auf das Handy stürzen und die Daten abfragen, ob es seit dem Tod von Frau Plachta wirklich nicht mehr benützt worden ist.“

„Sehr gut, aber kannst du das nicht schon jetzt machen?“

„Nein, denn das Ding hat nicht einen Tropfen Saft. Selbst mit einem Powerpack dauert es einige Zeit bis man an die Innerei herankommt. Meines liegt aber im Büro, leider. Aber dort werde ich das Smartphone gleich an den Laptop hängen, diese Abfragen machen und den ganzen Datenbestand in unseren elektronischen Akt übernehmen.“

„Wenn du meinst, o.k., Helga. Sollte nichts zu finden sein, dann fahr' bitte noch heute nach Schladming und bring ihm das Handy zurück, sonst hängt sich sein Anwalt vielleicht dran und macht uns Probleme. Du weißt, Zeus liebt das gar nicht, wenn wir juristische Normen situationselastisch auslegen."

„Aber unser Tatverdacht ist nicht situationselastisch sondern wasserdicht! Ich könnte mir vorstellen, dass wir sogar schon einen Haftbefehl erwirken könnten."

„Ein Richter", gab ich zu bedenken, „der sein Amt wirklich ernst nimmt, schmeißt uns hochkant hinaus, Helga, weil die Suppe, wenn du sie kostest, doch noch ziemlich dünn ist."

„Die ist dicker als du annimmst, Toni. Denn wir haben etwas sehr Interessantes von ihm gehört, nicht?"

„Was meinst du?", fragte ich ein wenig unsicher, weil ich keine Ahnung hatte, worauf sie hinauswollte.

„Wir wissen doch, dass Frau Ebeneiner die Person gekannt hat, welche die Entführung vorgenommen hat. Und der werte Herr Plachta hat – "

„Genau!", entfuhr es mir. „Plachta muss sie ja gekannt haben. Er hat mehrmals von ‚Vroni' gesprochen, nicht von Frau Steger."

„Er hat sie sogar als ‚bezaubernd' bezeichnet, wie er gemeint hat, er hätte, wenn er ein Mörder wäre, den Manfred Ebeneiner gemeuchelt und nicht ‚die bezaubernde Vroni'. Zusammen mit dem eindeutigen Motiv der Rache, ist die Suppe doch etwas dicker. Und darüber hinaus – "

„Sicher, Helga", unterbrach ich den zu erwartenden Wortschwall. „Aber wir müssten glaubhaft nachweisen, dass er nicht auf der Mödlinger Hütte war, sondern in Trautenfels kehrtgemacht und zum ‚Steirerwirt' zurückgefahren ist. Das wäre sich tadellos ausgegangen."

„Wir könnten anhand eines Fotos von Plachta auch unter den Hochzeitsgästen reihum fragen. Vielleicht erkennt ihn jemand von den Motorradlern oder Jägern."

„Das wäre eine Möglichkeit. Dazu brauchen wir aber ein Foto von ihm. Vielleicht hat ihn seine Gattin einmal fotografiert. Schau nach, wenn wir in Gröbming sind."

„Wird gemacht, Toni. Wenn dort keine ordentlichen Bilder zu finden sind, also solche, die wir verwenden können, dann hole ich sein Konterfei aus der Website seines Unternehmens. Wie wird es dann mit der Mödlinger Hütte weitergehen?", fragte Helga nachdenklich.

„Sehr einfach", antwortete ich, ohne sie anzusehen. „Du steigst morgen zur Hütte auf und zeigst den Betreibern ein Foto von Plachta."

Helga lachte sarkastisch.

„Aber sicher, Toni! Und nachher bist du aufgewacht aus deinem Wunschtraum. Ich werde vielmehr Zeus überreden, mir dein Dienstauto zu überlassen. Es gibt nämlich eine Forststraße zur Hütte."

„Dass ihr Frauen auch keinen Spaß versteht!", brummte ich vermeintlich ernst.

„Apropos Spaß, Toni. Kein Spaß jetzt. Ich möchte dich heute etwas früher verlassen und nach St. Martin fahren. Um achtzehn Uhr findet dort ein kleines, aber feines Konzert statt. Mit verschiedenen musikalischen Programmpunkten, dargebracht von teilweise unbekannten Künstlern. Auch von engagierten Laien. Darunter ist heute auch ein Freund unserer Familie. Fritz Godshart aus Niederöblarn. Ein Cellospieler. Ihn würde ich gerne hören und anschließend mit ihm auch ein wenig quatschen."

„Kein Problem, Helga. Wenn du mit dem Plachtahandy fertig bist. Dann ab zur Kunst."

„Danke, Toni!" Sie lehnte sich zufrieden zurück.

Wieder in Gröbming fanden wir auf unserem Tisch einen Hinweis von Lechleitner, dass neue Fotografien von der Trauung und von der Hochzeitstafel am PC eingetroffen sind. Auf's erste Hinschauen, nichts sensationell Neues, aber eine genaue Durchsicht müssten Helga und ich allein machen, denn er hätte dazu weder Zeit noch Personal.

Helga verkroch sich sogleich hinter ihrem Laptop und hantierte mit Smartphone und Kabeln, während ich daranging, meinen Lagebericht von heute vorzubereiten, um ihn für Zeus ins interne Datennetz einzuspielen. Mitten in der Arbeit riss uns aber die Torero-Kennung meines Mobiltelefons aus der Konzentration.

„Zeus ist ungeduldig", kicherte Helga. „Vielleicht hat er abends etwas vor."

So war es auch.

„Ich weiß ja", begann er seinen üblichen, vorabendlichen Monolog, „dass mein Kommissar Schrempf um diese Uhrzeit üblicherweise seinen Bericht konzipiert. Da ich aber abends bei einem Empfang in Eggenberg sein muss, Toni, will ich schon jetzt wissen, was es bei euch im heilklimatischen Kurort des oberen Ennstals Neues gibt."

„Viel, Chef, und doch wiederum nur wenig!"

„Seit wann bist du kryptisch veranlagt? Was soll denn das heißen? Viel, aber nur wenig?" Zeus war also ungeduldig. Wahrscheinlich schon am Sprung nach Hause, um sich für den Empfang Eggenberg-fein zu machen.

Also musste ich mich kurzfassen und berichtete von der Fotodurchsicht, vom in vieler Hinsicht eigenartigen Besuch beim Ehepaar Seidel und vom Gespräch mit Mutter und Manfred Ebeneiner, der uns die Stieftochter seiner Frau und deren Geschäftskomplizen als wahrscheinliche Täter genannt hatte. Und vom angeblich geplanten Verkauf der Hotelkette an ein deutsches Konsortium."

„Blödsinn!", platzte Zeus dazwischen. „Ohne richterlichen Beschluss hätte die Dame niemals über das Vermögen ihres Mündels verfügen dürfen. Das kann nur eine Schutzbehauptung sein. Was sagt die Stieftochter eigentlich zu alldem?"

„Die besuchen wir erst morgen. Dafür haben wir heute jemand anderem einen Besuch abgestattet, der höchst interessant werden könnte."

„Na los, Toni. Lass' endlich hören."

„Dieser Braten riecht schon viel besser", bestätigte Zeus, als er alles über Reinhard Plachta erfahren hatte. „Dieser Herr hat ein einleuchtendes Motiv! Was gedenkst du nun mit der Mödlinger Hütte zu machen?"

„Sehr einfach. Helga befragt die Hüttenleute anhand eines Fotos von Plachta, ob man sich an ihn erinnern kann."

„Und wie kommt deine Assistentin-Perle da hinauf? Die Bude liegt auf fünfzehnhundert Meter Höhe, höre ich."

„Sie nimmt meinen Wagen und lässt sich mit der Hilfe unserer Kollegen in Gaishorn die Mautstraße öffnen. Ich werde das veranlassen."

„Sonst noch etwas?"

„Ja, eine Kleinigkeit, die unter Umständen auch interessant werden könnte!"

„Nämlich?"

„Veronika Ebeneiner hat möglicherweise ein Kind im Alter von zwei oder drei Jahren. Die Mutter Seidel hat eine Vermutung in dieser Richtung geäußert."

„Zack, Toni! Da hast du jetzt einiges zu erforschen. Weiß Manfred Ebeneiner davon?"

„Chef!“, erwiderte ich ein wenig ungeduldig. „Ich nehme an, dass da niemand etwas Genaueres weiß. Der Ebeneiner wäre wahrscheinlich der Letzte, dem sie es anvertraut hätte.“

„Sei nicht so sicher, Toni. Erst nachfragen.“ Er atmete einmal durch. „Ok, Toni. Du bist ausgelastet und ich mache mich auf zum Empfang. Schönen Abend!“

Helga hatte unterdessen ihre Arbeit beendet und sich zum Weggehen fertiggemacht.

„Bis morgen, Toni. Ich eile. Hoffentlich bekomme ich noch Karten. Ich erzähl‘ dir morgen von meinem Cellisten-Freund und du mir, wo du zu deinem Bier das übliche Naturschnitzel mit Reis verzehrt hast.“

Und weg war sie.

Ich machte es mir vor dem Bildschirm bequem und begann, ein Foto nach dem anderen anzusehen. Die Hochzeitsbilder waren mit der Zeit recht ermüdend. Jede Menge Selfies mit der Braut, dem Bräutigam oder mit beiden, viele Großaufnahmen von Damen und Herren allein, aber leider wenig Gruppenbilder, auf denen man alle Gäste sehen konnte. Ich würde morgen mithilfe von Lechleitner eine Datei mit den Namen der zu erkennenden Hochzeitsgästen in der Kirche anlegen. Die Fotos von der Hochzeitstafel im ‚Steirerwirt‘ waren ein einziges Durcheinander von Jankern, Dirndln, Lederhosen, Röcken und von Waden mit Tätowierungen.

Nach einiger Zeit kam Lechleitner herein und brachte Neuigkeiten.

„Ich hab‘ grad gehört, dass Veronika Ebeneiner im Grab ihres ersten Mannes beigesetzt werden soll. Also in Schladming.“

„Ist das etwas Besonderes?“

„Eigentlich schon, denn sie war, wenn auch nur für kurze Zeit, eine Ebeneiner. Also gehört sie eigentlich hier ins Ebeneinergrab. Ich hab' vorhin den Manni getroffen. Er hat gerade seinen Vater vom Spital nach Hause gebracht und auf meine Frage, wann denn das Begräbnis angesetzt sei, gemeint, er habe per SMS die Stieftochter Tamara angefragt, ob sie einverstanden wäre, die Vroni zu ihrem ersten Mann zu legen und ob ihr dann ein Termin am Sonntag passt."

„Und?"

„Er hat noch keine Antwort bekommen. Bleibst du heute noch lange da?"

„Nein, Jacopo. Ich mach auch bald Schluss. Die Fotos muss ich mir morgen etwas genauer ansehen. Aber bitte mit deiner Hilfe, um zu den Gesichtern die jeweiligen Namen zu erfassen und so weiter."

„Ja, gern, wenn Zeit bleibt. Ich hab jetzt Dienstschluss. Wenn du was brauchst, der Wolfi Gloger hat Bereitschaft."

„Danke. Bis morgen, Jacopo!"

Ich ließ meiner Ankündigung bald die Tat folgen und machte ebenfalls Schluss. In der gemütlichen Gastwirtschaft oberhalb des Friedhofs genehmigte ich mir ein kleines Abendessen – wie Helga es richtig vorausgesehen hatte: meine Lieblingsspeise: ein Naturschnitzel mit Reis – und überdachte bei einem wohltemperierten Bier den momentanen Stand unserer Ermittlungen.

Eigentlich hatte ich den ungewöhnlichsten Fall in meiner doch schon recht langen Karriere zu bearbeiten. Eine Braut wird von jemandem, den sie offenbar kennt, überraschend geraubt und eineinhalb Tage später, brutal erwürgt, in Plastik verpackt, im Spitalgraben gefunden. Das allein ist schon derart bizarr, dass man kaum weiß, wie und wo man mit den Ermittlungen am besten ansetzen kann. Gut und schön! Ein Motiv hätten wir gefunden. Die bösartige Rache eines hintergangenen Ehemanns. Vielleicht. Wie du mir, so ich dir. Aber so ganz überzeugt war ich davon noch nicht. Ein helles Auto hat bald jemand, einen Pfefferspray in Bereitschaft in einem abgelegenen Geschäftslokal zu haben, ist auch nicht etwas, weshalb man die Augenbrauen überrascht hochzieht, und letztendlich ist ein Tankbeleg kein wasserdichtes Alibi. Plachta bleibt verdächtig, ja, aber vorderhand nicht mehr. Was hat es aber andererseits mit den angeblichen Koreanischen Finsterlingen? Manfred Ebeneiners Beschuldigungen klangen zwar plausibel, aber bei einer genaueren Durchleuchtung würde sich dieses Motiv wahrscheinlich als unsinnig herausstellen. Also, warum behauptet er das? Glaubt er es wirklich oder will er nur ablenken? Ich, Toni Schrempf, bin zwar kein studierter Jurist, aber dass ein fast großjähriges Mündel mithilfe eines Anwalts per richterlicher Verfügung verhindern kann, dass seine Gesellschaftsanteile gegen seinen Willen verkauft werden, hätte ich auch ohne Belehrung von Zeus gewusst. Und jetzt zum Wichtigsten. Was kommt eigentlich heraus, wenn man den Kurzzeitgatten einmal genauer unter die Lupe nimmt. Wenn die Auskünfte der Seidels zutreffen, dann haben die Ebeneiner Geld bitter nötig. Eine Hotelerbin scheint da schon recht gelegen gekommen zu sein. Sie war ihm offenbar willkommener als die Heimatschriftstellerin. Sein Schwenk von Maria Plachta zu Veronika Steger – mir fiel sofort ein passendes Wort dafür ein, nämlich ‚erotischer Reifenwechsel' – wirft zwar ein ungutes Licht auf Ebeneiners Charakter, aber strafbar ist das natürlich nicht. Hat doch er vielleicht die Entführung eingefädelt? Ein gedungener Killer kann eigentlich nicht am Werk gewesen sein, denn einen solchen hätte Veronika nicht so vertraulich angesprochen. Hat sie das tatsächlich getan? Wer hat das gehört? Nur der Kellner und der Geschäftsführer. Hat man den verunsicherten Nikodem vom ‚Steirerwirt' vielleicht gar instruiert, was er antworten muss, wenn Manfred Ebeneiner ihn, angeblich ganz außer sich, befragt, was sich ereignet hat? Nein, das erscheint eher unwahrscheinlich. Da wären zu viele Mitwisser im Bunde und solche kosten Geld, das die Ebeneiner momentan nicht haben. Es bliebe noch, an den Vater Ebeneiner zu denken, den man auch nicht vergessen darf. Der Großteil von Gewalttaten ereignet sich bekanntlich im familiären Kreis, nicht? Und der ‚g'standene' Großbauer Franz Ebeneiner hat sich ja schon vor der Eheschließung entschieden gegen die angehende Schwiegertochter ausgesprochen. Aus vielerlei Gründen. Sie passe angeblich nicht zum Sohn, hat ihren ersten Mann unter die Erde gebracht und letztlich auch deshalb, weil sie aus einer Familie stammt, die ‚fremd' und eher mittellos war und beides noch sind. Andererseits hat Veronika – auch kein schöner Charakterzug – ihre Eltern schon als junges Mädchen quasi verleugnet und sich an der Seite des Hoteliers einiges an Ansehen und wahrscheinlich auch an Vermögen erarbeitet. Ob nicht doch so manches zu hinterfragen wäre, weil ja …

„Ich beobachte Sie schon die ganze Zeit, Herr Kommissar", ertönte es hinter mir, „wie Sie da beim Bier sitzen und wahrscheinlich über die Tote im Spitalgraben grübeln!"

Ich blickte auf. Hinter mir stand Raimund Rosey, Gröbmings Bürgermeister, mit einem Krügel Bier in der Hand und grinste mich freundlich an.

„Darf ich?", fragte er pro forma und ließ sich, ohne meine Antwort abzuwarten, neben mir nieder.

„Aber ja, gern. Wie geht's denn dem Herrn Bürgermeister?"

„Sehr gut, Herr Kommissar“, sagte er und schlug mir freundlich auf die Schulter, „weil ich ein solcher seit einiger Zeit nicht mehr bin und andererseits wiederum nicht gut, weil Sie schon wieder da sein müssen!“

„Sind Sie abgewählt worden? Ich erinnere mich, dass Sie damals, als ich das letzte Mal hier ermittelt habe, vor den Gemeinderatswahlen gestanden sind.“

„Ja, ja, damals ist alles beim Alten geblieben und die ganze Aufregung war umsonst. Ich habe aber später mein Amt zurückgelegt, um der Jugend Platz zu machen.“

„Der Jugend? Wer ist denn jetzt der Allgewaltige hier?“

„Der Peter Platzer. Ein Top-Mann. Kennt sich gut aus und hat noch unverbrauchte Nerven.“

„Sie genießen daher jetzt den Ruhestand“, meinte ich und nahm einen Schluck Bier.

„Na ja, genießen ist eigentlich zu viel gesagt. Ich muss mir ständig sagen, dass ich den Mund halten soll, weil niemand mehr auf meine Meinung neugierig ist.“

„Aber, aber, Herr Bürgermeister! Ein Ratschlag von Ihnen wird doch sicher noch einiges Gewicht haben, denke ich.“

„Ein Gewicht schon, Herr Kommissar, aber eher in der Klasse ‚Fliegengewicht‘. Der Wechsel vom Schwergewicht ins Fliegengewicht ist nicht ganz einfach. Aber Ernst vor Spaß, lieber Herr Kommissar, jetzt sind Sie schon zum dritten Mal bei uns. Dieses Drama um die entführte Braut im Spitalgraben macht mich wirklich fassungslos.“

„Uns auch. Aber dennoch sind wir drauf und dran, den oder die Täter möglichst bald zu ‚fassen‘!“

„Wo ist eigentlich Ihre schnuckelige Assistentin?“, fragte er und blickte umher. „Ich hätt‘ die Dame sofort erkannt, wenn sie da wäre.“

„Sie ist heute Abend in St. Martin.“

„Ach, wohl im Konzert. Heute ist eines dort angesetzt.“

„Genau. Und ein Bekannter ihrer Familie wirkt als Cellist mit. Den will sie unbedingt hören.“

„Meine Frau ist auch dort. Das sind immer sehr schöne Musikabende.“

Ich trank aus und ließ mir gleich ein weiteres Bier servieren, denn nun wollte ich ihn, wenn er schon ungebeten neben mir saß, für ein paar Informationen nützen.

„Wenn ich schon die Ehre Ihrer Gesellschaft habe, Herr Bürgermeister –“, begann ich.

„Ein Vorschlag, Herr Kommissar“, unterbrach er mich. „Sie sind zwar der ältere, aber trotzdem: ich bin der Nicki und nicht mehr der Bürgermeister. Einverstanden?“

„Einverstanden, Nicki“, nickte ich, obwohl ich über den Altersvergleich nicht glücklich war, weil er wahrscheinlich nicht stimmte. „Ich bin der Toni!“

Wir erhoben unser Bier, sprachen uns zu und tranken einen Schluck.

„Ah!“, machte er und strich sich über seinen nicht vorhandenen Bart. „So ein Bier ist schon was herrliches.“

„Recht haben Sie, pardon, hast du, Nicki. In meiner Heimatgemeinde sagt man, natürlich nur hinter vorgehaltener Hand: ‚Unser Bürgermeister hat immer recht, und selbst wenn er einmal nicht recht hat, dann hast du gefälligst auch nicht recht zu haben!‘ Wie gefällt dir das?“

„Ein subtiler Spruch“, meinte er nach einiger Zeit des Nachdenkens. „Den werde ich meinem Nachfolger unterjubeln. Kann man immer brauchen.“

Ich drehte mein Bierglas hin und her.

„Kennst du eigentlich die Oma Seidel?“, fragte ich vorsichtig.

„Die alte Liesl? Aber sicher. Sie ist die zweitälteste Gröbmingerin. Warst du bei ihr?“

„Bei den Eltern der Veronika, ja. Wir haben uns Informationen über das Vorleben der Toten geholt.“

„Viel wirst du da nicht gehört haben, denke ich, weil die Veronika schon lange von den Eltern weggezogen ist. Sie war ein verdammt schwieriges Kind. Mit ihr haben die geplagten Eltern viele, viele Jahre große Sorgen gehabt. Sie hätte eigentlich in eine Anstalt für Schwererziehbare gehört. Aber die Eltern haben immer eisern zu ihr gehalten und wollten sie nicht in ein Heim stecken.“

„Sie sind aber letztendlich von der Tochter dennoch mehr oder weniger verleugnet worden.“

„Das weiß ich nicht so genau. Fest steht nur, eines Tages war sie weg, weil sie sich mit den Leuten vom vormaligen Gasthof Post zerstritten hat und hernach irgendwann in Schladming, angeblich im eleganten Sporthotel ‚Royer‘, aufgetaucht ist.“

„Ja, ja“, bestätigte ich. „Das haben wir erfahren. Aber mich interessiert etwas anderes. Die Oma nämlich.“

„Was willst du da wissen? Sie ist einundneunzig und ziemlich dement. Mit ihr ist‘s bei den Seidels heute ähnlich wie mit der Tochter damals. Die Liesl sollte längst in eine Einrichtung für Demenzkranke, aber der Wolfgang und die Anni kümmern sich von früh bis spät um sie. Das ist zwar großartig und rührend, aber wie lange können die beiden das noch machen? Selbst sind sie ja auch nicht mehr die jüngsten, nicht?“

„Die alte Dame dürfte aber doch noch einiges verstehen, was geredet wird, wie mir scheint. Sie hat zum Beispiel etwas von einer Toten vom Spitalgraben erwähnt.“

„Von der Steger?“

„Nein, nicht von Veronika Ebeneiner sondern von einer anderen Toten.“

Ich erzählte in kurzen Worten vom teilweise schwer verständlichen Gebrabbel der alten Frau im Rollstuhl. Von der merkwürdigen Frage, ob die Veronika ‚auch erschossen‘ worden ist. Ob sie ‚Juden versteckt‘ habe.

„Kannst du dir vorstellen, was sie gemeint haben könnte?“, wollte ich schlussendlich wissen.

Rosey sagte nichts. Er presste nur die Lippen zusammen.

„Sie hat von einer Maria geredet“, setzte ich fort. „Das war ziemlich deutlich.“

„Von einer Maria? Wirklich? Sind Sie da sicher, Herr Kommissar?“, fragte er mit ernster Miene, auf unser junges Du-Wort vergessend.

„‚Toni‘ haben wir ausgemacht.“ Ich stieß ihm meinen Ellbogen sanft in die Seite. „Das nächste Mal kostet das einen Liter.“

„Ja, ja, Toni. Passt schon. Hat sie womöglich auch etwas vom Stesshof gesagt?“

„Genau!“, bestätigte ich. „Das war‘s. Von einer Stess Maria hat sie gemurmelt.“

„Schon wieder!“, seufzte mein neuer Du-Freund.

„Was ist denn damit?“

„Viel und doch wiederum nix, Toni. Mein Rat: Vergiss das. Die Liesl ist dement und bringt alles durcheinander. Sie bekommt nicht mehr mit, was um sie vorgeht und vor allem redet sie oft schauerliche Dinge daher, bei denen man nicht wissen kann, ob sich die Alte wieder etwas eingebildet oder ob es das wirklich gegeben hat.“

„Ich habe ihr Gerede so verstanden, als hätte es schon einmal eine tote Frau im Spitalgraben gegeben.“

„Noch einmal, Toni: Vergiss es! Das ist eine verworrene Geschichte aus den letzten Kriegstagen. Ein Gerücht, ein schauriges, das immer noch lebt. Und wie das schon so ist bei Gerüchten: Jemand gibt was dazu, ein anderer lässt etwas weg, was bleibt ist so etwas wie das Ungeheuer vom Loch Ness. Genaues weiß nämlich niemand."

„Es gab demnach schon einmal eine Tote dort?" Ich wollte nicht lockerlassen.

„Angeblich, ja. Angeblich, das betone ich ausdrücklich! Alles nur ein Gerücht!"

„Und was besagt dieses Gerücht?"

Rosey ging auf diese Frage nicht ein.

„Toni", wiederholte er eindringlich. „Nochmals. Lass die Finger davon. Wenn es diese Tote vom Spitalgraben tatsächlich gegeben hat, dann war das wahrscheinlich im April oder Mai 1945. Zu Ende des Krieges, als viele der einhundert Prozent Parteigänger, – das waren die Übelsten –, solange sie noch konnten, versteckte Juden gejagt und Widerstandskämpfer verfolgt haben. Kaum war der Krieg dann zu Ende, haben alle getrachtet, sich reinzuwaschen, waren natürlich nie in der Partei und wenn ja, dann waren sie nur kleine Lichter."

Ich zuckte nur mit den Achseln.

„Wir Kriminalisten stecken halt unsere Nase berufsbedingt überall hinein. Denn, wer weiß, ob man eine Information nicht doch brauchen kann oder ob dieselbe Information vielleicht später einmal hilfreich sein kann. Was also war denn mit der angeblichen Toten im Spitalgraben anno 1945?"

„Ich weiß diese Sache ja auch nur aus dritter Hand. Der Großvater hat manchmal davon gesprochen und der Vater auch. Der aber wiederum ganz anders, weil er auch nichts wirklich gewusst hat. Angeblich wäre eine Frau in den letzten Tagen des Krieges im Spitalgraben erschossen und tagelang liegengelassen worden. Wer das war, weiß man nicht. Eine Kriegsgefangene vielleicht oder eine Gespielin eines hohen Parteibonzen. Die haben sich nicht selten von Mitwisserinnen auf diese Weise entledigt."

„Wer war denn Stess oder Stesser?"

„Das waren die Leute vom Stesshof. Den Hof gibt es aber schon lange nicht mehr. Die alten Stess sind alle weggestorben, der junge Stess ist im Krieg gefallen und seine Frau, sagt man, ist mit ihrem Kind auf und davon. Wahrscheinlich aus Angst vor den Besatzungstruppen. Verständlich. Wohin, das weiß niemand. Und schon damals ist das Gerücht umgegangen, die Tote im Spitalgraben wäre die Stessbäuerin gewesen."

„Sind nach dem Krieg hierüber nicht Nachforschungen betrieben worden?"

„Wahrscheinlich schon, aber ich lasse mich hier hineinstechen", wobei er auf seinen Hals deutete, „wenn dabei nicht Belastendes vernichtet und Entlastendes nachträglich gefälscht wurde. Die alte Liesl war damals noch ein junges Mädchen, da wird sie von dem Gerede um die tote Frau wahrscheinlich einige Brocken aufgeschnappt haben."

„Mehr ist nicht bekannt?"

„Es sind alles nur Gerüchte, Toni."

„Eine grausige Sache, so etwas. Ich werde mich daher lieber mit der jetzigen Toten im Spitalgraben befassen. Du hast doch sicher noch immer dein Ohr ständig an den Lippen deiner Mitbürger, Nicki. Was reden die Leute über diesen Brautraub? Dieses Verbrechen?"

Rosey schnaubte verächtlich.

„Was sie sagen? Eigentlich nichts. Niemand kann sich das erklären! Alle schütteln nur den Kopf darüber.

Aber nach der letzten Sitzung, gestern, als ich mit unserer Fraktion wie üblich beim Winkelwirt beisammengesessen bin, hat mir die Zechmeier Berta, das ist die, die für Landschaft und Umweltschutz zuständig ist, zugeflüstert, dass sie sich schon denken kann, was da passiert ist."

„Nämlich?" Wäre ich ein Pferd, meine Ohren wären jetzt senkrecht in die Höhe geklappt.

„Kommissar, bring' mich bitte nicht in Verlegenheit! Ich hab ihr absolutes Stillschweigen versprochen, weil sie fürchtet, dass sie das alles unter Umständen niemals beweisen können wird."

„Na, dann hättest du es ja nicht erwähnen dürfen."

„Bitte, Toni", fleht er plötzlich ganz ernst. „Geh nicht zu ihr hin und frag sie aus! Die reißt mir sonst den Kopf ab und wirft ihn ihren Schweindeln zum Fraß vor."

„Dann flüstere mir ins Ohr, was sie dir geflüstert hat. Hier sieht das niemand, weil eh niemand da ist. Wir gehen nämlich ein wenig im Kreis bei unseren Nachforschungen. Du hast mein Wort, dass Frau Zechmeier niemals erfahren wird, dass du mir etwas geflüstert hast. Also?"

Rosey wand sich verlegen hin und her.

„Versprich mir das, bitte!" Er seufzte mehrmals.

„Wenn die Berta nämlich Wind davon bekommt – sie hat ihre Ohren wirklich überall –, du, das kann unter Umständen wirklich böse Folgen für mich zeitigen."

Ich beugte mich näher zu ihm.

„Ich helfe ein wenig nach, Nicki", flüsterte ich. „Weil du dich nämlich so schraubst, sage ich einmal: Entweder geht es um eine Unterschlagung, eine Erpressung oder um Sex! Hab' ich recht?"

Er nickte und gönnte sich einen langen Schluck Bier.

„Also worum?", bohrte ich nach.

„Um Letzteres. Aber nochmals bitte: Vertrauen gegen Vertrauen, ja?“

„Aber ja doch, Herr Bürgermeister in Ruhe. Du kannst beruhigt schlafen. Übrigens, wir wissen einiges aus dem offenbar recht lockeren Leben der seinerzeitigen Frau Steger.“

„Das ist ja auch nicht so schwer. Aber *das* wisst ihr Kommissare und Kommissarinnen sicher noch nicht!“

„Na, dann komm langsam zur Sache, Nicki!“

Ich war darauf gefasst, etwas über eine Abtreibung oder über das mögliche Kind von Veronika Steger zu erfahren. Sein Geflüster war aber doch überraschend.

„Die Veronika hatte in jüngster Zeit“, raunte er mir ins Ohr, „eine Beziehung – mit einer jungen Frau!“

„Hoppla“, murmelte ich. „Das ist neu! Woher glaubt Frau Zechmeier das zu wissen?“

„Ihr Neffe ist Koch in einem Stegerhotel in Obertauern. Er hat erzählt, die Chefin, also die Veronika Steger, sei in letzter Zeit öfter in Begleitung einer sehr hübschen, jungen Schwarzhaarigen erschienen. Zur Prüfung der Buchhaltung oder zu einer Besprechung mit dem Geschäftsführer und so weiter. Die Damen sind immer über Nacht geblieben. Na ja, im eigenen Hotel ist das ja nicht schwer. An einem Abend hat er aushilfsweise ins Appartement der Chefin servieren müssen. Mit allem auf dem Servierwagen was Schlemmerherzen so goutieren. So hätte er sich ausgedrückt. Echter Champagner, kein billiger Prosecco, Brötchen mit Lachs, Kaviar, Schrimps und so weiter. Weil er angeblich vor dem Eintreten nicht angeklopft hat, war Frau Steger fuchsteufelswild und hat ihm mit der Entlassung gedroht. Die beiden Damen, hat er der Tante erzählt, hätten nämlich, während er serviert hat, nur danach getrachtet, ihre Kleidung wieder zuzuknöpfen und in Ordnung zu bringen.“

„Jetzt kann ich mir den Verdacht deiner Gemeinderätin lebhaft vorstellen. Weil die Veronika einen Mann geheiratet hat, ist die schwarze Lesbe zur Mörderin geworden. Nicht übel. Wir werden sicher auch dem nachgehen."

„Aber bitte, mit –"

„Keine Sorge, Nicki. Selbstverständlich mit der notwendigen Diskretion."

„Hoffentlich!"

Ich blickte auf die Uhr. Dann trank ich mein Bier aus.

„Zeit, zu Bett zu gehen", sagte ich zufrieden. „Zumindest für mich."

„Für mich noch nicht. Ich muss noch meine Frau von St. Martin abholen. Dann erst geht's heim unter die Dusche."

Er erhob sich ebenfalls, ging zur Theke und zahlte.

„Deine Biere gehen auf mich!", rief er mir zu, winkte noch der flinken Kellnerin und verließ das Lokal.

Auch ich zahlte und begab mich in meine Pension.

‚Diese Veronika Ebeneiner', ging es mir vorm Einschlafen noch durch den Kopf, ‚hat wahrlich ein bewegtes, wenn auch recht kurzes Leben gehabt. Zwei Ehemänner, mindestens eine Abtreibung, vielleicht sogar ein heimliches Kind und nun – möglicherweise – auch eine lesbische Romanze. Gewissermaßen zum Drüberstreuen. Dass verschmähte Liebe zu Hass werden kann, ist ja nichts Neues. Die geheimnisvolle Kapuzenperson hätte auch eine weibliche Stimme haben können, laut Herrn Meixner. Die entführte Braut hat ihren Entführer offenbar gut gekannt. Oder doch ihre Entführerin …'

Was ich in dieser Nacht geträumt habe, weiß ich nicht mehr. Aber was ich am nächsten Tag noch erleben sollte, wäre mir nicht einmal im Traum eingefallen.

‚Die Tote im Spitalgraben', durchzuckte es den erschrockenen Gottesmann. ‚O Gott, das darf nicht wahr sein! Welcher Satan beichtet da bei mir?'

„Sagen Sie mir", begann er nach einigen Momenten des Entsetzens, „hier und jetzt, in dieser Kirche, im Angesicht Gottes, des Allmächtigen und der Dreifaltigkeit, dass Sie die Wahrheit gesprochen haben."

„Ja, ja und nochmals ja", widerhallte die laute Stimme im leeren Kirchenraum, um dann plötzlich in ein verzweifeltes Keuchen überzugehen, aus welchem Pater Herwig wiederum eine eher männliche Stimme zu erkennen glaubte.

„Deshalb werfe ich mich ja meinem Gott zu Füßen und bekenne, dass ich gesündigt habe. Schwer gesündigt. Ich muss mich mit ihm versöhnen, verstehen Sie! Ich bereue, was ich getan habe. Es war Unrecht. Und absolut unnötig. Ich hab' letztlich auch nicht die Genugtuung und ersehnte Erlösung von der quälenden Rachsucht bekommen. Und vom Hass, der mich seit Kindesbeinen verfolgt!"

„Was hat Ihnen denn diese Frau so Schlimmes angetan?"

„Die Vroni? Nichts. Absolut nichts! Aber ihr Ehemann, besser gesagt einer aus der Sippe seiner Vorfahren!"

„Jetzt verstehe ich Sie wirklich nicht. Das ist doch völlig unlogisch!"

„Herr Pfarrer!" Jetzt wurde Ungeduld hörbar. „Klar, dass Sie das nicht verstehen. Aber vor Ihnen und meinem Gott werfe ich mich jetzt auf die Knie. ER hat meinen Hass gekannt, daher wird ER mich verstehen, hoffe ich zumindest. Vielleicht auch Sie, damit Sie mir die Absolution gewähren."

„Die Absolution, Himmeldonnerwetter", polterte Pater Herwig auf, „kann ich Ihnen, wenn überhaupt, nur gewähren, wenn Sie vor Gott alles bekannt haben! Ihre Untat – "

„Muss ich?", brauste die Stimme auf. „Obwohl ER es weiß und es sogar mitangesehen hat? Gott sieht doch immer alles."

„Wie ist denn alles geschehen?"

„Oh, das war nicht sehr schwer. Ich hab' durch Zufall erfahren, wann und wo die Hochzeitstafel sein wird. Eben am vergangenen Sonntag. Fast könnte ich glauben, Gott hat mir die Möglichkeit für meine Rache gewissermaßen auf dem Servierbrett präsentiert."

„Gott führt Sie nicht in Versuchung, einen Mord zu begehen!", entgegnete Pater Herwig gereizt. „Gott ist die Liebe, nicht der Hass! Sie versündigen sich mit solchen Behauptungen noch zusätzlich. Es ist Ihre Schuld, nicht Seine!"

„Ich versündige mich nicht, Herr Pfarrer. Nichts auf der Welt geschieht, sagt man doch immer, ohne dass ER es nicht zulässt." Die Stimme brach plötzlich ab. Der Pfarrer vernahm leises Weinen.

„Weiter jetzt!", drängte er.

„Ich bin also zum ‚Steirerwirt' hingefahren", – das Folgende war durch mehrmaliges Schluchzen nicht gut verständlich – „und habe auf eine günstige Gelegenheit gewartet, die Vroni zu entführen. Die kam schneller als gedacht. Die Vroni hat mich, als ich sie weggeholt habe, gleich erkannt und war nur erstaunt, dass ich sie entführen wollte. Sie dachte, die Entführung würde erst später, nach Tisch, erfolgen. Das hat alles erleichtert, auch weil sie so vergnügt war. Aber nicht lang. Ich hab' sie mit meinem Auto zu einem gemieteten Stadel gebracht. Als sie dort ausgestiegen ist, habe ich ihr sofort Pfefferspray ins Gesicht gesprüht. Während sie vor Schmerz geschrien hat, habe ich sie von hinten mit einem Drahtseil erwürgt. Ging alles sehr schnell. Dann habe ich sie in eine vorbereitete Plastikfolie eingerollt und bin heimgefahren. Einen Tag hab' ich abgewartet, dann bin ich in der Nacht wieder zum Stadel gefahren, hab' sie geholt und sie dann von der Straßenbrücke in einen Graben bei Gröbming geworfen."

„Mir schaudert's", flüsterte der Pfarrer und schüttelte ungläubig den Kopf. „Jetzt drückt das Gewissen, nicht?"

„Ja, es drückt ein wenig, aber noch etwas anderes drückt viel schlimmer, Herr Pfarrer. Und deshalb bin ich eigentlich gekommen und will die Lossprechung haben."

Der Pfarrer nickte vor sich hin.

„Ich glaube zu wissen, was das sein kann", sagte er leise. „Dieses ‚noch etwas anderes'."

„Ich hab' vergeblich auf den erlösenden Triumph gewartet. Nach all den Jahren des Hasses, der mich gefangen hielt. Der mich seit frühen Kindertagen beherrscht. Auf diesen ersehnten Jubel hab ich gewartet. „Du hast es vollbracht. Die Rache ist gelungen!", brach es hinter dem Beichtgitter hervor. „Aber er ist nicht gekommen!"

„Der Jubel ist ausgeblieben, nicht? Er hat sich nicht eingestellt." Pater Herwig hatte den Kopf gehoben und versuchte, das Gesicht hinter dem Beichtgitter zu erkennen. Aber er konnte nur eine Kapuze ausmachen.

„Das war das Schlimmste! Weder der erlösende Triumph noch die Befreiung vom Hass haben sich eingestellt. Ganz im Gegenteil. Jetzt ist alles noch intensiver geworden, weil mir trotz dieser Rache der Hass geblieben ist. Da ist mir klar geworden, was ich angerichtet habe. Dass meine Schulfreundin für meinen abgrundtiefen Hass ja nichts dafürkann. Mit diesem Erkennen ist dann plötzlich eine entsetzliche Angst gekommen, die Angst vor dem Gericht, der Strafe. Und die Verzweiflung, dass du nichts mehr gutzumachen ist, dass mir kein Mensch mehr helfen kann. Nur Gott oder Sie, Herr Pfarrer, durch die Absolution. Ich bereue. Ich bereue zutiefst und ich bin – glauben Sie mir das! – nahe am Zusammenbruch."

"Tja, die Sündenvergebung ist eine der großen Gnaden, die uns Gott gegeben hat."

Der Geistliche wusste, was nun zu tun war. Zunächst musste er Zeit gewinnen.

„Aber sie hat ihren Preis", setzte er mit ernster Stimme fort. „Die Reue allein ist noch nicht alles. Der vorsätzliche Verstoß gegen das Gebot ‚Du sollst nicht töten!' ist vielleicht das schwerste Vergehen, dessen sich ein Mensch schuldig machen kann. Sie müssen mir aber jetzt noch erklären, warum Sie so von Hass erfüllt waren. Warum Sie diese abscheuliche Tat begangen haben!"

Durch das Beichtfenster drang ein tiefer Seufzer. „Ich hab' den heimtückischen Mord an meiner Großmutter im Jahre 1945 gerächt. Sie war nämlich damals die Tote vom Spitalgraben."

Pater Herwig erschrak. Davon hatte er schon einmal gehört. Darüber war vor vielen Jahren oft die Rede gewesen. Er glaubte sich auch an einen bestimmten Namen zu erinnern.

„Diese Maria Stess … war Ihre Großmutter?" Pater Herwig wagte den Namen nur zu flüstern. Zu viele Gerüchte waren über diese tote Frau im Spitalgraben damals im Umlauf.

„Ja, denn einstmals, vor dem Krieg", hörte der Geistliche durchs Beichtgitter, „hat es in Gröbming den Stesshof gegeben. Er hat meiner Familie gehört. Wir waren Grundstücksnachbarn von den Ebeneinern, die die reichsten und gewichtigsten im Ort waren. Adam Ebeneiner, der Großvater von Manfred Ebeneiner, dem ich vorigen Sonntag die Braut gemordet habe, war ein hinterhältiger Obernazi. Er hat den Hass in die Familie gebracht. In unsere nämlich. Mein Großvater war im Krieg eingerückt und ist 1944 gefallen. Adam Ebeneiner hat in den letzten Wochen des Krieges meiner Großmutter nachgestellt, weil er vermutet hat, sie verstecke Juden im Stesshof. Heute weiß ich, dass sie das tatsächlich gemacht hat. Adam hat ihr zwar nichts nachweisen können, ihr aber letzten Endes doch die GESTAPO an den Hals gehetzt. 1945, knapp vor Kriegsende, konnte sie meinen Vater, der damals noch ein Säugling war, bei Freunden in Sicherheit bringen, ehe sie versucht hat, vor den Gefolgsleuten

von Adam Ebeneiner zu fliehen. Sie wollte durch den Spitalgraben entkommen, aber dort haben seine Leute schon gewartet und sie erschossen. ‚Lasst sie einfach liegen und verwesen, diese Judenfreundin!', soll er gesagt haben, dieses Schwein. So steht's angeblich in Protokollen und Dokumenten, die nach dem Krieg, viel Jahre später, geöffnet worden sind. In den Wirren der Nachkriegszeit haben sich die Ebeneiner dann den verlassenen Stesshof, unseren Hof!, überschreiben lassen. Weil niemand mehr da war von der Familie. Der Großvater gefallen, die Großmutter erschossen und mein Vater bei Zieheltern, bei denen auch ich schlussendlich gelandet und adoptiert worden bin, nachdem meine Eltern bei einem Unfall ums Leben gekommen sind. Mehr Familie hat es nicht mehr gegeben. Noch mein Vater und später vor allem meine Zieheltern haben mir nach und nach erzählt, was sie von Freunden und Bekannten unserer Familie im Laufe der Jahre erfahren haben. Welche Rolle dieser Adam Ebeneiner vor 1945 und danach gespielt hat. So wurde mir der Hass auf den Mörder meiner Großmutter, auf den gierigen Raffer unseres alten Hofes von Kindesbeinen an eingeimpft, und ich war bald nur mehr vom Wunsch beseelt: einmal, wenn ich groß bin, zahle ich dieser Sippe die Ermordung meiner Großmutter durch diesen Ebeneiner-Nazi heim."

Die Stimme im Beichtstuhl wurde zunehmend lauter.

„So wie meine tote Oma, eine Stess, hat seinerzeit liegen müssen dort im Spitalgraben, so sollte am Tag meiner Rache auch eine Ebeneiner dort liegen müssen. Auch tot. Und jetzt war es so weit, Herr Pfarrer", – die Stimme wurde wieder leiser – „am Dienstag, dem 15. Juni, ist endlich auch eine Ebeneiner tot im Spitalgraben gelegen. Mein war die Rache. Endlich! Jetzt bin ich quitt mit denen!"

Die Stimme erstarb. Lange Zeit herrschte Stille.

Pater Herwig war von der Intensität und von der brodelnden Leidenschaft, die aus den Worten zu hören waren, heftig erschüttert.

„Sollten Sie diese Untat wirklich begangen haben", die Stimme des Mönchs vibrierte, „so müssen Sie mir erklären –"

„Sie glauben mir also immer noch nicht", wurde er harsch unterbrochen. „Sie denken an Spinnereien und Hirngespinste – nein! Leider. Ich kann Ihnen sogar einen Hinweis liefern, damit Sie mir wirklich glauben und die Absolution erteilen können, auf die ich so sehnsüchtig warte."

„Ich halte das durchaus nicht für Spinnereien, aber –"

„Passen Sie auf, Herr Pfarrer. Ich beweise Ihnen meine Tat. Die Polizei in Person dieses Kommissars Schrempf tappt, wie in der Zeitung zu lesen ist, völlig im Dunkeln. Der kennt sich hinten und vorne nicht aus, was es mit der Frau im Spitalgraben auf sich haben kann. Wie sollte er das Motiv zu dieser Tat auch nur erahnen können? Chancenlos! Dieser Fall wird daher bald zu den unerledigten Akten wandern. Bis jetzt wurde in den Medien nichts darüber berichtet, dass im Dirndlrock der Vroni ein Zettel steckt. Mit der Botschaft ‚Jetzt sind wir quit '. Den habe ich ihr hineingesteckt. Vielleicht haben ihn die Polizisten noch gar nicht gefunden oder sie reden nur nicht darüber. Egal. Gehen Sie zu diesem Kommissar und fragen Sie ihn, ob er von dieser Botschaft Kenntnis hat. Wie der Mord vonstattengegangen ist, wird der Kommissar auch nicht wissen, ebenso, wie er nie dahinterkommen wird, wer es gemacht hat und vor allem – warum. Nur Gott kennt das Warum. Nun wissen auch Sie, Herr Pfarrer, was mich getrieben hat, warum dieser Mord hat geschehen müssen und was es mit dem 'quit sein' auf sich hat."

„Ich glaube Ihnen – leider – jedes Wort. Muss ich ja."

„Eben, Herr Pfarrer. Bringen wir es hinter uns! Daher bekenne ich hier und jetzt: Ich bereue aus tiefstem Herzen, was ich getan habe. Erteilen Sie mir die Absolution, Herr Pfarrer. Helfen Sie mir, von diesem furchtbaren Hass frei zu werden!"

Pater Herwig wusste was nun auf ihn zukam. Geduld und Stärke würden von ihm gefordert sein, denn eine Absolution durfte er ja nicht gewähren.

Donnerstag, 17. Juni

Am nächsten Tag war ich schon zeitig am Morgen bei Jacopo im Stützpunkt und wir gingen daran, die vielen Fotos systematisch nach Personen zu ordnen. Eine mühsame und auch ziemlich langweilige Arbeit.

„Wozu brauchst du das?“, fragte er ermüdet.

„Ganz einfach, Jacopo. Sollten Namen genannt werden, dann finden wir hier vielleicht gleich das Gesicht dazu. Du würdest das sicher nicht brauchen, denn du kennst mehr oder weniger alle Leute hier in Gröbming. Wir aber müssen Namen und Gesichter zuordnen können und außerdem haben wir dann einen aussagekräftigen Fundus und müssen nicht wegen jedem Namen den armen Jacopo belästigen.“

„Na, gut. Ein paar Minuten kann ich dir noch zur Verfügung stehen, dann aber muss ich raus. Wo ist eigentlich Helga heute?“

„Die hat vermutlich verschlafen. Sie war gestern Abend in St. Martin in einem Konzert. Vielleicht hat‘s doch länger gedauert oder sie hat sich verquatscht. Wie das bei den Damen ja oft der Fall sein kann. Sie ist vielleicht spät nach Hause gekommen. Die paar Minuten seien ihr gegönnt, denn heute kommt meine Assistentin wahrscheinlich ordentlich dran.“

„Habt ihr denn so viel vor?“

„Vorläufig Rohrmoos, anschließend Liezen für uns beide. Die Mödlinger Hütte vielleicht am Nachmittag nur für Helga.“

„Mödlinger Hütte? Was will sie denn da oben?“

„Alibiüberprüfung.“

„Ach so! Ich frag‘ jetzt nichts. Verschwiegenheit ist bekanntlich der erste Schritt zum Erfolg.“

„Und der zweite ist, die Leute zum Reden zu bringen. Sonst erfahren wir überhaupt nichts!"

„Genau! – Ah, da ist sie ja. Kaum spricht man von der Sonne, geht sie auf!"

Helga war lautlos hereingekommen, begrüßte uns flüchtig, entschuldigte sich knapp und holte sich gleich einen Kaffee aus dem Automaten am Gang. Während sie mit Genuss trank, verabschiedete sich Lechleitner und ich sicherte die upgedatete Computerdatei.

„Wie war das Konzert gestern?", fragte ich, als ich fertig war.

„Sehr schön. Wirklich, sehr schön."

„Wie hat dein Freund gespielt?"

„Wunderbar. Ein junger Pianist hat ihn begleitet. Sie haben eine Arietta von de Fesch gebracht. Barockmusik. Einfach, aber wirklich erbaulich."

„De Fesch?", fragte ich zurück. „Nie gehört."

„Ein Holländer. Ein Zeitgenosse von Händel."

„Ach so!"

„Leider gab es vorher große Aufregung und ein Durcheinander beim Veranstalter. Es hat länger gedauert, bis es beginnen konnte, weil einer der Künstler nicht erschienen ist. Ein Laienmusiker, ein Sänger, der offenbar die Nerven weggeschmissen hat. Der Veranstalter hat ihn vor Beginn des Konzerts entschuldigen müssen und auf eine plötzliche Erkrankung hingewiesen. Fritz hat mir aber nach dem Konzert erzählt, dass dieser Sänger zwei Stunden vor Beginn telefonisch angekündigt hat, wahrscheinlich nicht zu kommen, weil er zu nervös ist und überhaupt in einer gewaltigen Nervenkrise stecke. Man hat zwar noch gewartet, ob er vielleicht doch noch kommt, aber dann hat man dem Publikum eben mitgeteilt, dass die im Programm angeführte Arie leider entfallen muss."

„Ein Sänger? Na ja, bei Gesang, glaube ich, ist ein Solo für einen Laien oft das Schwierigste, nicht?“

„Ja, schon, aber eigentlich ist das traurig. Der arme Kerl. Es ist sicher für jeden immer aufregend, vor Publikum zu stehen, aber in diesem kleinen Kreis von Musikliebhabern ist das doch kein so gewaltiges Problem, denke ich. Dieses Auditorium in St. Martin bleibt dir doch gewogen, selbst wenn du manchmal einen Fehler machst. Der Fritz hat gestern auch einmal einen Einsatz verpasst. Aber egal. Man musiziert einfach drauflos.“

Sie ging zu ihrem Platz zurück.

„Gab's seit gestern Abend etwas Neues?“, fragte sie wie nebenbei.

„Das kann man wohl sagen!“

„Also, ich höre, Toni!“

„Wird nämlich ein Fall für dich Helga!“, begann ich und informierte sie nicht nur über die angebliche Frauenliebschaft unseres Mordopfers, sondern auch über die merkwürdig reservierte Haltung des Gröbminger Ex-Bürgermeisters hinsichtlich der unverständlichen und beunruhigenden Äußerungen von Oma Seidel.

„Da gebe ich dem Herrn recht“, nickte Helga überzeugt. „Das ist alles nur ein Gerücht und wirklich sehr lange her. Solch wirre Geschichten aus dem Krieg sind – wenn du mich fragst – für uns heute nicht mehr relevant. Aber weshalb soll die geraubte Braut plötzlich ein Fall für mich sein?“

„Wir fahren heute nach Schladming und werden uns dieser Tamara Steger widmen. Der Stieftochter von Veronika. Sollte es sich bei ihr um die schlanke, attraktive und vor allem schwarzhaarige Dame handeln, na, dann könnte sie die mutmaßliche Freundin am Tauernpass gewesen sein. Dann allerdings wird die weitere Befragung ein wenig heikel, Helga. Wir müssen uns ja erst ein Bild von der pikanten Situation machen. Sollte dem so sein, dann täusche ich einen Telefonanruf vor und verlasse euch zwei. Du, Helga, redest mit ihr weiter und lotest diskret aus, ob überhaupt etwas dran sein kann an dieser angeblichen Liebschaft der beiden Frauen."

Helga wollte widersprechen, aber ich ließ mich nicht unterbrechen.

„Das kannst du nämlich sicher besser als ich", betonte ich nachdrücklich. „Du bist eine Frau und kannst daher kompetenter ermessen, was eine Frau empfindet und vor allem, wie sie sich ausdrückt. Ich kann das nicht so gut. Ich bin nur ein Mann."

„Jetzt mach dich bitte nicht kleiner, Toni. Du bist gerade auf dem Vernehmungsgebiet einsame Klasse. Du hast sehr viel Empathie, sowohl bei Frauen als auch bei Männern."

„Aber doch nicht, wenn es um dieses Thema geht, Helga."

„Na, gut. Wie du willst! Du bist der Chef. Wann brechen wir auf?"

Ich stand schon bei der Tür.

„Jetzt! Frau Kollegin!"

Im ‚Panoramahotel Rohrmoos' herrschte reger Betrieb. Leute eilten ein und aus, teils in Wanderkleidung, teils in Badekleidung, barfuß oder mit Bergschuhen.

Von der Rezeption wurden wir in die Lounge komplimentiert, von wo uns Frau Tamara abholen werde. Kaum hatten wir uns in den abgrundtiefen Fauteuils eingerichtet, als wir schon wieder aufstehen mussten, denn die junge Dame erschien wirklich innerhalb nur weniger Minuten.

Wenn ich nicht gewusst hätte, dass Tamara Steger erst siebzehn Jahre alt war, hätte ich mich schwer verschätzt. Eine großgewachsene, dunkelhaarige und sehr attraktive junge Frau in einem schwarzen Hosenanzug, die ich auf Mitte zwanzig eingeschätzt hätte, streckte mir die Hand entgegen.

„Herr Kommissar Schrempf und Frau Inspektor Tredor, wenn ich nicht irre? Ich bin Tamara Steger. Sie wollten mit mir sprechen. Bitte sehr. Ich stehe Ihnen zur Verfügung."

Nicht nur ihre Erscheinung beeindruckte mich, sondern auch ihre Stimme. Etwas tief, aber sehr melodisch. Diese Stimme hören und sofort an den ‚Steirerwirt' denken war eins! Ich wechselte einen raschen Blick mit Helga.

„Guten Tag, Frau Steger", begann ich. „Danke, dass Sie Zeit für uns finden. Wir müssen über die jüngsten Ereignisse in Gröbming sprechen. Doch bitte in einer etwas ruhigeren Umgebung. Sie wissen natürlich, was ich meine."

„Ich verstehe", sagte sie, ohne die Miene zu verziehen. „Es ist in der Tat sehr laut und unruhig hier. Gehen wir in meine Wohnung, wenn Ihnen das recht ist."

„Durchaus", bestätigte ich sofort, doch ehe wir gehen konnten, trat ein geschäftiger Herr an Frau Steger heran.

„Entschuldigen Sie die Unterbrechung", bat er uns, ehe er Frau Steger anredete. „Tamara, könnten wir die Gelegenheit gleich nützen und den Herrn Kommissar wegen der Poststücke befragen?"

„Gute Idee", nickte sie. „Es ist nämlich unterdessen bereits viel Post für Veronika und die Holding eingetroffen. Ich habe mit Bertram – oh, ich vergaß ihn vorzustellen! Das ist Dr. Bertram Hausner, Veronikas Stellvertreter in der Holding und Direktor im ‚Panoramablick' – also, wir haben vereinbart, dass Veronikas Post, die an sie persönlich adressiert ist, bei Bertram, in verschlossenem Zustand natürlich, zu Ihrer Verfügung bereitliegt.

Die Post für die Holding wird von Bertram entgegengenommen und bearbeitet. Er ist ja ihr Stellvertreter. Ich hoffe, das geht für Sie in Ordnung, oder?"

„Wir haben Grund zur Annahme, Herr Dr. Hausner, dass uns auch die Post an die Holding interessieren muss. Bitte daher von diesen Poststücken eine Kopie des Kuverts und des Inhalts für uns bereitzuhalten."

Er wechselte einen fragenden Blick mit Frau Steger.

„Wenn der Herr Kommissar es wünscht – bitte!", meinte sie nur.

„Die Unterlagen sind dann bei mir jederzeit bereit, Herr Kommissar", verabschiedete sich Hausner und wir folgten Tamara Steger durch lange Gänge und einen Aufzug in ihre Wohnung. Dort nahmen wir zunächst ihre persönlichen Daten auf, dann beschloss ich, mich über ihren schwarzen Anzug an meine Themen heranzutasten.

„Sie sind, wie ich sehe, in Trauer, nicht?", begann ich.

„Ja, das ist doch wohl klar."

„Ich habe deshalb gefragt, weil dies heutzutage unter jüngeren Leuten, zu denen ich auch Sie zählen darf, nicht mehr üblich ist. Bei der Beerdigung schon, aber sonst, im Alltag sieht man das nur mehr selten."

„Das ist das Mindeste, was ich für die unglückliche Veronika noch tun kann. Bis zur Beerdigung werde ich Schwarz tragen."

„Wird das Begräbnis in Schladming stattfinden, wie man hört?"

„Ja, Herr Kommissar. Sonntag um fünfzehn Uhr. Ich bin zwar nicht sehr glücklich darüber, habe aber meine Zustimmung davon abhängig gemacht, dass Veronikas Name mit ‚Steger – Ebeneiner' am Grabstein aufscheinen wird. Ich hoffe, ihr Mörder steht nicht am offenen Grab, sondern wurde schon vorher von Ihnen verhaftet."

„Denken Sie da an jemand Bestimmten?", fragte Helga nach.

„Natürlich!"

„Oh! An wen denn?"

„Ich werde mich hüten, einen Namen zu nennen. Es ist Ihre Sache, meine Herrschaften von der Polizei, die Verhaftung vorzunehmen."

„Da nach den bisherigen Ermittlungen bereits mehrere Leute dafür in Betracht kommen, wäre uns ein Hinweis von Ihnen nützlich gewesen. Ich muss Sie nur darauf aufmerksam machen, dass Sie –"

„Ich weiß, Herr Kommissar. Ich wäre verpflichtet, zur Aufklärung beizutragen, wenn ich etwas weiß. Ich weiß aber nichts, sondern habe nur eine Vermutung, bin aber überzeugt, dass sich diese bestätigen wird."

Helga rückte sich in ihrem Ohrenfauteuil zurecht.

„Wie war ihr Verhältnis zu Ihrer Stiefmutter?"

„Sehr unterschiedlich. Das ist eine lange Geschichte. Ich war noch ein Kind, als sie in mein Leben getreten ist und ich habe sie klarerweise abgrundtief gehasst. War ich vor ihrem Erscheinen das Ein und Alles für meinen Vater, hat sie ihn ab der Hochzeit auf ihre Seite gezogen, und ich habe daheim gewissermaßen nur mehr die zweite Geige gespielt. Später hat sich unser Verhältnis etwas gebessert, weil sie sich als ordentliche Stiefmutter entpuppt und viel Verständnis für ein heranwachsendes Mädchen wie mich gezeigt hat. Aber nach Vaters Bergunfall war alles wieder wie vorher. Ich habe sie wieder gehasst, weil sie mir den Vater endgültig genommen hat – warum hat sie denn unbedingt eine Bergtour mit ihm machen müssen, wo mein Papa weder bergerfahren noch schwindelfrei war! – und weil Veronika danach, sie, die aus mehr als einfachen Verhältnissen stammte, geglaubt hat, jetzt die große Dame spielen zu müssen. Ich habe ja

Vaters Vermögen geerbt, sie aber hat sich die Vormundschaft darüber gesichert, weil ich noch minderjährig war. Leider sie und nicht Onkel Heinrich, Vaters Bruder in Berlin. Das ist halt zu weit weg gewesen für das Gericht."

„Sie sprechen jetzt von den Anteilen an der Firmenholding, wenn ich das richtig sehe?"

„Ja. Es ist ein wenig kompliziert, aber über den Erbteil von meinen Eltern besitze ich heute mehr als zwei Drittel der Anteile. Ich bin darüber aber noch nicht verfügungsberechtigt. Erst nächstes Jahr."

„Gab es zwischen Frau Ebeneiner und Ihnen –"

„Darf ich Sie ersuchen", unterbrach sie Helga, „von Veronika nur als Frau Steger zu sprechen. Mir dreht es ohnedies schon den Magen um, weil ich ihren Hochzeitsnamen auch auf dem Grabstein haben werde. Das ist aber leider unvermeidlich gewesen."

„Oh!", machte ich überrascht. „Das muss wohl einen tieferen Grund haben."

„Den sage ich Ihnen gleich. Unser Verhältnis hat sich bald wieder gebessert, denn Veronika hat das Erbe meines Vaters ordentlich verwaltet und sich gute Leute in die Hotels geholt. Ich habe zwar ihren Lebenswandel nicht gutgeheißen, aber letztendlich sind wir uns doch nahegekommen. Wir waren dann fast ein Herz und eine Seele, bis plötzlich dieser Kerl aufgetaucht ist und alles zerstört hat."

„Meinen Sie Herrn Ebeneiner?"

„‚Herr' nennen Sie diesen Windbeutel?", empörte sie sich. „Ich habe Veronika vor ihm gewarnt, dass er nur auf ihr Geld aus ist und sich bei ihr breitmachen will. Aber sie hat nur gelacht und gemeint, eine junge Frau wie ich könne es halt noch nicht verstehen, wie beglückend ein charmanter Mann sein kann. – Pah! Charmanter Mann!!" Sie verzog angewidert das Gesicht. „Ich habe vorhin gesagt, ich bekomme Magenkrämpfe bei diesem Namen. Und warum? Dieses Schwein hat nämlich einmal versucht, mich zu vergewaltigen."

„Das ist arg!", entfuhr es mir.

„Das kann man wohl sagen! Veronika war aus irgendeinem Grund nicht da, als er eines Abends aufgetaucht ist. In Ermangelung seiner zukünftigen Gattin ist er plötzlich anzüglich und dann widerlich zudringlich geworden. Vor meinem Pfefferspray ist er aber dann doch zurückgewichen. Mir hat vor diesem Mann derart gegraust, sag ich Ihnen!"

„Sie hatten einen Pfefferspray griffbereit?", frage Helga rasch.

„Ja, immer. Als junge Frau brauchst du etwas gegen aufdringliche Männer!"

„Da haben Sie offenbar eine schlimme Erfahrung gemacht. Haben Sie mit Ihrer Stiefmutter darüber gesprochen?"

„Selbstredend! Sie hat ihn auch zur Rede gestellt. Mein Gott, war das ein Theater damals. Er hatte die Sache heruntergespielt, sich theatralisch entschuldigt und behauptet, er hätte zu viel getrunken und ich wäre angeblich aufreizend angezogen gewesen. Veronika hat ihm – leider – geglaubt. Seither hasse ich diesen Mann und ich habe Veronika buchstäblich angefleht, ihn nicht zu heiraten. Aber sie hat mich nur damit zu trösten versucht, dass sie den Kontakt mit mir beibehalten wird."

„Damit ist Ihnen erneut eine Bezugsperson abhandengekommen", bemerkte ich nachdenklich.

„Was meinen Sie damit?", fragte sie zurück.

„Nun, wir wissen, dass Sie als Kind die Mutter verloren haben, als Jugendliche verloren Sie Ihren Vater und nun, als so gut wie eine Erwachsene, die Stiefmutter, die

Ihnen, so habe ich Sie vorhin verstanden, sehr nahegestanden ist."

„Wenn Sie das so sehen, ja, das stimmt. Allerdings gehöre ich nicht zu den Leuten, die sich deshalb unentwegt bedauern."

„Gab es noch einen anderen Grund, weshalb Sie diese Ehe unbedingt verhindern wollten?", nahm Helga den Faden wieder auf.

„Ja, weil ich auch befürchtete, dieser Dampfplauderer von einem Mannsbild würde sich ab jetzt in die Angelegenheiten der Holding einmischen. Da geht es immerhin um das Erbe meines Vaters, der etwas geleistet, etwas aufgebaut hat."

„Weil Sie eben von der Familienholding gesprochen haben, Frau Steger." Nun war wieder ich an der Reihe. „Hat es hinsichtlich der Zukunftsaussichten, der langfristigen Planung vielleicht, mit Ihrer Stiefmutter Meinungsverschiedenheiten gegeben?"

Tamara Steger musterte mich mit zusammengekniffenen Augen. Dann lächelte sie ein wenig.

„Warum, Herr Kommissar, fragen Sie nicht offen und direkt nach den deutschen Interessenten an unseren Hotels?"

„Das wäre eine zu enge Frage gewesen, Frau Steger", erwiderte ich. „Die von mir gewählte offene Frage hätte Ihnen die Möglichkeit eröffnet, uns nicht nur von den deutschen, sondern auch von den koreanischen Interessen zu erzählen."

„Sie haben wahrscheinlich, nein, ich bin mir sicher, bereits ausführlich mit diesem Kerl gesprochen. Müssen Sie ja. Es handelt sich um einen Mord, dem Veronika zum Opfer gefallen ist. Er hat Ihnen also von den Koreanern erzählt und die – und vielleicht sogar auch mich –

als Schuldige hingestellt. Das würde mich nicht wundern. Er muss ja den Verdacht unbedingt von sich ablenken und Ihre Aufmerksamkeit auf ganz andere Sachen lenken. Daher hat er –"

„Moment, bitte!", unterbrach ich. „Sie halten den Ehemann für den Mörder Ihrer Stiefmutter?"

„Ja, sicher! Wen denn sonst? Er hat das Erben nicht erwarten können. Aber wahrscheinlich hat er es nicht selbst gemacht, sondern mithilfe eines seiner zahlreichen Motorradfreunde. Zählen Sie doch zwei und zwei zusammen, Herr Kommissar. Wer ist denn der einzige Nutznießer von Veronikas Tod? Nur der Kurzzeit-Ehemann natürlich."

„Oder, falls es solche geben sollte, Kinder von ihr!", ergänzte Helga. „Gibt es welche?"

Tamara Steger schlug die Augen nieder.

„Noch vor Jahren hätte ich diese Frage als lächerlich empfunden, Frau Kommissar. Heute weiß ich, dass Veronika beinahe ein Kind gehabt hat."

„Wie ist denn dieses ‚beinahe' zu verstehen?"

„Im wörtlichen Sinn! Seit unser Verhältnis ein engeres und vor allem vertrauensvolleres geworden ist, hat sie mir viel aus ihrem bei Gott recht turbulenten Leben erzählt. So auch, dass sie sich einmal ein Kind hat nehmen lassen, sich aber bei der nächsten Schwangerschaft entschlossen hat, es auszutragen. Leider ist das Kind, ein Bub, zwei Tage nach der Geburt gestorben. Sie sei darüber sehr traurig gewesen, hat sie mir erzählt. Sehr lange."

„Hat sie Ihnen auch anvertraut, wer der Kindesvater gewesen ist?"

„Ja", lächelte sie. „Sie müssen aber verstehen, dass ich Ihnen den Namen nicht nenne. Er tut ohnehin nichts zur Sache."

Im gleichen Moment durchzuckte mich eine Idee. Da könnte mit einem Mal einiges zusammenpassen. Veronika Steger hatte einen recht lockeren Lebenswandel geführt, überlegte ich. Dass die fesche Witwe auch einen Lover gehabt haben könnte, das ist nicht weit hergeholt. War er es vielleicht? In der Rezeption des Hotels habe ich drei gesehen, im Speisesaalbereich wird es sicher auch welche geben und in der Lounge war jeweils rechts und links eines aufgestellt. Und schlussendlich konnte ich hier, in Tamara Stegers Wohnung, genau mir gegenüber, direkt hinter ihr, ebenfalls eines sehen. Hier allerdings ein besonders großes und prächtiges.

„He, was ist los?" Helga stupste mich besorgt, weil ich anscheinend geistesabwesend gewirkt habe.

„Nein, nichts, alles bestens!", wehrte ich ab und stand auf.

„Darf ich einen Blick auf dieses wunderschöne Aquarium werfen? So eines sieht man nicht alle Tage."

„Aber gern, Herr Kommissar. Bitte sehr. Bewundern Sie ruhig den Picassofisch. Er ist ein Prachtexemplar."

Ich ging zum Aquarium, suchte aber nicht diesen großen Fisch – er war ohnehin auf den ersten Blick zu sehen –, sondern trachtete den Text auf einem unauffälligen Aufkleber am unteren Ende des Glases zu entziffern. Und tatsächlich. Dort las ich, was ich vermutet hatte. ‚Tierhandlung ‚Chappy' Schladming'.

„Stammen alle Aquarien in Ihrem Hotel von der Tierhandlung des Herrn Plachta?", fragte ich so harmlos wie möglich und nahm wieder meinen Platz ein.

„Ja, ja. Anlässlich der Umgestaltung aller Hotels hat Veronika Herrn Plachta den Auftrag zur Ausgestaltung der Lobbys, Loungen und Relaxing Bereiche mit Aquarien und Terrarien gegeben. Das hat er wirklich gut gemacht. Sind das nicht herrliche Fische?"

„Interessant“, stellte ich fest. „Dann war dieser Großauftrag für die beiden gewissermaßen ‚ein gemeinsames Kind‘!“, fügte ich mit besonderer Betonung hinzu.

Tamara Steger antwortete nicht. Sie war ans Fenster getreten und blickte scheinbar teilnahmslos hinaus.

„Wäre er es gewesen?“, fragte ich nach.

Tamara Steger wandte sich wieder zu mir.

„Ich sehe nicht ein, warum Sie das wissen müssen. Das ist Vergangenheit!“

„Es gehört aber zu unserer Ermittlungsarbeit. Nun?“

„Sie machen es mir verdammt schwer, diskret zu bleiben, Herr Kommissar. Veronika hat mich gebeten, den Mund zu halten. Das zählt! Und nun hören Sie endlich auf, danach zu fragen.“

„Wie Sie meinen“, lenkte ich ein. „Sagen Sie mir stattdessen, wo Sie den vergangenen Sonntag verbracht haben. Sie, immerhin die Stieftochter der Braut, waren nämlich weder bei der Trauung noch an der Hochzeitstafel dabei.“

„Ich war hier, im ‚Panoramablick‘. Ich habe Veronika klipp und klar auseinandergesetzt, dass ich nicht im Traum daran denke, zu ihrer Trauung zu kommen. Weder zum Standesamt noch in die Kirche, weil ich es nicht aushalten würde, zu hören, wie sie diesem Widerling ewige Liebe und Treue schwört. Und auf die Hochzeitstafel, inmitten seiner Motorradkumpel und Jagdspezis, darauf war ich wirklich nicht neugierig.“

„Wurden Sie überhaupt eingeladen zu kommen?“, fragte Helga dazwischen.

„O ja, doch! Veronika hat mich ersucht, zumindest in der Kirche dabei zu sein. Aber sie hatte letztendlich eingesehen, dass ich diesen Mann verabscheue und ihn niemals akzeptieren werde.“

„Wo waren Sie also?“, wiederholte ich meine Frage.

„Wie schon gesagt. Hier in meiner Wohnung."

„Alleine? Die ganze Zeit?"

„Ja. Der Sonntag war nämlich ein Trauertag für mich, das können Sie mir glauben. Ich bin nach dem Frühstück – ich gehe dafür immer ins Hotel hinunter – heraufgekommen, habe ein Buch gelesen, für mein Fernstudium gearbeitet und geschrieben. Gegen siebzehn Uhr bin ich in den Badebereich hinuntergegangen. Abends habe ich im Speisesaal gegessen. Das war mein Sonntag. Zufrieden?"

„Nicht ganz, Frau Steger. Wann haben Sie überhaupt von diesem Vorfall im ‚Steirerwirt' und von der anschließenden Brautsuche erfahren? Sie hätten dabei vielleicht helfen können?"

„Überhaupt nicht, weil ich am Sonntag und am Montag mein Mobiltelefon abgedreht hatte. Erst am Dienstag hat mich Bertram vormittags in heller Aufregung aufgescheucht und mir alles erzählt. Er hat dann auch noch erwähnt, dass am Sonntagnachmittag und am Montag mehrmals Leute da waren und nach Veronika gefragt haben. Auch im ‚Auerhahn', unserem zweiten Hotel in Rohrmoos, hat man sie gesucht."

„Am Montag waren Sie auch nicht erreichbar, Frau Steger. Wo waren Sie denn?"

„Ich bin zeitig in der Früh mit meiner Freundin aufs Gutenberghaus hinauf und dann von dort auf die Scheichenspitze aufgestiegen. Wenn ich vergessen will, dann renne ich gern durch die Berge."

„Von hier weg?", fragte ich skeptisch.

„Aber nein. Monika, meine Freundin, hat mich mit dem Wagen abgeholt und wir sind zum ‚Feisterer' gefahren. Von dort aus geht man aufs Gutenberghaus."

„Wurden Sie bei Ihrer Rückkunft nicht informiert, dass den ganzen Tag lang eine Suche stattgefunden hat?"

„Nein, erstens weil es sehr spät war – Moni und ich haben, als wir wieder herunten waren, bei ihr, auf ihrer Terrasse, bis in die Nacht gefeiert."

„War da neben Ihnen und Ihrer Freundin noch jemand dabei?"

„Klar, Monis Mann und ihr Bruder. Später sind auch ihre Eltern dazugekommen. Die Scheichenspitze besteigt man nicht alle Tage. Da geht's zur Sache! Da kann man schon einen Gipfelsieg feiern, sag ich Ihnen!"

„So haben Sie erst dienstags von der Katastrophe erfahren, nicht?"

„Ja, ich habe dann den ganzen Tag geweint und war verzweifelt, weil ich doch immer befürchtet hatte, dass sich so etwas ereignen könnte. Aber nicht, dass es so schnell eintreten wird."

„Besitzen Sie ein Auto?", lenkte Helga das Thema wieder auf unsere Interessen.

„Nein. Ich habe auch noch keinen Führerschein, wenn Sie es wissen wollen."

„Fährt jemand von Ihrem Holdingpersonal einen hellen Pkw?"

„Inwiefern hell?"

„Na, von weiß bis mittelbeige."

„Bertram Hausner fährt einen weißen Peugeot 308. Ist das so wichtig?"

„Unter Umständen, Frau Steger, vielleicht."

„Sie haben zwar noch keinen Schein, aber würden Sie einen Pkw lenken können? Ehrlich!"

„Veronika und hie und da auch Bertram haben mir manchmal ihren Wagen geliehen. Für Probefahrten. Zur Übung. Ich traue mir daher durchaus zu, so einen Kübel über die Landstraßen zu pilotieren. Macht übrigens viel Spaß, weshalb ich die Befürworter von Cabriolets durchaus verstehen kann."

„Noch eine abschließende Frage, Frau Steger: Wir wissen definitiv, dass Veronika Eben –, Pardon! Veronika Steger – mit einem hellen Pkw entführt worden ist und ihren Entführer oder ihre Entführerin gut gekannt haben muss. Sie hat sogar das ‚Du-Wort' mit ihm oder ihr gebraucht. Die Entführung fand zirka um vierzehn Uhr dreißig statt. Um diese Zeit waren Sie angeblich allein in Ihrer Wohnung. Sie haben uns sehr offen dargelegt, dass sie den Ehemann verabscheut haben und die Hochzeit verhindern wollten. Daher die Frage: Haben Sie, Tamara Steger, Veronika Ebeneiner entführt und ermordet?"

Eine Weile herrschte absolute Stille im Zimmer. Helga hielt gespannt den Atem an. Ich war über meine Frage selbst auch etwas erstaunt. Sie war mir irgendwie herausgerutscht. Aber sie musste einfach gestellt werden. Der innere Druck, der Erfolgszwang – ich war in gewisser Weise explodiert.

„Nein. Das hab ich nicht", antwortete Frau Steger ruhig, aber doch ziemlich grimmig. „Warum hätte ich das denn machen sollen? Die Hochzeit war gelaufen, Veronika ist Frau Ebeneiner geworden, Gott sei's geklagt. Ihr Tod hat doch überhaupt keinen Sinn gemacht!"

„Unter einem bestimmten Gesichtswinkel jedoch schon!", entgegnete Helga.

„Um Gottes willen!", rief die junge Frau erschrocken. „Was meinen Sie damit?"

„Sie haben nämlich", setzte ich Helgas Gedanken fort, „nicht nur Ihre Stiefmutter, mit der Sie ja in enger Harmonie gelebt haben, an einen Mann verloren, sondern auch jene Frau, die –"

Weiter kam sie nicht. Erstmals zeigte Tamara Steger eine wütende Reaktion.

„Sie unterstellen mir da etwas“, rief sie empört, „was einfach unverschämt ist! Jawohl! Unverschämt. Sie haben offenbar eine ganz bestimmte Vermutung und ich weiß genau, wo dieses dumme Gerücht seinen Ausgang genommen hat. Aber mir einfach ins Gesicht zu sagen, ich hätte gemordet, weil Veronika sich einem Mann zugewendet hat, nein – das ist schlicht und einfach eine Gedankenschweinerei!“

„Als Kriminalisten müssen wir Überlegungen in alle Richtungen anstellen“, erläuterte ich, Helga gewissermaßen zu Hilfe eilend. „Man erwartet eine Toparbeit von uns!“

„Wenn Sie wirklich eine Toparbeit machen wollen, dann knöpfen Sie sich diesen jungen Spund von unserem Hotel ‚Sonnenblick‘ in Obertauern einmal vor“, entgegnete sie empört. „Von diesem Schnösel stammt nämlich dieses Gerücht, wie ich unterdessen von unserem dortigen Geschäftsführer erfahren habe. Der Bursche ist nämlich unangemeldet und ohne anzuklopfen in unser Zimmer geplatzt, als Veronika und ich gerade neue Blusen probiert haben!“

Ich dachte an mein gestriges Gespräch mit meinem neuen Freund Nicki und an meine Verschwiegenheit.

„Hätten Sie meine Kollegin, Frau Steger, vorhin ausreden lassen“, meinte ich verbindlich, „dann hätten Sie dieses Gerücht, dem wir übrigens nur die geringst notwendige kriminalistische Aufmerksamkeit geschenkt haben, nicht so energisch in Abrede stellen müssen. Ich wollte vielmehr erwähnen, dass Ihrerseits offenbar ein Interesse hätte vorhanden sein können, den von Ihnen nicht erwünschten Verkauf Ihrer Holdinganteile an ein deutsches Hotelkonsortium zu verhindern.“

Tamara Steger griff sich an die Schläfen. Sie atmete schwer. Dann schien sie sich wieder zu beruhigen.

„Jetzt hören Sie bitte gut zu“, sagte sie betont langsam. „Manfred Ebeneiner quatscht über Dinge, von denen er, der glückloser Bauer, keine Ahnung hat. Mit seinen unbewiesenen Behauptungen will er nur von seiner Missetat ablenken. Ja, es stimmt. Veronika wollte tatsächlich an die DHH verkaufen. Alles. Ihre und meine Anteile. Ich war mit einem Verkauf durchaus einverstanden, aber nur nicht so überhastet und vor allem nicht gleich an den erstbesten Interessenten.“

„Sondern an eine Koreanische Gruppe!“, ergänzte Helga aufs Geratewohl.

„Blödsinn!“, zischte sie nur. „Totaler Blödsinn. Ein Hotelunternehmen aus Seoul hat vor einem Jahr einmal angefragt, ob wir verkaufsinteressiert wären. Sie können im Büro in alle Unterlagen Einsicht nehmen. Nur unverbindlich, ob wir überhaupt an einen Verkauf denken. Veronika und ich haben sie nicht einmal ignoriert, denn solche Anfragen kommen laufend herein. Diese Koreaner waren nie ein ernstes Thema!“

„Was war dann ein Thema, Frau Steger?“

„Mindestens fünf Angebote abzuwarten. Hätte sie tatsächlich, gegen meinen Willen, noch schnell an die Deutschen verkauft, wozu sie dieser Trottel von zukünftigem Ehemann wahrscheinlich angestachelt hat, und dabei als Vormund über meine Anteile verfügt, dann wäre das niemals rechtens gewesen. Das haben unser Firmenanwalt und ich ihr klargemacht und sie hat es letztendlich auch eingesehen und es nicht gemacht. Wir haben noch in der Vorwoche vereinbart, mit dieser Entscheidung meine Großjährigkeit abzuwarten. Auch darüber können Sie alles in den entsprechenden Besprechungsnotizen nachlesen, die im Büro liegen. Wurden deshalb die Räume von der Polizei durchsucht und versiegelt?"

„Unter anderem auch deshalb“, bestätigte ich. „Wissen Sie übrigens, wo sich das zweite Schlüsselpaar für das Safe in Frau Ebenei – Frau Stegers Büro befindet?“

„Natürlich. Das ist bei mir wohlverwahrt.“

„Haben Sie auch einen Schlüssel zum Büro der Holding?“

„Sicher. Ich bin schließlich Mehrheitseigentümerin, oder?“

„Was sagt man dazu?“, fragte ich mehr mich als Helga. Tamara Steger schien dies bemerkt zu haben.

„Sie sehen jetzt offenbar klarer, was dieser Herr Ebeneiner eingefädelt hat“, redete sie sich den Ärger von der Seele. „Er hat die Vroni zuerst angebraten, dann verführt und hat sie leider auch überredet, ihn zu heiraten. Das Blaue vom Himmel hat er ihr vorgemacht. Was sie auf seinem prächtigen Hof nicht alles machen wird, wie willkommen sie sein wird. Ja schon, ihr Geld, sonst nichts. Bald hat der Kerl allerdings gemerkt, dass ich begonnen habe, gegen seine Pläne Widerstand zu leisten. Deshalb hat er alles darangesetzt, Veronika solle die Vormundschaft jetzt noch schnell ausnützen und möglichst bald verkaufen. Dann hätte sie noch mehr Bares in die Ehe gebracht. Er hat aber dann einsehen müssen, dass sie es doch nicht machen wird – ich habe ihr ja gesagt, dass sie ohne Gerichtsbeschluss nicht über mein Vermögen verfügen darf und einen solchen wüsste ich mithilfe eines Anwalts bestimmt zu verhindern – daraufhin hat er seine Felle davonschwimmen gesehen und sie wahrscheinlich durch einen seiner Spezis umbringen lassen. Jetzt erbt er, zwar nicht das ganz große Geld, aber für diesen abgewirtschafteten Bauernhof immer noch wie ein saftiger Lottogewinn.“

Tamara Steger hatte sich fast in einen Rausch hineingeredet. Ich war schon vorher sehr erstaunt, dass diese erst siebzehnjährige Frau, die aber im Aussehen, Gehaben und Reden wie eine gereifte Mittzwanzigerin wirkte, solche Spannweiten an Gedanken entwerfen konnte. Aber auf eines musste ich sie doch aufmerksam machen.

„Sie vergessen, Frau Steger, dass nach Österreichischem Recht ein Mörder sein Opfer nicht beerben kann. Die Frage ist also, ob Sie wirklich beweisen können, dass der Ehemann der Mörder ist oder die Tat veranlasst hat."

„Die Frage wird vielmehr sein", entgegnete sie, „ob Sie ihm jemals nachweisen können, dass er oder einer seiner Spezis die Bluttat begangen hat. Wenn Sie das nämlich nicht können, dann erbt er, ob's uns gefällt oder nicht."

„Wir teilen aus mehreren Gründen Ihren Verdacht nicht ganz, Frau Steger."

„Na, wer soll's denn sonst gewesen sein außer er?! Dass ich es nicht war, es nicht sein konnte, das haben Sie hoffentlich verstanden."

„Wir haben nur verstanden, dass Sie behaupten, es nicht getan zu haben. Wo Sie zur Tatzeit gewesen sind, können Sie uns leider nicht beweisen. Aus diesem Grund müssen wir Sie auch auffordern, uns Ihr Mobiltelefon auszuhändigen."

„Warum denn?"

„Zur Feststellung, Evaluierung und Dokumentation von Daten, die mit dem Mord an Frau Veronika Ebeneiner in Verbindung gebracht werden können."

„Und wie, glauben Sie, kann ich ohne Mobiltelefon auskommen? Derzeit ist die Hotelholding, auch aus Pietätgründen, geschlossen. Aber nach dem Begräbnis müssen wir unsere Arbeit wieder aufnehmen. Bertram und ich. Das sind immerhin vier Hotels mit großem Personaleinsatz und endlosen Kosten. Das muss kompetent gemanagt werden. Ohne Handy – einfach unmöglich!"

„Am Sonntag und Montag sind Sie allerdings auch ohne ausgekommen, wie Sie erzählt haben. Außerdem" – ich deutete zum Schreibtisch – verfügen Sie über einen Festnetzanschluss. Dorthin werden wir Ihre etwaigen Anrufe weiterleiten."

Tamara Steger händigte uns ihr Mobiltelefon recht widerwillig aus. Dann aber begann sie, Fragen zu stellen.

„Wo ist eigentlich das Handy von Veronika?", wollte sie wissen. „Ich habe noch am Sonntag mehrmals vergeblich versucht, sie zu erreichen."

„Leider dürfte es sich in ihrer Handtasche befinden und abgeschaltet worden sein. Wir haben natürlich versucht, das Telefon zu orten, denn wo das Handy, da ist die Handtasche und damit hätten wir einen Hinweis gehabt, wo zirka der oder die Täter zu suchen wären."

„Ich könnte mir durchaus vorstellen, dass es Veronika war, die das Handy abgedreht hat. In der Kirche sicher. Sie hat es öfter abgedreht, weil das dem Handy angeblich guttut."

Das Gespräch dauerte nicht mehr lange, dann ersuchten wir Tamara Steger noch, sich zu unserer Verfügung zu halten und ohne unser Wissen Rohrmoos nicht zu verlassen. Ehe wir das ‚Panoramahotel' verließen, machte ich noch einen Abstecher zur Rezeption.

„Haben Ihre Tiefgaragen eine Videoüberwachung?", erkundigte ich mich.

„Nein, leider!", war die Antwort. „Aber bei der kommenden Neugestaltung des Zufahrtsbereiches sind solche Anlagen bereits geplant."

„Eine bemerkenswerte Frau, diese Tamara Steger", sagte ich, als ich den Wagen zur Abfahrt startete.

„Schon", brummte Helga.

„Nicht zufrieden?", fragte ich, während ich den Wagen durch die steilen Kurven nach Schladming steuerte.

„Nein, nicht sehr. Sie ist mir zu glatt, zu routiniert für ihr Alter. Fahren wir jetzt nach Liezen?“

„Ja, ich möchte mit der Mediatorin sprechen.“

„Und was erhoffst du dir davon?“

„Etwas über das Liebesleben des Ehepaares Plachta zu erfahren. Ich hab‘ da eine Vermutung.“

„Jenes von Maria kennen wir schon zur Genüge, denke ich. Übrigens Toni!!!“ Helga jaulte plötzlich förmlich auf. „Dein Aquarium-Gedanke war grenzgenial. Ich wäre da nie draufgekommen. Ich hätte auch das Pickerl nicht beachtet. Das kann durchaus ein Hinweis sein, dass Plachta mit Veronika Steger in Kontakt war. Mit der Vroni, wie er sagt. Klar. Denk nur an den Großauftrag. Den verhandelt sicher nicht der Lehrling Willibald.“

„Der damals bestimmt noch kein Lehrling war, Helga! Bitte melde uns jetzt bei der Mediatorin an. Hoffentlich hat sie Zeit!“

Sie hätte, lautete die etwas zögerliche Antwort am Telefon, aber nur wenig, denn in einer viertel Stunde wäre ihre Mittagspause. Dennoch werde sie auf uns warten und uns zur Verfügung stehen. Helga war zufrieden, klappte ihr Smartphone zu und versank in Schweigen.

In Liezen wurden wir von der Mediatorin, einer korpulenten Frau in fortgeschrittenem Alter, freundlich empfangen. Als wir den Grund unseres Besuches nannten, sank der Grad ihrer Freundlichkeit merklich ab und sie verwies auf ihre Verschwiegenheitspflicht. Wir wiederum verwiesen auf unsere laufenden Ermittlungen im Mordfall Veronika Ebeneiner und bestanden auf einer Unterredung mit ihr.

„Ja“, meinte sie bedächtig, nachdem wir in ihrem Büro Platz genommen hatten, auf unsere erste Frage hin, die eigentlich keine war. „Herr und Frau Plachta hatten bei mir zwei Begegnungsstunden.“

„Wurde dabei versucht, eine Scheidung zu verhindern“, nahm Helga ungeduldig den Gesprächsfaden auf.

Frau Grissbert zog den Mund zusammen.

„So hätte ich das nicht gesehen“, sagte sie ebenso langsam und bedächtig wie vorhin.

„Wir auch nicht“, bestätigte Helga. „Wir vermuten nämlich, dass Herr Plachta versucht hat, seine Frau umzustimmen.“

Ein fast unmerkliches Nicken war die Antwort.

„Wir haben nämlich erfahren“, setzte Helga geduldig fort, „dass Frau Plachta ihre außereheliche Beziehung durchaus nicht geheim gehalten hat, sondern diese offen zugegeben und schlussendlich sogar die Scheidung gefordert hat. Wir finden es daher irgendwie eigenartig, dass sie einer Mediation zugestimmt hat. Haben Sie dies auch so gesehen?“

Die Mediatorin blickte nur wortlos von Helga zu mir und wieder zurück.

„Ich möchte hiermit eines festhalten“, sagte sie bedeutungsschwer, „und respektieren Sie das gefälligst! Ich werde vor keiner Behörde, vor Gericht oder sonst wo nichts davon bestätigen, was ich Ihnen vielleicht andeuten kann, damit Sie bei Ihren Erhebungen weiterkommen. Ich sage, wo auch immer, kein Wort. Aber hier, unter uns, kann ich nur sagen: Die Sache war folgendermaßen: Frau Plachta hat mit ihrem Mann lautstark abgerechnet und wollte damit unbedingt verhindern, dass sie allein Schuld an der Scheidung trägt.“

„Abgerechnet? Ist das so zu verstehen, dass sie ihm einiges vorzuwerfen hatte“, übernahm ich das Frage-Antwort-Spiel.

„Da liegen Sie wirklich nicht falsch!“, meinte die Mediatorin vorsichtig.

„Die beiden Plachta waren sogar zwei Mal bei Ihnen. Wurde doch noch ein Rettungsversuch gemacht?“

„Nicht von den beiden. Ich war es, die diesen Versuch unternommen hat. Aus dem anfänglichen Ungleichgewicht an Beschuldigungen ist im Laufe der ersten Besprechung ein Gleichgewicht geworden. Ein solches bietet dann eher die Chance auf einen Ausgleich, eine Einsicht, vielleicht sogar auf Aussöhnung. Verstehen Sie das in etwa so: Wenn man einander nichts mehr vorzuwerfen hat, ohne etwas retour zu bekommen, dann ist man geneigter zu verzeihen.“

„Wir müssen das demnach so verstehen, dass nicht nur Frau Plachta fremdgegangen ist, sondern auch ihr Mann?“

„So in etwa“, meinte Frau Grissbert kryptisch.

Nach längerem Weiterfragen und teils unklaren und verhaltenen Antworten konnten wir uns insofern ein Bild machen, als der Seitensprung von Frau Plachta eine ‚erlaubte Revanche‘ für ein vorhergegangenes Fremdgehen von Herrn Plachta war. Allerdings entwickelte sich diese ‚Erlaubnis‘ intensiver als geplant, denn, wie wir schon erfahren hatten, sie wollte aus der Ehe letztendlich überhaupt hinaus. Es bestand keine Aussicht auf Versöhnung. So musste es in späterer Folge zur Katastrophe am Riesachfall kommen.

„Wurde während der beiden Begegnungsstunden sein Fehltritt näher besprochen?“, fragte Helga schließlich.

„Das war das Kernthema, würde ich sagen.“ Der Konjunktiv passte nicht zu ihrem heftigen Kopfnicken.

„Wurden dabei auch Namen genannt?“ Jetzt näherte sich Helga dem Knackpunkt.

Die Mediatorin nickte nur einmal, um dann sofort erneut den Kopf zu schütteln.

„Habe ich Sie jetzt so verstanden, Frau Grissbert, dass sehr wohl Namen genannt wurden, Sie aber darüber, nicht einmal jetzt, kein Wort verlauten lassen wollen.“

„Sie haben, Frau Inspektor. Sie haben!“

Ich fing einen zustimmenden Blick von Helga auf.

„Dennoch muss ich fragen: Ist dabei vielleicht der Name Veronika Steger, genannt Vroni, gefallen?“, fragte ich etwas schroff.

Die Mediatorin erschrak kurz heftig, dann hob sie abwehrend die Hände.

„Ich habe Ihnen doch deutlich zu verstehen gegeben, dass ich diesbezüglich –“

„Das ist uns schon klar, aber bei dieser Veronika Steger handelt sich um die verheiratete Veronika Ebeneiner, die am vergangenen Dienstag in Gröbming ermordet aufgefunden wurde.“

„Oh Gott!“ Frau Grissbert erschrak heftig. „Ich habe davon gelesen. Ich kann ja nicht wissen, dass es diejenige ist, die …“ Sie brach ab. Es war deutlich zu sehen, dass sie nach Fassung rang.

„Sie war also der Seitensprung von Herrn Plachta. Mehr, Frau Grissbert, brauchen wir nicht zu fragen.“

Ihr Nicken war kaum zu erkennen.

„Sie können unbesorgt sein, Frau Grissbert“, versicherte Helga, „Ihr Name wird nirgends aufscheinen und kein Richter wird diesbezüglich jemals eine Frage an Sie richten.“

„Wie können Sie da so sicher sein?“, entgegnete sie, wieder gefasster.

„Weil ich es Ihnen sage!“, stellte ich mit Nachdruck fest.

„Na, gut und schön, aber –“

„Wenn er es Ihnen sagt", Helga deutete auf mich, „dann können Sie sich hundertprozentig darauf verlassen. Er ist immerhin der leitende Kriminalhauptkommissar im Steirischen Landeskriminalamt."

Damit war die Begegnung mit der Mediatorin zu Ende. Wir verabschiedeten uns und versprachen ihr nochmals absolute Diskretion. Aber die Dame schien jetzt redebereiter zu werden.

„Eine Frage noch, Herr Hauptkommissar, ehe Sie gehen. Ich würde gern wissen –"

„Wir sind in Eile", versicherte ich. „Bitte um Verständnis. Leben Sie wohl.", beeilte ich mich davonzukommen und schob Helga vor mir durch die Tür, denn mir ahnte, dass die Psychologin Näheres über den Mord im Spitalgraben erfahren wollte. Das musste ich verhindern.

Wenig später saßen wir wieder im Auto und fuhren zurück nach Gröbming. Wir sprachen kein Wort, denn beiden war uns bewusst, dass wir eine Gratwanderung hinter uns hatten. Die werte Frau Mediatorin hatte ihre Verschwiegenheitspflicht nur unzureichend bewahren können, und ich hatte mit meinem ‚weil ich es Ihnen sage', doch ziemlich hoch übers Ziel geschossen. Konnte ich denn wirklich verhindern, dass ein Richter zur gegebenen Zeit Fragen an Frau Grissbert richten würde?

„Was sagen wir jetzt dem Plachta, Toni, wenn er einen Beweis haben will, dass er mit der Veronika Steger ein Techtelmechtel gehabt hat, also die Ermordete offenbar mehr als gut gekannt hat?"

„Es wird uns dafür sicher etwas einfallen, Helga. Beweisen müssen wird es aber nur die Anklagebehörde. Wir haben es halt durch genaue Ermittlungen erfahren. Punkt. Aber irgendwie passt mir trotzdem nicht alles zusammen in unserem Fall. Das Auto, der Spray, das Du-

Wort, weil sie ihn mehr als gut gekannt hat – das passt, ja. Aber das Motiv, Plachtas Hass auf Manfred Ebeneiner, wird irgendwie abgeschwächt, weil er, Plachta, offenbar mit Veronika Steger intim war. Das ist schon eine mentale Bremse. Die Sache ist immerhin einige Zeit her."

„Hass ist ein verdammt starker Trieb, der lange anhält", wandte Helga ein.

„Schon, schon, dennoch bin ich jetzt sehr neugierig, ob er wirklich auf der Mödlinger Hütte gewesen ist. Wenn ja, dann –"

Ich wurde durch Handygeklingel unterbrochen. Allerdings weder Torero noch Erzherzog Johann.

„Nimmst du bitte an, Helga," bat ich, denn ich hatte vor der Abfahrt aus Liezen vergessen, die Freisprecheinrichtung zu aktivieren.

Helga nahm das Gespräch an und hörte einer offenbar langen Information aufmerksam zu, denn sie hatte die Stirn gerunzelt und nickte nur gelegentlich, ohne etwas zu sagen.

„Der Jacopo ist dran", raunte sie mir kurz zu. Dann wurde das Gespräch offenbar intensiver.

„Ja, wir kommen direkt hin", bestätigte sie kopfnickend. „Wir sind jetzt knapp nach Stainach, Jacopo. Wo befindet sich denn dieser Stadel? – Nein, ich hab nichts zum Schreiben bei der Hand. Gut, ja. – Am Mitterberg? Wo denn? – Jacopo, ich glaube es ist am besten, wenn wir uns irgendwo treffen und du führst uns hin. – In Tipschern? Sehr gut. Du stehst mit deinem Wagen am Parkplatz vom Gasthof Schrempf. In Ordnung. Danke. In zehn Minuten. Is guat! Pfiat di!"

„Was gibt's denn?", fragte ich neugierig.

„Neue Aufregung in Gröbming. Ein Bauer hat in seinem Stadel am Mitterberg einen Erhängten gefunden und natürlich die Polizei verständigt. Jacopo und seine Leute haben ihn heruntergeholt. Ein Mann Mitte dreißig. Motorradfahrer. Schaut ganz nach Suizid aus, sagt er, aber wir sollten uns die Sache auch ansehen. Damit man Fremdverschulden ausschließen kann."

„Einen Selbstmord können wir jetzt eigentlich nicht brauchen, Helga. Wir sollten uns besser mit dem Plachta beschäftigen."

„Was stellst du dir also vor? Soll ich ihm absagen?"

„Na ja, nein", entschloss ich mich. „Er ist ja immer sehr hilfsbereit. Jetzt helfen wir ihm natürlich, weil er extra drum gebeten hat. Wir fahren, Gott sei's geklagt, zum Ort des Geschehens und schauen uns die Sache kurz an. Anschließend möchte ich unbedingt nach Gröbming zurück. Dort wartet einige Arbeit auf uns. Du bist so nett und kümmerst dich um die Mödlinger Hütte zwecks Alibiprüfung. Heute wird da oben wenig los sein, also könnte der Hüttenwirt durchaus herunterkommen. Ruf ihn an und überrede ihn. Du kannst meinen Wagen nehmen und kommst anschließend wieder zurück, damit wir die nächsten Schritte besprechen können. Sollte Plachtas Alibi nämlich bestätigt werden, dann müssen wir ihn als Täter vergessen und wieder von vorne anfangen. Ich mache mich unterdessen an den täglichen Bericht für Zeus."

Helga war einverstanden und wenig später sausten wir hinter Lechleitners Wagen her, der mit Blaulicht und Folgetonhorn durch die Kurven brauste, sodass ich einige Mühe hatte, ihm zu folgen.

„Der tut sich leicht", knurrte ich und trachtete den Anschluss nicht zu verlieren. „Er kennt hier jede Kurve. Da kann man leicht bolzen!"

Plötzlich drosselte der Wagen vor uns das Tempo, bog auf einen Karrenweg ein und fuhr durch einen kleinen Wald und anschließend auf einer breiten Wiese zu einem einsamen Heustadel, um den herum schon einige Polizeifahrzeuge, Autos, Motorräder, sowie Polizisten und Leute standen, wobei letztere durch ein rotweißes Plastikband vom Stadel ferngehalten wurden. Es herrschte offenbar große Aufregung

Meiner ersten Einschätzung nach handelte es sich bei dem Heustadel um ein Mittelding zwischen einer alten Scheune und einem noch älteren Stadel. Relativ groß im Vergleich zu den Stadeln am Ennstalboden. Die etwa drei Meter hohen Flügeltüren an der Stirnseite waren geschlossen, aber durch die Längslüftungsschlitze zwischen den Planken konnte man Bewegung im Inneren erkennen.

Lechleitner begleitete uns hinein, verwies nebenbei darauf, dass sich dieser Stadel nur wenige Kilometer vom ‚Steirerwirt' entfernt befindet, und wir nahmen einmal alles in Augenschein. Ein Mann in adretter Straßenkleidung, nicht in einer üblichen Motorradkluft, zwischen dreißig und fünfunddreißig Jahre alt, lag am Boden. Um seien strangulierten Hals hing eine Drahtschlinge. Vor der gegenüberliegenden Stirnwand lag ein Motorrad mit dem Kennzeichen ‚BA*JOE3' am Boden, über dem von einem Querbalken in Deckenhöhe ein gekapptes Drahtseil herunterhing. Es roch ein wenig nach ausgeronnenem Treibstoff und nach Öl. Beides hatte unter dem Motorrad eine kleine Pfütze gebildet. Ansonsten war vorläufig nichts zu sehen, was für die Beurteilung der Lage hätte von Bedeutung sein können.

Ich trat an Lechleitners Seite.

„Wie hat es hier ausgesehen, als ihr gekommen seid?"

Er deutete zum Drahtseil hinauf.

„Dort ist er gehangen. Über dem umgefallenen Motorrad. Es war grausig still. Kein Laut zu hören. Wie immer, wenn du einen Erhängten findest. Er hat", erläuterte er weiter, „wie wir annehmen, sein Motorrad an die Wand gelehnt, ist draufgestiegen, hat das Seil mittels der Klemme in einer Schlinge um den Balken geschlungen und zugezogen, die gleiche Schlinge am anderen Ende hat er sich um den Hals gelegt. Dann hat er die Maschine mit den Füßen umgestoßen. So dürfte es gewesen sein. Fast einen Meter tief ist er in die Drahtschlinge gefallen, die sich bei seinem Gewicht gewaltig zugezogen hat. Und aus war es. Er muss die Länge der Schlinge genau berechnet haben, denn seine Beine hingen nur zirka zwanzig Zentimeter über dem Boden."

„Wer hat ihn gefunden?"

„Der Bauer, dem der Stadel gehört. Er ist hergekommen, um zu sehen, ob hier schon alles ausgeräumt war, denn dieser Herr" – er deutete auf den Toten – „hat den Stadel für vierzehn Tage angemietet."

„Angemietet?" Jetzt war ich überrascht. „Warum denn?"

„Lass dir diese merkwürdige Sache vom Rudi Melcher persönlich erzählen. Ihm gehört hier alles in der Umgebung. Wiesen, Felder, Stadeln und so weiter. Der gute Mann ist zwar noch immer etwas geschockt, Na ja, da erschrickt man schon, wenn man jemanden baumeln sieht, aber sonst ist er sehr gesprächig."

„Danke, Jacopo."

Ich ging zu Helga, die mit gerunzelter Stirn versonnen auf den toten Motorradfahrer blickte und ihn dabei mehrmals umkreiste.

„Komm, Helga", forderte ich sie auf. „Wir sprechen einmal mit dem, der den Lebensmüden gefunden hat."

Herr Rudi Melcher, im agrarischen Arbeitsgewand, also Latzhose und kariertes Hemd, war von neugierigen Menschen umgeben und gerade dabei, zu erzählen. Ich bat ihn zu uns und wir gingen hinter den Stadel, um ohne neugierige Zuhörer mit ihm zu sprechen.

„Derda war vor drei Wochen bei mir“, begann Melcher, „und hat g’fragt, ob ich ihm den Stadel vermieten könnt. Er ist Landschaftsfotograf, hat er gesagt, und muss dafür oft allerlei Sachen mit sich herumführen. Stative, Kameras, Lampen, Batterien, Akkus, Ladestationen und solchenes Zeug wollte er im Stadel deponieren. Ich hab nichts dagegen gehabt, weil ich den erst wieder im Herbst fürs Heu brauch. Er hat auch gleich gezahlt, hat aber darauf bestanden, dass er ein Vorhangschloss montieren darf, weil er seine angeblich sehr wertvollen Sachen sicher untergebracht wissen will. Na gut, ich war einverstanden. Ein gefundenes Geld. Soll er halt, wenn er will. Ich hab‘ mir nichts dabei gedacht.“

„Haben Sie ihn einmal fotografieren gesehen?“, fragte Helga gleich.

„Fotografieren direkt nicht, aber vorige Woche, am Dienstag, war ich einmal da, weil ich mir anschauen wollte, was er in meinem Stadel alles lagert. Weil da keine brennbaren Flüssigkeiten und so giftiges Zeug dabei sein dürfen und ich vielleicht noch Probleme mit den Behörden bekomme. Er war mit seinem Motorrad da, aber das war eine andere Maschine als die, die jetzt drinnen liegt. Damals hat er eine BMW gehabt. Viel hatte er noch nicht gelagert, wie ich gekommen bin. Nur große Stehlampen, Schirme und eine dicke Rolle Plastikfolie. Zur Lichtabdeckung braucht er das, hat er mir erklärt. Er hat mir dann am Waldrand gezeigt, wie er das macht. Dabei hat er einen breiten Plastikstreifen an zwei Ästen befestigt und lange Bahnen über den Weg gespannt, die ganz glatt waren, weil er irgendwelche komplizierte Fotos von Gräsern machen wollte. Ich hab‘ mir halt gedacht, ein bisserl spinnt der schon, aber er war immer freundlich und hat mir dann noch von seinen Fotoreisen erzählt. In den nächsten Tagen wollte er in der Umgebung besondere Landschaftsfotos machen, hat er gesagt. Die wollte er dann dem Wallig für neue Ansichtskarten anbieten."

„Ja, ja, unter den Künstlern gibt es mitunter merkwürdige Vögel", bestätigte ich. „Aber sagen Sie mir noch, warum sind Sie denn ausgerechnet heute hergekommen? Hat es dafür einen besonderen Anlass gegeben?"

„Weil die Mietdauer gestern vorbei war und ich wollt nachschauen, ob er nicht zu viel Mist zurückgelassen hat. Gegen Mittag bin ich hergekommen. Für sein Vorhangschloss hatte er Beschläge an der Tür montiert –"

„War der Stadel verschlossen, als sie gekommen sind?"

„Nein, die rechte Tür war halb offen, das Schloss war weg, aber die Beschläge sind noch da. Also, hab ich mir gedacht, auch er ist weg und bin hineingegangen. Aber dann – der Schreck, wie ich ihn hängen gesehen hab. Furchtbar. So ein junger Mensch! Entsetzlich! Warum hat er das nur gemacht, frag ich mich!"

„Handelt es sich bei dem Toten wirklich um denselben Mann, der den Stadel angemietet hat?"

„Ja, ja, ganz sicher. Ich hab' ihn auf den ersten Blick wiedererkannt."

„Was haben Sie denn gemacht, nachdem Sie ihn gefunden haben?"

„Also, vor Schreck hab' ich mir fast in die Hose gemacht. Aber dann hab' ich mein Handy genommen und den Lechleitner verständigt. Was hätt' ich denn sonst machen sollen, allein? Ich hätt' gar nicht gewusst, wie ich ihn überhaupt herunterkriegen hätt' können, nicht?"

„Haben Sie vielleicht etwas herumliegen gesehen? Ein Blatt Papier, einen Briefumschlag?“

Er schüttelte den Kopf.

„Nein, da war nichts.“

„Sie haben auch nichts angegriffen oder mitgenommen?“

„Nein, nein! Ich hab‘ nur gehofft, dass der Lechleitner mit seinen Leuten bald da ist.“

Ich bedankte mich bei ihm und wandte mich, als er weg war, wieder an Helga.

„Na, was sagst du dazu?“, wollte ich wissen, als wir wieder hineingingen.

„Nix und doch viel. Wir müssen sicher unsere übliche Prozedur machen. Jacopo hat den Arzt bereits verständigt und uns bleibt leider nichts anderes über, als die Spurensicherung herzuholen, weil Fremdverschulden meiner Meinung nach doch nicht auszuschließen ist.“

Das überraschte sogar mich.

„Tatsächlich? Warum denn?“

„Aus zwei Gründen. Erstens hat mir Jacopo eben mitgeteilt, dass diese Honda - Maschine heute Vormittag als gestohlen gemeldet worden ist –“

„Wo denn?“

„In Bad Mitterndorf. Und zweitens, weil der Mann keinerlei Papiere bei sich hat. Man weiß noch nicht, um wen es sich handelt. Wir haben überhaupt keinen Hinweis auf seine Identität.“

„Oh, vielleicht doch! Warte einmal!“, trumpfte ich auf und eilte um den Stadel, um Herrn Melcher zu suchen. Er war noch da.

„Wissen Sie“, fragte ich ohne lange Einleitung, „wie dieser Fotograf heißt?“

„Das hat mich der Lechleitner auch schon g‘fragt, aber ich hab‘ den Namen leider vergessen. Weil es mir auch wurscht war. Gezahlt hat er schon, also warum dann!“

„Schade, aber schauen Sie bitte daheim in Ihren Unterlagen nach. Sie haben doch sicher eine schriftliche Abmachung über die Vermietung Ihres Stadels?“

Melcher lächelte etwas schief.

„Wegen die paar Tage? Schriftlich? Herr Kommissar! Der Handschlag hat mir gereicht. Außerdem, wie gesagt, er hat im Voraus bezahlt.“

„Ach so! Ich verstehe. Eine Bitte noch!“

Ich winkte Helga, die mir langsam gefolgt war.

„Herr Melcher, seien Sie doch so freundlich und zeigen Sie meiner Assistentin jenen Platz am Waldrand, wo Ihnen der Fotograf vorgeführt hat, wozu er die Plastikfolien braucht. Vielleicht finden sich dort noch Reste davon. Die könnten wichtig sein.“

„Ist das weit weg?“, wollte Helga wissen.

„Aber nein“, beschwichtigte Melcher grinsend. „Kommen Sie, Fräulein Inspektor. Das ist nicht weit von hier.“

Nachdem sich die beiden entfernt hatten und ich die Spurensicherungsleute verständigt hatte, ging ich wieder in den Stadel zurück und betrachtete nochmals die Szenerie um diesen merkwürdigen Selbstmord. Nach einiger Zeit folgte ich einer plötzlichen Eingebung und fotografierte mit der höchstmöglichen Auflösung meines Smartphons jene Querplanken im linken Längsteil des Stadels, die sich in Höhe von etwa einem Meter vierzig über dem Boden befanden. Hierauf schabte ich mit meinem Schweizermesser vorsichtig ein paar Zentimeter der eben fotografierten Plankenoberfläche ab und ließ die Späne in ein Sackerl gleiten. Anschließend wandte ich mich nochmals dem toten Motorradfahrer zu. Sein Gesicht hatte wegen der Strangulierung eine dunkle Farbe angenommen und war teilweise verschwollen. Ich zog meine Handschuhe an und schob seine langen Haare ein wenig zur Seite, damit ich eine dunkelrote Tätowierung rechts seitlich an seinem Hals besser sehen konnte. Sie zeigte eine etwa fünf Zentimeter lange Spange mit zwei Kügelchen am Ende und zwei gekreuzten Blitzen in der Mitte.

‚Was sich die Leute heutzutage alles auf die Haut machen lassen!', ging es mir durch den Kopf.

Ich durchsuchte seine Taschen und wollte mir einmal seine persönlichen Sachen ansehen. Vor allem seine Schlüssel sicherstellen. Aber ich fand nichts.

„Und ihr habt", wandte ich mich an Jacopo, der gerade wieder eingetreten war, „bei dem Toten keinerlei Gegenstände sicherstellen können?"

„Nein, Toni! Nichts. Das ist ja das Merkwürdige. Der Mann hat nichts bei sich. Kein Geld, keine Papiere. Der Zündschlüssel für die Maschine ist noch angesteckt gewesen. Die Satteltasche und das Top Case sind versperrt. Da die Maschine aber als gestohlen gemeldet wurde, haben wir das Schloss noch nicht gewaltsam geöffnet. Es werden da drinnen nur Unterlagen des rechtmäßigen Besitzers sein, vermutlich keine Hinweise auf die Identität des Toten."

„Verstehe! Hältst du es für möglich, dass ihn jemand, ehe Herr Melcher aufgetaucht ist, ausgeraubt hat?", fragte ich.

Lechleitner schüttelte den Kopf.

„Eher nicht, Toni. Wir kennen in der Umgebung zwar ein paar ziemlich hartgesottene Burschen. Aber keinem von denen würde ich zutrauen, einen Toten, noch dazu einen Erhängten, zu bestehlen. Nein!"

Ich musste ihm recht geben. Aber warum versucht ein Selbstmörder seine Identifizierung zu erschweren? Das macht doch keinen Sinn!

„Ich könnte mir schon denken“, meinte Lechleitner, der offenbar meine Gedanken lesen konnte, „wer ein Interesse daran haben kann, dass es lange dauert, bis man herausgefunden hat, wer der Tote ist.“

„Wer könnte das wohl sein?“, fragte ich und konnte mir seine Antwort leider nur zu gut vorstellen.

„Derjenige, der vielleicht ein wenig – mitgeholfen hat!“

„Daran habe ich auch schon gedacht. Leider. Daher wird sich die Gerichtsmedizin genau anschauen müssen, ob der Mann Drogen oder ein Betäubungsmittel verabreicht bekommen hat.“

Nach einiger Zeit kam Helga zurück und überreichte mir ein gefülltes Plastiksäckchen.

„Volltreffer, Toni!“, bestätigte sie. „Dort war tatsächlich noch etwas Plastik zu finden. Die Planen, von denen Herr Melcher erzählt hat, wurden von den Ästen nach Gebrauch einfach nur heruntergerissen. Und dabei ist einiges hängengeblieben.“

„Danke, Helga. Bestens!“

Wir machten, ehe wir wieder weiterfahren wollten, zahlreiche Aufnahmen vom Toten, von seinem Tattoo, vom Motorrad und der Umgebung, um unsere Unterlagen vollständig zu haben. Gerade als wir aufbrechen wollten, traf der Arzt ein. Ich machte ihn, nachdem wir unsere Visitenkarten ausgetauscht hatten, auf die Möglichkeit einer Betäubung aufmerksam und er versprach, uns umgehend zu verständigen, sollten seine Untersuchungen diesbezügliche oder noch andere Erkenntnisse zu Tage fördern.

Lechleitner und seine Leute blieben noch am Ort des Geschehens und warteten auf das Eintreffen des Bestattungswagens. Helga und ich hingegen waren momentan nicht mehr notwendig. Fremdverschulden war leider nicht mehr auszuschließen, aber fraglich war momentan nur die Identität des Toten – wenn die einmal geklärt war, dann würde sich das Weitere schon ergeben. Neuer Fall oder doch Suizid.

Unterwegs nach Gröbming besprachen wir eingehend die neue Situation.

„Es deutet nichts darauf hin, dass im Stadel ein Kampf stattgefunden haben könnte", überlegte Helga. „So einen kann man beim besten Willen nicht kaschieren. Da würden immer noch Spuren sichtbar sein. Außerdem stelle ich es mir reichlich mühsam vor, einen Betäubten in eine so hoch oben befestige Drahtschlinge fallen zu lassen."

„Ich auch, Helga. Aber überlege einmal, vielleicht waren es mehrere!"

„Warten wir die Berichte ab, Toni, dann werden wir sehen, ob Zeus einschreiten muss."

„Warum dieser Herr Unbekannt sich erhängt hat – das wird unter Umständen ziemlich schwer zu ergründen sein. Es gibt ja keinen Abschiedsbrief. Aber so lange wir nicht einmal wissen, wer es ist, brauchen wir unser Hirnschmalz nicht zu strapazieren", schloss ich und kurvte, vorbei am schmiedeeisernen ‚Kammwurm'-Denkmal beim Kreisverkehr, auf den Parkplatz der Polizeistation.

Helga setzte sich sofort mit dem Wirt der Mödlinger Hütte in Verbindung. Es dauerte allerdings einige Zeit und erforderte zum Schluss sogar mein persönliches Eingreifen, den Hüttenwirt zu überreden, mit Helga zusammenzuarbeiten und sich das Foto von Herrn Plachta anzusehen. Mein Vorschlag, ihm das Foto zum Herumreichen unter seinem Personal per WhatsApp zu schicken, ging leider ins Leere, denn man hätte bei der Hütte oben keine Netzverbindung. Helga schlug daher vor, dennoch gleich vier verschiedene Fotos von Herrn Plachta über WhatsApp zu schicken und regte an, er könnte ja nach Gaishorn hinunterfahren. Unterwegs, wahrscheinlich schon ein paar Hundert Meter tiefer, wäre sicher ein Empfang möglich. So könnte es funktionieren.

Nachdem wir uns in der nahen Pizzeria eine verdiente Mittagspause gegönnt und für einen Verdauungsspaziergang einen längeren Weg zurück zur Polizeistation gewählt hatten, begann Helga einen neuen Ordner für Bilder und Dokumente von dem unbekannten Motorradfahrer aus dem Stadel am Laptop anzulegen und die Fotos zu überspielen. Ich beschäftigte mich unterdessen mit einem etwas zeitigeren Lagebericht für Zeus, der vor allem die Auffindung des Selbstmörders beinhalten musste. Bevor ich ihn jedoch in unser Datennetz einspielte, wollte ich natürlich das Ergebnis der Alibiüberprüfung von Plachta abwarten. Die letzten Zeilen ließ ich daher vorsorglich frei, denn entweder würde hier der Antrag auf einen Haftbefehl für Plachta stehen oder der Hinweis, dass wir erneut vor dem Nichts, will heißen, nur vor Verdachtslagen und Vermutungen stehen.

Der mutmaßliche Selbstmörder mit der markanten Tätowierung ging mir aber heftig im Kopf herum. Ein Landschaftsfotograf mietet einen Stadel für seine Siebensachen? Für Kameras, Stative, Lampen? Wo nimmt er denn den Strom für solche Lampen her? Oder funktionieren die alle mit Akku? Meines Wissens nach arbeiten Fotografen für besonders künstlerische Aufnahmen üblicherweise nicht allein, sondern sie benötigen einen Helferstab. Außerdem: Im weiteren Umkreis befinden sich drei Gasthöfe mit Fremdenzimmern. Warum wählte der Mann einen Stadel aus? Und weiter: Dieser Landschaftsfotograf stiehlt, obwohl er selbst offenbar eines besitzt, ein Motorrad, fährt im Straßengewand, ohne Papiere und Ausweisdokumente zu dem Stadel und hängt sich dort am helllichten Tag auf. Vermutlich vor nur ein paar Stunden, denn der Tote hatte sich noch warm angefühlt. Er hinterlässt auch keinen Abschiedsbrief. Äußerst merkwürdig. Da kann doch etwas nicht stimmen. Schon als Herr Melcher von einer großen Plastikrolle sprach, läuteten alle Alarmglocken in mir. Gut, dass wir eine Probe dieses Materials sicherstellen konnten. Man wird sehen, ob es sich dabei um das gleiche Plastik handelt, mit welchem die Tote im Spitalgraben eingewickelt war.

Plötzlich wurde mir bewusst, dass es sich dabei um einen ähnlich bizarren Kriminalfall handeln könnte, wie diese Brautentführung mit dem anschließenden Mord. Ich begann zu überlegen, ob zwischen dem Mord an der Braut und dem Selbstmörder im Stadel ein Zusammenhang bestehen könnte. Schon allein die örtliche Nähe der beiden Tatorte verleitete zu derartigen Überlegungen.

Ich hatte Jacopo, ehe wir ihn beim Stadel verlassen hatten, noch ersucht, die Spurensicherungsleute anzuweisen, besonderes Augenmerk auf Hinweise zu legen, die auf die Anwesenheit von Dritten während der Suizidzeit schließen ließen. Das könnte wichtig werden. Der genaue Todeszeitpunkt auch. Den würde uns der Arzt hoffentlich bald wissen lassen.

Die fehlende Identität des Motorradfahrers machte mir wenig Sorgen, denn diese würde sich in Kürze herausstellen. Da hatte ich nämlich schon eine Idee dafür. Ich holte mir die Mitgliederliste des Motorradclubs ‚The Heartdrivers' hervor – ich hatte sie zusammen mit der Listung der Hochzeitstafelteilnehmer erbeten –, suchte mir die Telefonnummer des Obmanns heraus und hoffte, dass er über ein Mobiltelefon verfügte. Treffer! Ich speicherte die Nummer in meinem Smartphone und konnte unmittelbar danach sehen, dass auch er über WhatsApp erreichbar war. Doch zuvor wollte ich mit ihm noch persönlich in Verbindung treten.

Nach mehrmaligen Versuchen konnte ich ihn endlich erreichen und ihm mein Anliegen vortragen.

„Daher könnte es für uns hilfreich sein", schloss ich mein Ersuchen, „wenn Sie die Fotos, die ich Ihnen über WhatsApp schicken werde, Ihren Vereinsmitgliedern mit der Bitte weiterleiten, sich an uns zu wenden, sollte jemandem die Tätowierung bekannt sein."

Mit Bezug darauf schickte ich ihm drei Fotos vom Spangen-Tattoo des unbekannten Toten mit der nochmaligen Frage, ob er oder jemand von seinen Clubmitgliedern die abgebildete Tätowierung kenne oder bei irgendjemandem zufällig gesehen habe. Gespannt blickte ich hernach auf mein Display, ob sich das Empfangshäkchen zeigen würde. Das tat es, worauf ich mich erleichtert zurücklehnte.

Helga saß unterdessen vor ihrem Bildschirm und ließ ein Foto von der Hochzeitsfeierlichkeit nach dem anderen über den Bildschirm gleiten.

„Das war eine wichtige Arbeit von euch", bemerkte sie, ohne den Blick vom Bildschirm zu lassen. „Diese Gliederung nach Namen und Gesichtern ist wirklich gut. Man tut sich beim Durchzappen viel leichter."

„Suchst du etwas Bestimmtes?", fragte ich.

„Ja, aber ich weiß nicht wirklich, was. Ich versuche jedes Bild mit dem Vorsatz zu betrachten, etwas Ungewöhnliches zu entdecken. Ich sage mir einfach, auf dem nächsten Bild wirst du etwas sehen, was du auf keinem der bisherigen Bilder gesehen hast."

„Gut aber anstrengend!“, brummte ich.

„Ziemlich. Mir tun schon die Augen weh.“

„Mach Pausen, Helga, oder besser noch, wechseln wir uns ab.“

„Danke, Toni! Aber noch geht es. – Oh, was war denn das?“, schreckte sie plötzlich auf, als ein kurzer, unmelodischer Quietschton erklang.

„Das war eine WhatsApp Nachricht für mich“, erklärte ich und hielt mein Handy in die Höhe. „Und jetzt, Helga, steigt die Spannung. Von wem kommt die Nachricht? Von der Mödlinger Hütte oder vielleicht schon vom Motorradclub wegen der Tätowierung?“

Helga lief auf meine Seite und blickte mir über die Schulter.

„Schau nach!“, drängte sie.

Ich klappte die Abdeckung auf, löste die Sperre per Fingerabdruck und erkannte sofort die Fotos von Herrn Plachta. Darunter stand ein längerer Text:

‚Ja, dieser Herr war am Sonntag da. Kann mich genau erinnern. Hilde, Bedienungskraft an der Theke, auch! Er ist hinter der Hütte gesessen und war allein! vG MS‘

Ich schickte schnell ein ‚Danke und Gruß!‘ zurück und blickte dann Helga lange an, die sich neben mich gesetzt hatte.

„Tja“, sagte ich bedächtig. „Damit hat er sein Alibi. Keine Frage!“

„Allerdings!“, bestätigte Helga. „Wir müssen also wieder von vorne anfangen!“

Ich schüttelte ein wenig den Kopf.

„Nicht mehr von ganz vorne, Helga, sondern wir bohren an einem bereits angerissenen Loch weiter. Denk an Tamara Steger!“

„Hm!“, machte Helga. „Die Dame hat zwar kein glaubwürdiges Alibi, dafür aber ein mögliches Motiv, falls ihre Angaben über die Hotelinteressenten nicht so ganz stimmen."

„Ich denke da nicht an die Hotels, sondern eher an das, was sie uns als ihre Erwartung angedeutet hat, nämlich ‚dass dies zu ihrer Überraschung früher gekommen ist, als vermutet'."

„Das ist mir auch schon durch den Kopf gegangen. Ihre Beschuldigung des Ehemanns und des unbekannten Komplizen, nicht?"

„Genau!"

„Wir müssen das auch im Auge behalten, Toni, aber eigentlich kann ich mir nur schwer vorstellen, dass hierzulande eine Männerfreundschaft so mächtig sein kann, dass der eine für den anderen zum Mörder wird. Mord auf Befehl? Boss und Handlanger? Das klingt mir eher nach US-amerikanischen Verbrecherbanden."

„Ich teile deine Skepsis durchaus, Helga. Aber so, wie sich die Situation momentan darstellt, müssen wir auch an diese Möglichkeit denken. Freilich müssen jetzt weitere Mosaiksteine gesucht werden. Solche, die auch zusammenpassen."

„Bei Plachta hätte vieles zusammengepasst. Vor allem dieses dringende Motiv der Rache", meinte Helga und ging wieder an ihren Platz beim Computer zurück.

Ich erläuterte ihr meine Gedanken zum Toten im Stadel und meine Überlegungen, es könnte einen Zusammenhang mit dem Mord an Veronika Ebeneiner geben.

„Je länger ich nachdenke", erläuterte ich, „desto plausibler wird ein solcher. Deine Plastikteile müssen unbedingt ins Labor. Und überhaupt, bei diesem Selbstmord gibt es vieles, was mir irgendwie wirr erscheint. Vom Ort ganz abgesehen und der Art der Durchführung."

„Bei einem Suizid ist nichts normal, Toni. Da rennt das Hirn quasi in einer Escher-Spirale."

„Schon, schon, aber dass ein Selbstmörder seine Identität gewissenhaft verschleiert, das ist schon mehr als ungewöhnlich. Und eigentlich unverständlich."

„Wenn er das nicht freiwillig gemacht hat, dann – ja, dann wird's für uns interessant!" Helga verfiel in nachdenkliches Schweigen.

„Wem nützt eigentlich so ein Inkognito?", fragte sie mehr sich als mich. „Ihm selbst ja sicher nicht. Den möglichen Erben noch weniger."

„Vielleicht demjenigen, der beim Aufhängen ‚nachgeholfen' hat", ergänzte ich bedächtig und erwähnte meine Unterhaltung mit Lechleitner.

„Du denkst also schon an Fremdverschulden?"

„Je länger, desto intensiver. Der Gerichtsmediziner wird ihn möglicherweise zur Beerdigung freigeben, wir aber, Helga, müssen in die Sache tiefer eintauchen!"

„Zuallererst müssen wir wissen, wer er ist. Dann können wir weitersehen."

„Wird kein Problem sein. Wir können bei Bedarf DNA zur Verfügung stellen, wir haben sein Tattoo am Hals und spätestens übermorgen schauen wir die Vermisstenanzeigen durch."

„Zwei unverständliche Gewaltverbrechen, die sich nicht weit voneinander entfernt ereignet haben. Das kann eigentlich kein Zufall sein!"

„Das denke ich auch, Helga. Und mir wird ein wenig schwindlig, wenn ich mir den Zusammenhang vorstelle."

„An einen vielleicht möglichen, würde ich sagen", wandte Helga ein.

„Von sehr weit wäre dieser gar nicht hergeholt. Zum Beispiel: Der Tote im Stadel könnte ein Mitwisser der Brautentführung gewesen sein, wenn nicht sogar mehr."

„Du glaubst wirklich, dass der Motorradfahrer vom Stadel der Mörder von Veronika Ebeneiner sein könnte? Wie kommst du denn darauf?“

„Ja“, nickte ich bedächtig, ohne Helgas Frage zu beantworten. „Es könnte sich durchaus um Manfred Ebeneiners Komplizen handeln.“

„Der sich dann erhängt hat! Einfach unfassbar!“

„Nicht ‚sich hat‘, Helga. Sondern ‚wurde‘! Möglicherweise von dem, der den Mord in Auftrag gegeben hat! Jetzt will ich einmal bei Charlys Spurensicherungsleuten nachfragen, ob sie im Stadel fündig geworden sind. Hoffentlich sind sie noch dort.“

Charly, mein alter Freund, hob erst nach längerem Läuten ab.

„Griaß di, Toni!“, meldete er sich, hörbar ein wenig außer Atem. „Ich war im Stadel drinnen und hab das Handy draußen in meiner Tasche läuten gehört und erst hinrennen müssen.“

„Griaß di, Charly. Also schnauf ein wenig aus, während ich dir mit meiner Fragerei gleich die Tür einrennen muss. Habt ihr schon etwas gefunden?“

„Du meinst wegen möglichem Fremdverschulden, worauf mich der Jacopo aufmerksam gemacht hat. Da kannst du beruhigt sein. Nix ist da. Keine anderen Finger zu finden als die vom Toten, der Stadel ist bis auf das Motorrad ratzeputz leer, nicht das kleinste Zündholz liegt am Boden, das heißt, Boden gibt's ja eigentlich keinen, nur Erde und Grasreste. Wir haben auch die deutlich neuen Beschläge an den Türflügeln überprüft – da war nichts zu finden. Das einzige, was halbwegs als Spur bezeichnet werden kann, sind zwei ganz kurze Reifenspuren, eine rechts vorne, die andere weiter hinten, die nicht zum gefundenen Motorrad passen. Mit viel Fantasie könnte man vermuten, dass sie von einem PKW-Reifen stammen. Aber sie sind viel zu kurz, als dass man da etwas abnehmen und mit Profilen vergleichen kann. Mehr kann ich dir nicht bieten. Aber ich denke, du bist eh froh darüber, weil du nicht weiter ermitteln musst. Das war sicher ein Suizid."

„Danke Charly, ihr macht immer hervorragende Arbeit. Du lässt mir dann den Bericht per Mail zukommen."

Schon während des Gesprächs mit meinem Freund von der Spurensicherung hatte jemand telefonisch angeklopft. Ich hatte noch versucht, diese zweite Leitung offenzuhalten, hatte mich aber, wie so oft, vertippt, sodass der Anrufer abgewiesen wurde. Es war eine unbekannte Nummer. Sie gehörte dem Polizeiarzt, wie ich beim Rückruf feststellen konnte.

„Ich wollte Ihnen nur ausrichten", begann dieser, „dass der Tod des Mannes vom Heustadel heute in der Früh, zwischen neun und halb zehn Uhr eingetreten sein muss. Es gibt keine Hinweise auf einen Kampf, auf Abwehr und die Leute von der Spurensicherung haben bestätigt, dass die festgestellten Fingerabdrücke auf dem Motorrad und, soweit sie auf dem Drahtseil, das er für seinen Tod verwendet hat, überhaupt noch erkennbar waren, vom Toten selbst stammen. Übrigens handelt es sich da um ein Stahlseil. Stärke wahrscheinlich zwei Millimeter. Es deutet also nichts auf ein Fremdverschulden hin. Wir werden in der Gerichtsmedizin dem aber noch nachgehen, was Sie mir angedeutet haben, Herr Kommissar. Eine mögliche Betäubung. Ich gebe daher die Leiche noch nicht frei. Und Sie müssen aber noch den Namen des Toten herausfinden, nicht?"

„Konnten Sie im Gesicht des Toten etwas feststellen, was auf Einwirkung von Pfefferspray hinweisen würde?"

„Also das, Herr Kommissar“, stellte der Arzt empört fest, „hätte ich doch gleich zu Beginn meines Statements mitgeteilt. Wenn das kein Hinweis auf Kampf und Gewalt wäre, was denn dann?“

Ich hatte den Mediziner in seiner Ehre getroffen. Das war keine gute Frage! Na ja!

„Entschuldigen Sie bitte diese Frage, aber im Zusammenhang mit anderen Vorkommnissen wäre diese interessant gewesen. Sie sind so freundlich, mir bald ihren Bericht mit der genauen Todesursache zu mailen. Damit die Akten vollständig sind.“

„Da hat die Frau im Spitalgraben, am Dienstag, wirklich ganz anders ausgeschaut, nicht?“, ließ er nicht locker, mir die Unsinnigkeit meiner vorigen Frage vor Augen zu führen. „Pfeffersprayauswirkungen kann man noch nach längerer Zeit eindeutig feststellen.“

„Ganz wie Sie sagen!“, versicherte ich. „Entschuldigung nochmals und vielen Dank!“

Blitzschnell klappte ich mein Hany zu, denn ich wollte keine Fortsetzung dieses Gesprächs riskieren.

Helga, die unterdessen ihre Fotodurchschau wieder aufgenommen hatte, blickte mich über den Bildschirm hinweg ernst an.

„Du hattest die Freisprecheinrichtung eingeschaltet“, sagte sie mit merkwürdigem Unterton. „Da musste ich ja alles mithören. Den hast du ordentlich beleidigt.“

„Ja, ja, hacke jetzt nicht auch du auf mir herum. Ich hätte das nicht fragen sollen. Ich weiß. Er musste es als Misstrauen verstehen. Aber jetzt ist es aus und vorbei.“

„Toni, selbst wenn dieser Selbstmord etwas Rätselhaftes an sich hat, deshalb ist er noch lange kein Mord. Ich merke ja, du vermutest in diesem Selbstmörder offenbar den Entführer und Mörder der Braut. Einen, der in

Manfred Ebeneiners Auftrag gehandelt hat. Aber bedenke doch bitte, Veronika Ebeneiner hat ihren Entführer gekannt. Mit ‚du' angesprochen und –"

„Das ist in der Steiermark allgemein üblich, solltest du wissen!", knurrte ich.

„Ja, aber nicht bei einem Wildfremden. Höchstens in besonders illuminierter Stimmung!"

„Also, Hochzeit und Hochzeitstafel samt Mann und Freunden – Helga, sie war sicher schon ein wenig angedudelt oder, wie man gewählt gesagt, in gehobener Stimmung!"

„Leider können wir sie nicht mehr fragen. Ich bin aber trotzdem skeptisch, ob du mit deinen Vermutungen richtig liegst. Der traditionelle Brautraub geschieht eigentlich nur mehr im vertrauten Freundes- oder Familienkreis."

„Du kannst sagen, was du willst, Frau Oberinspektor", beharrte ich. „Ich habe das einfach im Gespür. Der im Stadel hat die Braut im Auftrag vom Ebeneiner entführt und umgebracht und ist jetzt – wie und von wem wissen wir noch nicht, aber ich habe da meine fundierte Vermutung – beseitigt worden."

„Wir haben jetzt erst den zweiten Tag ermittelt. Wir müssen wirklich keinen Aufklärungsrekord aufstellen."

„Vielleicht wird es einer, weil die Dinge ziemlich klar sind", stellte ich ein wenig verärgert fest.

„Hast du wirklich Beweise oder ist alles nur eine Vermutung – oder gar nur dein Wunschdenken?", fragte Helga nach kurzer Pause, ziemlich dienstlich trocken.

„Ich habe jedenfalls jetzt den Ehemann im Fadenkreuz. Schauen wir einmal! Daher bitte Ende der Debatte!"

Damit wählte ich die Nummer von Manfred Ebeneiner.

„Grüß Sie, Herr Ebeneiner. Schrempf spricht!"

„Ja, bitte? Was gibt es denn schon wieder?" Seine Stimme war ein wenig belegt.

„Ich halte Sie nicht lange auf. Wo waren Sie denn heute, sagen wir, zwischen sieben Uhr und elf Uhr am Vormittag?"

„Wozu brauchen Sie denn das? Hängt das vielleicht mit dem Foto von der Tätowierung zusammen, das Kurt reihum geschickt hat?"

„Ja", bestätigte ich knapp.

„Ich hab' dieses Tattoo noch nie gesehen. Und sicher auch niemand von den ‚Heartdrivers', weil –"

„Pardon, Herr Ebeneiner. Ich habe nicht nach der Tätowierung gefragt sondern, wo Sie heute Vormittag gewesen sind."

„Ich war im Holz", antwortete er nach einer Weile. „Bis gegen elf Uhr. Dann war ich wieder daheim."

„Wo denn?"

„In der Kleinsölk."

„War jemand dabei?"

„Nein, leider. Meine Frau kann mich ja, wie Sie vielleicht wissen, nicht mehr begleiten", stellte er trocken fest.

„Sagen Sie mir doch, was Sie wo gemacht haben und mit wem Sie während dieser Zeit gesprochen haben."

„Geredet habe ich mit niemandem, denn ich war auf Kontrolle. Und das macht man am besten, wenn die Leute weg sind."

„Haben Sie Schlägerungsarbeiten kontrolliert?"

„Exakt!"

„Und?"

„Nix ‚und', Herr Kommissar. Gestern und vorgestern ist geschlägert worden bei uns – wir haben dort einige

Hektar Wald – und ich hab' mich vergewissert, ob wirklich das gemacht wurde, was vereinbart war. Ob die Blochen ordentlich liegen, damit man sie problemlos rücken kann."

„Dabei waren Sie allein und haben auch niemanden getroffen, der uns Ihre Anwesenheit in der Kleinsölk bestätigen könnte?"

„Nein, niemand, denn ich hab' auch nirgends Station gemacht."

„Danke, Herr Ebeneiner, mehr wollte ich nicht wissen."

„Er hat kein Alibi für heute Vormittag!", stellte ich mit Genugtuung fest, als ich das Smartphone wieder zugeklappt hatte. „Wie ich mir schon gedacht habe. Die Sache wird immer klarer."

„Toni, sei doch vorsichtig!" Helga zeigte ihre bekannte Hartnäckigkeit. „Du hast noch nichts in der Hand gegen ihn. Das 08/15-Motiv, dass er schnell erben will, weil er das Geld braucht, ist doch ziemlich lasch und nicht nachweisbar. Tamara Steger hat das zwar lautstark vermutet, aber bei ihr schaut mir das eher nach Wunschdenken, vielleicht sogar nach bewusste Ablenkung aus."

„Bei mir ist es absolut kein Wunschdenken," entgegnete ich.

„Was?"

„Dass er es war, der Ebeneiner."

„Der was gemacht hat?" Helgas Tonfall war plötzlich irgendwie eckig.

„Den Mitwisser beseitigt, der in seinem Auftrag die Ehefrau um die Ecke gebracht hat!"

„Ermitteln wir eigentlich im Fall Ebeneiner oder im Fall Stadel-Suizid, Herr Hauptkommissar?", fragte sie spitz.

„In beiden, Frau Oberinspektor. Denn die beiden Bluttaten hängen eindeutig zusammen!“

„Hat Zeus dies schon abgesegnet?“ Helgas Stimme war jetzt nicht nur kühl, sondern ziemlich kalt.

Ich erstarrte. Also das war mir doch zu viel! Damit hatte mir Helga unmissverständlich zu verstehen gegeben, dass ich ein Ermittlungsterrain betreten hatte, welches von Zeus noch nicht bewilligt war. Das galt als unerwünschte Eigenmächtigkeit, die Zeus wirklich nicht schätzte. Aber von einer Assistentin, selbst wenn sie Helga heißt, lasse ich mich, Hauptkommissar Schrempf doch nicht –!

Sie schien mir meine plötzliche Verärgerung angesehen zu haben, denn sie sprang plötzlich auf und eilte zu meinem Platz.

„Verzeih, Toni!“, sagte sie, hockerlte sich neben meinen Sitz und blickte mich von unten ernst an. „Ich weiß ja, du bist zutiefst unzufrieden, weil wir in diesem unverständlichen Brautentführungsmord nicht weiterkommen und sich vor allem die Plachta-Variante als nicht haltbar erwiesen hat. Du bist ehrgeizig und willst Verbrecher zur Strecke bringen. Ich kenne dich doch. Aber du bist immer einer gewesen, der sich nur an Fakten und an handfeste Dinge gehalten hat.“

„Aber ja, das mache ich doch jetzt auch –“

„Nein, Toni!“, widersprach sie energisch. „Sei bitte ehrlich zu dir! Du willst plötzlich zwei Fliegen auf einen Schlag erlegen. Aber die Klatsche ist ziemlich löchrig. Den ersten Schnitzer hast du dir dabei vorhin schon beim Arzt erlaubt. Gut, das kann ja einmal passieren. Aber jetzt verrenn‘ dich bitte nicht!“

„Ich verrenne mich sicher nicht, Helga, denn ich habe wichtige Dinge in der Hand. Da, schau her!“

Triumphierend zog ich das Plastiksackerl mit den Spänen von den Stadelplanken aus meiner Tasche und tippte mehrmals drauf.

„Da drauf finden sich mit Sicherheit winzige Spuren von Pfefferspray. Jede Wette. Und noch etwas: Ich habe im Inneren des Stadels auch die Planken fotografiert." Ich reichte ihr mein Smartphone. „Übertrage die letzten Fotos auf deinen PC in unsere Datei. Und dann vergrößere die Bilder so stark es geht. Und auch hier wirst du Spuren von Pfefferspray finden."

Helga hatte sich wieder aufgerichtet und blickte mich verwundert an.

„Seit wann bist du unter die Spurensicherung gegangen? Das ist doch der Job von Charlys Leuten. Gehst du jetzt auf eigene Faust durch diesen Fall?"

„Weder das eine noch das andere, werte Frau Oberinspektor!", stellte ich mit Vorgesetztenstimme fest. „Das war eine spontane Idee. Ich gehe nämlich davon aus, dass die Braut in genau diesem Stadel versteckt, erwürgt und in Plastik eingerollt wurde. Ich habe mir auch den Boden im Stadel genau angesehen. Denk' an die Grasreste auf der eingepackten Leiche."

„Dieses Grün findest du hier überall. Sogar vor unserer Polizeistation. Das sagt überhaupt nichts! Deine Formulierung, ‚dass du davon ausgehst, dass' – das heißt nichts anderes, als dass du alles nur vermutest, aber noch nichts beweisen kannst. Nochmals: bitte verrenn' dich nicht! Du hast nämlich mehr als nur deinen guten Ruf zu verlieren." Worauf sie kehrtmachte und zu ihrem Platz zurückging.

Ich erwiderte darauf nichts. Ich saß da und schaute nur vor mich hin. Was sollte ich auch sagen? Ich spürte nur den Ärger in mir. Was bildet sich diese Frau Oberinspektor eigentlich ein, wer sie ist? So lasse ich nicht mit mir reden. Auch von ihr nicht –nein, obzwar – obzwar sie in dieser Schärfe wirklich noch nie mit mir gesprochen hatte. Warum also jetzt und hier? Eines war mir klar. Wir waren in einer Krise. Nicht nur beim Mordfall Ebeneiner, sondern auch in unserer Zusammenarbeit. Ihr letzter Satz klang jetzt in mir nach und bereitete mir mehr und mehr Ungemach. Sie hatte mir vor Augen geführt, dass ich offensichtlich professionelles Vorgehen mit ‚Brachial - Kopf durch die Wand!' getauscht hatte. Mehr als den guten Ruf zu verlieren, hieße bei ihr, dass auch sie mir nicht länger zur Verfügung stehen wollte. Stand sie doch knapp davor, zur Kommissarin ernannt zu werden, daher könnte ein blamabler Misserfolg ihres Chefs, also mein Scheitern, auch auf sie abfärben. Nein, das wollte ich wirklich nicht. Dazu war sie zu gut, zu verlässlich, zu kompetent.

Ich schluckte daher meine Verärgerung hinunter und musste mir eingestehen, dass sie eigentlich recht hatte. Die Variant Ebeneiner erschien mir doch die letzte plausible Möglichkeit, das Verbrechen zu klären. Wer denn sonst hätte da involviert sein können? Ich wollte einfach, dass er der Bösewicht ist. Aber beweisen konnte ich es wirklich nicht. Noch nicht!

Ich machte daher das einzig Mögliche, um heil aus dieser Situation herauszukommen. Ich stand auf, ging zu Helga hin und gab ihr einen flüchtigen Kuss aufs Haar.

„Danke, Helga!“, sagte ich und ging hinaus, um mir einen Kaffee zu holen. Den hatte ich jetzt bitter nötig.

Als ich zurückkam, deutete Helga auf mein Smartphone und sagte, wie wenn nichts gewesen wäre. „Es hat wieder gequietscht. WhatsApp ruft!“

„Danke.“

Ich öffnete und fand auf dem Display vierzehn Fotos, die nur gefällte Baumstämme zeigten. Gestapelt, einzeln, von vorne von hinten. Text war keiner dabei, aber ich öffnete eines von ihnen in der ‚Galerie' und wischte am Bildschirm nach oben. In den Bilddetails konnte ich das heutige Datum und die Uhrzeit 09:24 Uhr ablesen.

„Ebeneiner war am Vormittag tatsächlich in der Kleinsölk", sagte ich leise. „Datum- und Uhrzeitstempel der Fotos sind eindeutig."

„Aha", sagte Helga nur und vermied es, mich dabei anzusehen. Ich rechnete es ihr hoch an, dass sie nicht ein ‚Na, bitte – was hab' ich gesagt?!' von sich gab.

Weil ich gerade mein Smartphone in der Hand hatte, öffnete ich die Bildergalerie und untersuchte meine Fotos von den Planken im Stadel. Aber so sehr ich vergrößerte und alles Millimeter für Millimeter nach irgendetwas absuchte, was auf Pfefferspray hätte hindeuten können, ich fand nichts. Absolut nichts.

„Fehlanzeige", brummte ich missmutig und klappte das Smartphone wieder zu.

„Was denn?", fragte Helga, ohne aufzublicken.

„Spuren von Pfefferspray auf den Holzplanken. Nichts zu sehen."

Wie verabredet blickten wir einander irgendwie ernst an – dann mussten wir plötzlich gleichzeitig lachen. Das war die Erlösung.

„Gut so, Helga", stellte ich mit Erleichterung fest, als wir wieder ernst waren. „Das war jetzt wirklich eine Befreiung! Ich habe mich auf falschem Terrain bewegt. Deine Mitarbeitskündigung ist also vom Tisch, hoffe ich. Darf ich meiner Assistentin also wieder einen Auftrag erteilen?"

„Warum denn nicht?"

„Na, weil ich vor zwei Minuten eine Botschaft verstanden habe, dass –"

„Geh, bitte vergiss das. Mein neuer Auftrag lautet, vermute ich, ich soll den Plachta anrufen.“

„Ja, bitte, mach das. Und bring ihm morgen das einbehaltene Telefon, seinen Pfefferspray und den Tankbeleg zurück. Er braucht sich nicht mehr zu unserer Verfügung zu halten.“

Ehe wir die Entspannung zwischen uns etwas mehr auskosten konnten, meldete sich erneut mein Telefon. Diesmal mit der Torerokennung.

„Zeus!“, seufzte ich laut. „Er kann‘s wieder einmal nicht erwarten.“

Helga deutete mir ein ‚Lass ihn grüßen‘ und setzte ihre Fotosucharbeit fort. Ich nahm mein Telefon, verließ das Zimmer und begann, nachdem ich ihn begrüßt hatte, telefonierend vor der Polizeistation auf und ab zu gehen.

Er wollte alles wissen. Und detailgenau. Ich erwähnte zunächst, dass ich alles für den Tagesbericht bereits vorbereitet habe, lediglich der Vermerk noch abzuwarten war, ob das Alibi von Herrn Plachta halten würde oder nicht. Es hatte gehalten, musste ich hinzufügen.

„Dann war also nichts mit diesem Herrn aus Schladming“, grummelte der Chef. „Gut. Und jetzt, Toni?“

„Jetzt hat sich alles insofern gedreht, als wir eine zweite Leiche gefunden haben.“

„Auch verpackt?“, fragte Zeus schlagfertig.

„Nein, natürlich nicht. Was wir momentan wissen – möglicherweise ist es nur ein Suizid! Sieht zumindest danach aus. Genaueres wissen wir noch nicht, zum Beispiel, um wen es sich bei dem Selbstmörder handelt.“

„Nein? Kein Abschiedsbrief?“ Zeus klang skeptisch.

„Nein. Überhaupt ist die Vorgeschichte dieses Todes eigenartig und lässt die Vermutung aufkommen,“ – ich drückte mich sehr vorsichtig aus – „es könnte vielleicht einen Zusammenhang mit dem Fall Ebeneiner geben.“

„Inwiefern eigenartig?“

„Das habe ich in meinem Bericht genau beschrieben. Bitte warte darauf. Ich sende ihn gleich ab. Denn eben bekomme ich einen Anruf auf der anderen Leitung. Wenn du Fragen zum Bericht hast, Chef, ich bin dann sofort wieder zu deiner Verfügung.“

„In Ordnung, Toni. Laufende Ermittlungen gehen vor! Bis dann!“

Es war Tamara Steger, die anrief. Sie fragte allerdings nur, ob sie morgen, trotz unserer Anweisungen, Schladming nicht zu verlassen, zu Freunden nach Fieberbrunn fahren darf. Sie wäre abends wieder daheim.

„Wie kommen Sie dorthin? Sie haben doch noch keinen Führerschein.“

„Bertram wird mich fahren. Also, darf ich?“

„Geht in Ordnung, Frau Steger, aber bitte halten Sie Ihr Telefon offen, denn es könnte sein, dass wir auf die Schnelle noch die eine oder andere Frage an Sie haben.“

„Aber ja. Rufen Sie ruhig an. Haben Sie ihn hoffentlich schon weich bekommen?“

„Von wem sprechen Sie?“

„Vom Mörder meiner Stiefmutter natürlich. Was sagt er?“

„Unsere Ermittlungen laufen auf Hochtouren, Frau Steger.“

„Also haben Sie ihn noch nicht, weil Sie nur ermitteln, aber ihn nicht verhaften können. Er ist halt doch zu schlau! Sie werden ihm nichts nachweisen können, Herr Kommissar, weil die Männer immer zusammenhalten.“

„Dann wünsche ich Ihnen einen angenehmen Tag, Frau Steger. Guten Abend!“, beendete ich abrupt das Gespräch, denn ich hatte inzwischen Helga bemerkt, die, aufgeregt gestikulierend, in der Tür stand und mich zu sich winkte.

„Was ist denn? Ich komme ja schon!“ Zuerst unterbricht die Steger mein Gespräch mit Zeus, jetzt Helga jenes mit der Steger. Ein Stress so etwas!

„Wasser auf deine Mühlen, Toni“, rief sie und zog mich ins Haus. „Der Tätowierte war tatsächlich beim ‚Steirerwirt‘ dabei! Komm, ich zeig ihn dir!“

Das war jetzt eine Sensationsmeldung. Wir eilten in unseren Arbeitsraum, wo Helga stolz auf den Bildschirm deutete. Das Foto zeigte – wie von Lechleitner oder mir dokumentiert – eine der Damen von der Hochzeitstafel, nämlich Frau Hilde Putz. Sie war vor dem Fenster stehend zu sehen und blickte nach links. Helga vergrößerte nun den Bildausschnitt mit dem Fensterteil und nun war deutlich zu erkennen, dass draußen, vor dem Fenster des Steirerwirtes, jemand saß. Allerdings war nur der Nacken und der Hals sichtbar, denn eine Werbeschrift am Fenster verdeckte den Kopf der Person. Aber am Hals war, in der Vergrößerung zwar ein wenig unscharf, genau jene Tätowierung zu erkennen, die wir vom Hals des Toten im Stadel kannten.

„Und hier“, Helga deutete zum unteren Rand des Halses, „dieser sichtbare Pulloverrand, der könnte durchaus von einer Kapuze sein. Schau dir den Faltenwurf an.“

„Eindeutig!“, stellte ich unnötigerweise fest, denn Helga hatte diesen Bildausschnitt bereits auf einer eigenen Kopie rot umrandet und für unsere Unterlagen vorbereitet. „Du hast wirklich Adleraugen“, lobte ich kopfnickend.

„Du hast möglicherweise doch recht, dass da ein Zusammenhang bestehen könnte.“ Dann fügte sie in Anlehnung an die Adleraugen lächelnd hinzu „Du hast wirklich eine Jagdhundnase!“

„Gibt's noch andere Fotos, auf denen diese Person zu erkennen ist?"

„Leider nein. Ich hab schon alles durchgeschaut. Das ist leider das einzige Bild."

„Jetzt brauchen wir nur noch den Namen, dann sind wir ein gewaltiges Stück weiter."

Wir sollten ihn bald bekommen. Allerdings erst am nächsten Tag. Aber ‚ein gewaltiges Stück im Weiterkommen' bedeutete es leider wieder nicht, ganz im Gegenteil, denn gleich in der Früh am nächsten Tag überschlugen sich die Ereignisse und machten alles noch viel unverständlicher als sie es ohnehin schon waren.

Freitag, 18. Juni

Der Tag begann mit einem merkwürdigen Anruf, kaum dass wir unser Büro betreten hatten.

„Schrempf“, grüßte ich. „Guten Morgen!“

„Grüß Sie“, meldete sich der Anrufer. „Hier spricht Heinz-Friedrich Machreiser aus Hallstatt, Herr Kommissar. Ich bin ein Follower und Motorradfreund vom Peter Tritscher aus Gröbming. Da hat sich über Facebook ein Foto von einer Tätowierung verbreitet, bei der angeblich Sie angefragt haben, ob man –“

„Ja, ja“, unterbrach ich ungeduldig. „Kennen Sie jemanden mit so einem Tattoo?“

„Vielleicht, Herr Kommissar.“

„Wie soll ich das verstehen, lieber Herr? Kennen Sie jemanden oder kennen Sie niemanden?“

„Es ist nämlich so, dass ich in unserem Kirchenchor in Hallstatt im Bass mitsinge. Wenn wir manchmal ein schwereres Werk aufführen, bei dem wir bessere, routiniertere Sänger für Solostellen brauchen, da kommt manchmal ein Herr mit einer schönen Stimme. Er heißt Albert Trenier, – er spricht sich ein bisserl französisch aus, wie Albeer Treniee. Die Solisten stehen üblicherweise mitten im Chor, weil sie, wenn sie kein Solo haben, unseren Chor verstärken. Mit uns mitsingen, gewissermaßen.“

„Ich verstehe. Dieser Herr Trenier singt gelegentlich bei Ihnen mit. Und?“

„Er singt Bass-Solo, aber eigentlich hat er eine Baritonstimme. Sehr samtig, sehr weich. Wenn der Bass einmal hoch hinauf singen muss, dann ist er der geeignete Künstler dafür. Eben ein klassischer Bariton.“

„Ja, sehr gut. Und weiter?“

„Er steht links neben mir und hat sein Hemd offen. Da habe ich sein Tattoo schon einmal gesehen bei ihm.“

„Albert Trenier“, wiederholte ich halblaut und notierte den Namen, worauf Helgas Kopf auf der anderen Seite des Tisches buchstäblich in die Höhe schnellte und sie mich mit aufgerissenen Augen anstarrte.

„Sind Sie sicher?“, fragte ich nach.

„Ja, schon. Solche Tattoos gibt’s wahrscheinlich bei vielen Leuten. Aber unser Solobariton, ja, der hat genauso eines.“

„Wo hat er denn dieses Tattoo?“, fragte ich nach.

„Am Hals rechts. Weil er immer links von mir steht, deshalb weiß ich das genau.“

„Kennen Sie diesen Herrn näher?“

„Nein, nein, er ist nur selten bei uns. Letztes Mal war‘s zu Weihnachten. Ein eher introvertierter Mensch, ein wenig schüchtern und nicht sehr gesellig, weil er hinterher immer gleich wegrennt.“

„Haben Sie Daten von ihm? Eine Telefonnummer? Wissen Sie, wo er wohnt?“

„Nein, nein. Er ist ja nur selten bei uns. Wegen seinem Telefon müsst‘ ich unseren Chorleiter fragen, weil der ihn immer anruft, wenn wir ihn brauchen. Adresse habe ich auch keine, aber er ist sicher von der Steiermark drüben. Das hört man beim Reden.“

„Da danke ich Ihnen für Ihren Anruf und Ihre Information. Ich ersuche Sie jetzt nur, uns das auch schriftlich mitzuteilen. Mit Ihrem Namen und Ihrer Adresse. Für unseren Akt, zur Dokumentation.“

Ich gab ihm unsere Dienstmailadresse durch.

„Und sollten Sie noch mehr zu diesem Herrn Trenier in Erfahrung bringen, dann bitte informieren Sie uns.“

„Ja, gern, Herr Kommissar, aber darf ich fragen, weshalb Sie wegen dieses Tattoos in den Sozialen Medien unterwegs sind?“

„Selbstverständlich dürfen Sie das, Herr Machreiser, aber eine Antwort muss ich Ihnen als Kriminalkommissar leider schuldig bleiben. Das werden Sie sicher verstehen.“

„Ach so, ja! Na dann, Pfiat Ihnen!“

„Pfiat Ihnen auch und nochmals besten Dank!“

Kaum hatte ich das Telefon aus der Hand gelegt, als Helga wie aus der Pistole geschossen, loslegte.

„Ich habe mir gestern, im Stadel, schon die ganze Zeit gedacht, dass der Tote irgendwie dem Foto des verhinderten Sängers auf dem Programmzettel von St. Martin ähnlich schaut. Diesem Albert Trenier, der wegen Nervosität abgesagt hat. Aber ich habe das dann doch wieder verworfen. Außerdem war sein Gesicht blaurot und gedunsen, aber so aufs bloße Hinschauen war mein erster Gedanke ‚Der schaut ja aus wie …‘ Das soll jetzt genau der sein, der sich umgebracht hat? Vorgestern hat er wegen eines Nervenzusammenbruchs abgesagt und dann hängt er sich auf. Wer versteht denn so etwas!?“

„Es handelt sich wahrscheinlich nicht um zwei verschiedene Personen, Helga. So eine Namensgleichheit wäre schon ein besonderer Zufall. Hast du diesen Programmzettel noch?“

„Ja, sicher. Moment!“ Sie kramte in ihrer Handtasche und zog ein grünes Blatt Papier hervor. Ich faltete es auf und betrachtete das Foto von Herrn Trenier. Erst nach einiger Zeit vermochte ich eine gewisse Ähnlichkeit mit dem Toten vom Stadel zu erkennen, denn das abgebildete Foto des Künstlers stammte aus jüngeren Jahren. Ich holte mein Handy hervor und lud die Fotos vom Toten vom Stadel aufs Display. Helga stand neben mir.

„Tja“, sagte sie leise. „Das könnte er vielleicht sein. Könnte, betonte ich.“

„Ich bin mir fast sicher, dass er es ist!“, stellte ich fest. „Damit schmeißt er aber einiges bei uns durcheinander!“

Ehe wir darüber weitersprechen konnten, verkündete mein Telefon die Ankunft einer weiteren WhatsApp Nachricht. Sie kam vom Bikerclub.

‚Genauso eine Tätowierung hat unser neuer Rechnungsprüfer vom Bikerclub, Robert Reinert, am Hals. bG KH‘

„Was ist denn?“, fragte Helga, weil ich anscheinend überrascht in die Luft blickte.

„Da!“, sagte ich und hielt ihr das Handy hin. „Noch einer! Lies das. Unser Tattoo scheint tatsächlich weit verbreitet zu sein.“

„Das war ja zu erwarten!“, meinte sie unaufgeregt, nachdem sie die Meldung gelesen hatte. „Vielleicht kommen noch weitere Tattoo Sichtung auf uns zu. Aber unseren Herrn Trenier schau ich mir jetzt einmal genauer an. Als Künstler hat er hoffentlich eine Homepage.“

„Einverstanden“, stimmte ich zu und gab ihr den Programmzettel zurück. „Vielleicht findest du etwas, was uns weiterbringt.“

„Immerhin passen ein paar Mosaiksteinchen zusammen bei ihm.“

„Inwiefern, Helga?“

„Er hat wegen einer Nervenkrise oder so ähnlich seinen Konzertauftritt abgesagt. Dann hat er sich vielleicht aus diesem Grund aufgehängt, wenn es wirklich derselbe war.“

„Möglich, möglich“, brummte ich.

„Hab‘ ihn schon“, meldete Helga nach kurzer Zeit.

„Gut, Helga! Schau dir einmal seine Daten an. Ich versuche inzwischen etwas über diesen Rechnungsprüfer zu finden.“

Robert Reinert war im Internet ebenfalls schnell gefunden. Er hatte einen Facebook Account. Jetzt bewährte sich erneut, dass ich auch einen hatte, um bei anderen ‚Facebookern' hineinschauen zu können. Über ihn war aber nicht sehr viel zu erfahren.

„Robert Reinert, Gastwirt und Motorradfan mit 243 Follower, geboren am 19. März 1988", las ich halblaut vor mich hin. „Hat ein Kaffeehaus in Krungl bei Bad Mitterndorf."

„Moment", rief Helga. „Ich zappe mich gerade zur Vita von Trenier durch. Ich hab' ihn auch gleich", murmelte Helga, um nach einigen Augenblicken die Fassung zu verlieren.

„Wie bitte?!", rief sie und schüttelte den Kopf. „Das gibt's doch nicht! Geboren am 19. März 1988, wohnhaft in Krungl, Nummer 102 am Strebenweg. Und da steht noch etwas. Albert Trenier ist nur sein Künstlername. Er heißt mit bürgerlichem Namen – und jetzt halte dich fest an, Toni! – Robert Reinert."

Ich stieß einen langen Pfiff aus und schürzte anschließend nachdenklich die Lippen.

„Der Motorrad-Rechnungsprüfer und dein verhinderter Sänger von St. Martin sind ein und dieselbe Person. Gibt's denn so etwas! Und wenn ja, wie passt denn das wieder zusammen?"

Helga wippte in ihrem Sessel nachdenklich vor und zurück. „Es fragt sich jetzt nur, ob diese zwei oder besser gesagt der singende Rechnungsprüfer auch der Aufgehängte ist. Eine Ähnlichkeit gibt's ja. Damit wird alles aber noch mysteriöser!"

„Aber warum hängt der – wenn er es wirklich sein sollte – tot im Stadel!", brach es aus mir heraus. „Da kann es nur eine Erklärung geben, aber bei der passt wiederum nichts mit den anderen Erhebungen zusammen."

„Sollte der Erhängte irgendeine persönliche Beziehung zu Veronika gehabt haben, dann, Toni, fürchte ich, dass du mit deinen Überlegungen von vorhin doch recht hast."

„Wer ist dieser geheimnisvolle Erhängte mit dem Tattoo – das ist jetzt vordinglich. Ist er tatsächlich der singende Rechnungsprüfer? Davon hängt alles Weitere ab. Also gehen wir das Problem an! Jetzt telefonieren wir einmal nach Krungl."

Auf der Homepage war eine Telefonnummer schnell gefunden. Allerdings hob niemand ab und nach mehrmaligem Läuten brach die Verbindung ohne Einschaltung einer Sprachbox ab. Auch auf der zweiten Nummer, jener vom Kaffeehaus, meldete sich niemand.

„Niemand da!", stellte ich fest und schob das Handy zur Seite. Kurz entschlossen zog ich die Mitgliederliste des Motorradclubs aus der Lade und fuhr mit dem Finger der Namenskolonne entlang. Das Kürzel ‚KH' auf der WhatsApp Botschaft von vorhin gehörte mit Sicherheit zu Kurt Hofmeister, dem Kassenwart des Vereins. Ich rief ihn unverzüglich an.

„Jo bitte?", meldete sich eine müde Stimme.

„Herr Hofmeister?"

„Jo, des bin i und wer bist du?" Die Stimme klang ziemlich verschlafen.

„Kommissar Schrempf vom Steirischen Landeskriminalamt. Sie waren so freundlich uns mitzuteilen, dass Sie das von uns gesuchte Tattoo am Hals des neuen Rechnungsprüfers gesehen haben."

„Jo und?"

„Seit wann hat er denn diese Funktion bei Ihnen?"

„Seit der letzten Versammlung."

„Wann war die?"

„Puh – wann war des? Im Feber war's, glaub' i."

„Wurde Ihnen Herr Reinert von Manfred Ebeneiner empfohlen?“

„Aber überhaupt net. Der hätt ja auch nichts mit ihm zu tun. Der kennt ihn net einmal, auch weil der Robs, also der Herr Reinert, bei der Versammlung nicht dabei war, sondern seinen Bericht nur gemailt hat. Ich kenn ihn aber recht gut, weil er is a Jaga und bei die Bezirkstreffen ham wir uns kennengelernt.“

„Sie meinen, Ihre Bikerclub Freunde kennen ihn persönlich gar nicht?“

„Vielleicht der eine oder andere. Aber genau darum haben wir ihn ja gewählt. Weil er auch ein Biker ist, von ganz wo anders kommt, mit fast niemanden von uns gut Freund ist und daher unbefangen und neutral sein kann.“

„Wissen Sie auch, wo er wohnt?“

„Ja, ja, in Krungl. Drüber‘n Grimming.“

„Danke, Herr Hofmeister. Noch eine Anfrage: Wären Sie bereit, uns bei der Identifizierung eines Toten zu helfen?“

„An Toten? Jessas, wen denn? Warum denn?“

„Wir wissen nicht genau, um wen es sich bei dem Toten handelt. Aber wir vermuten, dass Sie ihn kennen.“

„Wer sollt‘s denn sein?“

„Dieser Robert Reinert!“

„Der Robs?“ Ungläubiges Staunen klang in der Stimme mit. „Um Gotts Wülln ...wars a Unfall?“

„Nein, nichts dergleichen. Wir wissen eben nicht, ob er es tatsächlich ist. Daher unser Ersuchen. Sie kennen ihn. Also bitte, wären sie dazu bereit?“

„Ja, scho – aber, i kann ka Bluat sehn ...“

„Das müssen Sie in diesem Fall auch nicht. Könnten Sie jetzt, jetzt gleich, zur Bestattung in die Klostergasse kommen? Es wäre sehr wichtig, denn es eilt.“

„Wann‘s meinen – na, i bin in zehn Minuten durt.“

„Sehr gut. Danke. Bis gleich!"

Ich sprang auf.

„Helga, ich fahr jetzt schnell zur Bestattung und treffe dort diesen Herrn Hofmeister. Der soll den Toten ansehen und sagen, ob es der Reinert ist oder nicht. Sei du inzwischen so lieb und ackere die Homepage deines Sängers von A bis Z durch, ob da noch etwas für uns zu finden ist. Ich komme anschließend gleich wieder zurück."

Bis zur Bestattung war es eigentlich nur ein kurzes Stück. Ich nahm trotzdem meinen Wagen. Wenig später traf Hofmeister ein.

„Was ist denn passiert?", fragte er verunsichert, als wir in den Gerichtsmedizinerraum geführt wurden, den ich von meinem letzten Fall leider nur zu gut kannte. „Ist er mit dem Motorrad verunglückt?"

„Nein", sagte ich, „er ist auf andere Weise ums Leben gekommen. Erschrecken Sie aber nicht, der Anblick ist nicht sehr schön."

Als wir beim Untersuchungstisch standen und der Bestatter das weiße Tuch vom Kopf des Toten zurückschlug, prallte Hofmeister erschrocken zurück.

„Gotts Willen!", stammelte er. „Was ist ihm denn passiert?"

„Erkennen Sie, um wen es sich handelt?", fragte ich zurück.

Jetzt trat Hofmeister einen Schritt näher und schaute lange auf das aufgedunsene Gesicht. Dann nickte er langsam.

„Jo", kam es stockend von ihm. „Des is er, der Robs!"

„Sie erkennen zweifelsfrei Robert Reinert?"

Jetzt nickte Hofmeister heftig.

„Ja, eindeutig. Do is jo a sei Tattoo am Hois. Wos is eam denn g'schehn?"

„Er ist erhängt aufgefunden worden."

„Naaaaaaa! Gibt's denn des!!!!! Wiaso denn?"

„Es ist uns noch unbekannt, warum er seinem Leben ein Ende gesetzt hat. Wissen Sie vielleicht, was ihn dazu veranlasst haben könnte?"

Hofmeister schüttelte den Kopf.

„Na, wirkli net! I kenn eam jo net so guat. Mir haben nur beim Jagern an Kontakt mitanonder g'habt."

Auf mein Zeichen bedeckte der Bestatter das Gesicht wieder mit dem weißen Tuch. Ich dankte ihm und begleitete Hofmeister zu seinem Auto.

„Was passiert denn jetzt?", wollte er wissen.

„Kommen Sie heute oder morgen bei uns vorbei, damit wir Ihre Aussage, die Identifizierung des Toten, protokollieren können. Sie brauchen nur zu unterschreiben, ja?"

Er nickte.

„I kumm dann vorbei. Jetzan brauch i an Schluck, weil des G'sicht vom Robs, des geht an scho an die Nieren!"

„Tja", meinte ich und schlug ihm sanft auf die Schulter. „Jetzt werden Sie auch einen neuen Rechnungsprüfer für Ihren Verein suchen müssen!"

„Jo, des a! Mein Gott, so wos! Hot si da Robs aufg'hängt …"

„Herr Hofmeister", unterbrach ich sein Sinnieren. „Sollte Ihnen in der nächsten Zeit etwas zu Ohren kommen, was den Selbstmord des Herrn Reinert erklären könnte, lassen Sie es uns unbedingt gleich wissen."

„Jo, jo, mach i scho", nickte er. „Jetzt Pfiat Ihnen!"

Damit stieg er in sein Auto und fuhr davon. Ich blickte ihm lange nach, ehe ich langsam zur Station zurückfuhr.

Dort wurde ich von einer aufgeregten Helga in Empfang genommen, die mich ungeduldig erwartet hatte.

„Was ist denn los? Hast du wieder eine Sensation entdeckt?“, fragte ich, als sie mich ungeduldig ins Büro zerrte. Dort deutete sie auf ihr Computer Display.

„Erinnert dich dieses Bild an etwas, Toni?“

Ich setzte mich neben sie und betrachtete den Bildschirm eingehend.

„Ja, warte einmal“, murmelte ich nach einigem Nachdenken. „Wo haben wir das schon einmal gesehen? So oder so ähnlich? – Natürlich, ja, bei den Seidels. Da hat es zwar ein wenig anders ausgesehen, aber sonst ganz ähnlich. Wo hast du das Foto her?“

„Es befindet sich auf der Homepage von Albert Trenier“, berichtete Helga aufgeregt, „Unter der Rubrik ‚Kindheit und Jugend des Künstlers‘ hab ich diese Foto gefunden. Bildunterschrift: ‚Der Künstler: Zweite Reihe, Zweiter von rechts‘. Alles klar?“

Und wie klar plötzlich alles war! Ich stand wieder auf.

„Das könnte unser lang gesuchtes missing link sein, Helga! Könnte!!! Druck das Foto bitte aus und dann nichts wie hin zu den Seidels.“

Wir trafen die Seidels wenig später bei der Arbeit an. Sie hatte eine Schürze umgebunden und war mit Küchenarbeit beschäftigt, er wollte gerade in den Garten, um sich den Gewürzpflanzen zu widmen. Unserem Ersuchen, eintreten zu dürfen, wurde nur zögerlich stattgegeben, weil es ‚drinnen nicht aufgeräumt‘ wäre und man Gäste doch nicht …

Ich überredete die beiden, dennoch eintreten zu dürfen. Im Wohnzimmer legte ich das Foto aus dem Internet auf den Tisch, während Helga schnurstracks zu einem der beiden Fenster ging, sich dort kurz suchend umschaute, um dann mit einer gerahmten Fotografie zum Tisch zu kommen und ihren Fund neben das Internetbild zu legen.

„Ja“, bestätigte Frau Seidel, als wir nach der verblüffenden Ähnlichkeit der beiden Fotos fragten. „Da ist die Vroni auch drauf, aber das war in der dritten Klasse in Stainach. Da haben's eine Lehrerin gehabt. Den Namen hab ich vergessen. Den langen Joschi Schupfer“ – sie deutete auf das gerahmte Bild – „den haben's erst in der vierten Klasse bekommen.“

Helga deutete auf beide Fotos.

„Dieser Bub neben Ihrer Vroni, der auf den Abbildungen neben ihr steht. Kennen Sie ihn? Wie heißt er? Waren die beiden vielleicht befreundet? Bitte versuchen Sie sich zu erinnern. Es wäre sehr wichtig!“

„Das war der Bertl!“, meinte Herr Seidel nach einigem Nachdenken. „Mehr weiß ich leider nicht mehr. Mit dem war sie lange befreundet. Weißt du noch seinen ganzen Namen, Anni?“

Sie schüttelte den Kopf. „Na, es war immer nur vom Bertl die Rede. Von dem hat sie manchmal auch erzählt, die Vroni. Dass sie gespielt haben zusammen. Er ist auch manchmal zum Edwin gekommen, hat sie erzählt, da haben sie dann gemeinsam die Hausaufgaben gemacht.“

„Hieß er vielleicht – Robert Reinert?“, fragte Helga mit besonderer Betonung.

Anna Seidels Reaktion kam prompt.

„Ja, genau!“, bestätigte sie. „Reinert! Der Bertl hieß ja Robert. Bertl eben. Und Reinert! Ja, das war sein Familienname“

„Wissen Sie Näheres über ihn?“

„Nein, den haben wir nach der Schulzeit, wie die anderen auch, ganz aus den Augen verloren.“

„Hat Ihre Tochter später einmal oder vielleicht in jüngster Zeit von ihm gesprochen?“

Wolfgang Seidel lachte etwas verächtlich.

„Wie denn! Die Vroni haben wir doch fast nie gesehen. Und wenn doch einmal, gesagt hat sie nie etwas und später hat es sie ja nach Schladming verschlagen, wie wir Ihnen schon erzählt haben. Aus der letzten Zeit wissen wir ja überhaupt nichts von ihr."

„Dann können wir vielleicht ein wenig dazu beitragen, dass Sie mehr Informationen über Ihre Tochter haben", meinte ich, als wir uns zum Weggehen bereitmachten. „Wenn auch auf einem etwas anderen Gebiet."

„Aha, welche denn?", wollte Herr Seidel gleich wissen.

„Es ist uns im Zuge unserer Erhebungen gerüchteweise nämlich zu Ohren gekommen, Ihre Tochter könnte vor Jahren ein Kind zur Welt gebracht haben."

Frau Seidel blickte uns erwartungsvoll an.

„Aber da ist nichts dran, wie wir mit einiger Sicherheit sagen können. Frau Steger ist kinderlos in die Ehe mit Herrn Ebeneiner gegangen. Das wollten wir Ihnen nur noch mitteilen, falls Ihnen in der nächsten Zeit so ein Gerücht zugetragen werden sollte. Nur damit Sie Bescheid wissen."

„Na ja danke! Gut, dass Sie uns das gesagt haben", sagte Herr Seidel emotionslos. „Es ist ja immer gut, wenn man etwas weiß, worüber die anderen reden, nicht?"

„So ist es!", stelle Helga abschließend fest.

Wir bedankten uns noch, baten die gerahmte Fotografie für unsere Akten kurze Zeit behalten zu dürfen und entschuldigten uns nochmals für die Unterbrechung der Tagesarbeit. Als ich Frau Seidel die Hand drückte, stand Wehmut in ihren Augen. Wahrscheinlich hätte sie nur zu gerne ein Enkelkind zu sich genommen. Als sichtbaren Fortbestand ihrer Familie …

Eilig fuhren wir zum Büro zurück.

„Damit scheint das große Rätsel keines mehr zu sein“, stellte ich fest, als wir uns wieder hinter unsere Computer gesetzt hatten. „Die beiden, Veronika Seidel und Robert Reinert, waren also Schulfreunde. Es könnte durchaus sein, dass sie befreundet geblieben sind. Veronika Ebeneiner hat ihn als Entführer erkannt und sich nur ein wenig gewundert, war aber überhaupt nicht verängstigt.“

„Aber warum hat er sie dann umgebracht, Toni?“

„Moment, bitte! Wir wissen noch nicht, ob *er* sie umgebracht hat. Wir vermuten nur, dass der Entführer auch der Mörder ist.“

„Aber wenn ja, dann frage ich mich, wer hat ihn so in der Hand gehabt, dass er einen Mord begeht? Und letztendlich, warum hat er sich aufgehängt?“

„Da gibt es gegebenenfalls eben nur eine Erklärung, Helga.“

„Aber wie ist er – gesetzt den Fall, deine Ebeneiner-Überlegung trifft zu – an den Schulfreund herangekommen? Und überhaupt – einfach nur wegen der erhofften Erbschaft?“

„Die Perlenkette unserer Ermittlungen passt schon ganz gut zusammen. Nur die Schließe fehlt noch.“

„Wir sollten jetzt unbedingt Zeus informieren!“, überlegte Helga.

„Daran habe ich auch schon gedacht. Aber vorerst sollten wir uns in diesem Ort Krungl umsehen.“

Lechleitner wurde gebeten, seine Kollegen in Bad Mitterndorf zu ersuchen, nach Krungl zu fahren und bei der Adresse Strebenweg 102 auf uns zu warten. Allerdings nichts zu unternehmen, ehe wir dort sind.

„Soll ich mitkommen?“, fragte Jacopo. „Die Mitterndorfer Kollegen kenne ich alle gut.“

„Mir wäre es lieber, du bleibst am Polizeiposten. Wenn wir in Krungl das gefunden haben, was ich vermute, dann wirst du hier eine vorläufige Festnahme machen müssen."

„Wie du meinst, Toni. Du rufst mich halt an. Übrigens, wenn du drüben den Erwin Mooslechner triffst, dann lass ihn von mir grüßen."

„Mach ich", versprach ich und dann ging's auf schnellstem Weg nach Krungl. Nach einiger Zeit – eine Baustelle bei Trautenfels verursachte einen langen Stau – hielten wir vor Robert Reinerts Wohnhaus. Dort standen bereits ein paar Polizisten um eine junge Frau herum, die aufgeregt auf einen der Beamten einredete.

„Da kommt er schon, der Herr Kommissar", sagte dieser und deutete zu uns, als wir gerade ausgestiegen waren. „Red' gleich mit dem!"

„Was ist denn los mit dem Chef?", rief mir die Frau entgegen. „Wo ist er denn? Und warum ist so viel Polizei da? Ist etwas passiert?"

Ich bat Helga, sich um die aufgeregte Frau zu kümmern, denn einer der Mitterndorfer Polizisten war an mich herangetreten.

„Hauptkommissar Schrempf?", fragte er knapp.

Ich nickte.

„Mooslechner mein Name. Sie haben uns hierher beordert. Was gibt es denn?"

„Ein Gruß vom Jacopo Lechleitner soll ich dir vorerst bestellen, Kollege."

„Ja, danke auch schön. Und? Was ist denn mit dem Kaffeehaus-Reinert?"

„Er hat sich vermutlich gestern in der Früh in einem Stadel erhängt. Wir haben keinen Anhaltspunkt, warum er das getan hat. Daher wollen wir vorerst in sein Haus hinein und uns umsehen."

„Nein, so etwas! Ist es sogar der von drüben am Mitterberg?“

„Ja, der ist es.“

„Weil du da bist, Kommissar“ – er verfiel ebenfalls in das polizeiinterne ‚du‘ – „gibt’s da am End‘ einen Zusammenhang mit der Frau im Gröbminger Spitalgraben, von der jetzt überall geredet wird?“

„Das könnte durchaus sein. Wir sind aber noch am Ermitteln. Gehen wir also ins Haus hinein.“

Auf das Läuten und Klopfen eines Polizisten öffnete niemand.

„Reinert ist Junggeselle“, erläuterte Helga hinter mir, „und lebt allein. Frau Lebzelter, die Dame neben mir, ist Servierkraft in seinem Kaffeehaus und hat gestern dort schon nicht mehr hineinkönnen, weil alles versperrt war und das Schild mit ‚Vorübergehend geschlossen‘ an der Tür gehangen ist. So, wie heute.“

Ich wandte mich an besagte Frau Lebzelter.

„Wann haben Sie denn Herrn Reinert zum letzten Mal gesehen?“

„Vorgestern, am Mittwoch, nach dem Zusperren, um zweiundzwanzig Uhr.“

„Gestern nicht mehr?“

„Nein, alles war in der Früh bumfest zu. Nur die Tafel mit dem ‚Vorübergehend geschlossen‘ ist an der Tür gehängt.“

„Haben Sie versucht, Herrn Reinert zu erreichen?“

„Ja, sicher. Ich wollte ja wissen, wann er wieder aufsperrt. Daheim war er nicht, weil niemand geöffnet hat, wie ich angeläutet habe, und am Handy bin ich nur auf die Box gekommen.“

„Ist Ihnen vorher etwas aufgefallen? War er anders? Verändert? Nervös?“

„Des kann man wohl sagen. Fahrig und nervig ist er gewesen die letzten Tage. Hat manchmal aber auch nur in die Luft g'schaut oder vor sich hing'stiert."

„Hatte er vielleicht finanzielle Probleme?"

„Ka Ahnung. Wer hat das nicht, heutzutage? Ich hab' aber mein Geld immer pünktlich bekommen. Das Kaffee ist allerweil gut gegangen, aber sonst – das weiß ich nicht. Aber sagen Sie doch endlich – wo ist er denn?"

„Das sagen wir Ihnen bald, liebe Frau Lebzelter. Danke einstweilen", beendete ich die kurze Unterhaltung, denn mittlerweile hatten die Polizisten die Haustür geöffnet und winkten mir, dass ich kommen kann.

„Jetzt wird es spannend, Helga! Komm!"

Wir traten ein. Helga ging gleich zu den Wohnräumen weiter, während ich zunächst einen Blick in die Garage machte. Dort stand ein beiger Opel Astra. Das war schon etwas. Ihn würden wir später genauer untersuchen. Als ich aber zu Helga in den Wohnbereich gehen wollte, riss es mich förmlich zurück. Fassungslos starrte ich auf das Auto! Dieser Wagen war ja ein – Rechtslenker! Etwas ganz Seltenes hierzulande. Herrgott nochmal! Somit hatte ich gestern, im Stadel, auf der falschen Seite die Planken abgeschabt und fotografiert – und dort natürlich nichts finden können! Veronika ist im Auto auf der linken Seite gesessen, also ist sie nach dem Aussteigen links im Stadel getötet worden. Und nicht rechts! Himmeldonnerwetter. Ein böser Fehler. Naja, alt wird man …

Am Weg ins Wohnzimmer zog mich Kollege Mooslechner kurz zur Seite.

„Das wird dich interessieren, Kommissar", meldete er gewichtig. „Die Haustür war nicht versperrt. Nur das Schnappschloss war zu, also hat Reinert beim Weggehen die Tür nur zugeschlagen. Die Hausschlüssel liegen übrigens im Vorraum auf einem Kastl."

„Danke, Kollege!"

Im Wohnzimmer stand Helga und hielt mir demonstrativ rechts eine Trachtentasche und links ein prächtiges, rotes Kropfband in den behandschuhten Händen entgegen. Auf einem Ecktisch stand, fein säuberlich in einer dünnen Plastikfolie eingerollt, eine Dose Pfefferspray.

„Ich denke, Toni, das reicht als Ausbeute dieses Ausflugs! Da wird das Labor einiges zu tun haben, damit wir die Sache hieb- und stichfest nachweisen können."

„Wie recht du wieder einmal hast!", nickte ich zustimmend.

Während Helga den Opel in der Garage nach weiteren Indizien untersuchte, schaute ich mich im Haus um und machte von mir wichtig erscheinenden Details Fotos. Dann brachte ich Tasche, Kropfband und Pfefferspray in meinen Wagen und ordnete, sobald alle das Haus verlassen hatten, an, dieses zu versiegeln.

Ehe wir losfuhren informierte ich Zeus von den letzten Entwicklungen und holte mir seine Zustimmung, Manfred Ebeneiner vorläufig festzunehmen, weil ich ihn für den Mastermind sowohl beim Mord an seiner Frau als auch am Tod von Robert Reinert hielt. Er stimmte nach längerem Zögern zu, meinte aber, dass die Beweislage schwierig werden würde, vor allem wegen der Ereignisse im Stadel. Aber er schloss sich meiner Meinung an, dass angesichts der nicht wirklich erdrückenden Indizien vielleicht doch mit einem Zusammenbruchgeständnis von Manfred Ebeneiner gerechnet werden könnte.

„Du hast freie Hand, Toni. Wie immer!!", beendete er das Gespräch. „Halt' mich am Laufenden!"

Hernach nickte ich Helga grimmig zu.

„Und jetzt das Telefonat. Jacopo soll zum Ebeneinerhof fahren und Manfred Ebeneiner vorläufig festnehmen. Ich will ihn noch heute auf der Polizeistation in die Mangel nehmen!“

Dort standen, als wir heimkehrend hereinkurvten, zwei Einsatzwagen, deren Blaulichter noch eingeschaltet waren. Aus der Polizeistation drang lautes Geschrei und Lärm nach außen. In unserem Arbeitszimmer ging es offenbar heftig her. Helga und ich blickten uns wortlos an, dann straffte ich mich.

„Los jetzt!“, knurrte ich. „Auf zum – hoffentlich – letzten Akt!“

„So, bitte, da ist er schon, der Herr Hauptkommissar“, rief Lechleitner, als wir eintraten und trachtete durch heftiges Gestikulieren die aufgeregt durcheinanderredende Familie Ebeneiner zu beruhigen.

„Es wird sich jetzt alles klären lassen, Herrschaften, aber ich muss euch zwei jetzt energisch auffordern“ – er deutete zu Mutter und Vater Ebeneiner –, ruhig zu sein, sonst müsst's den Amtsraum verlassen.“

Ich trat in die Mitte des Raums und besah mir die Versammlung. Beim Tisch saßen Manfred Ebeneiner und seine Eltern, Mutter Ebeneiner weinend in der Mitte, jeweils durch einen Polizisten getrennt, Vater und Sohn noch durch einen weiteren flankiert. Manfred Ebeneiner hatte Handschellen an den Händen.

„Warum wurde ich verhaftet?“, schrie er aufgebracht, kaum dass ich mich gesetzt hatte. „Ich hab‘ nichts verbrochen!“

„Eine Schweinerei ist das“, bellte der Vater hinterher.

„Sie, Manfred Ebeneiner, sind vorläufig festgenommen“, erklärte ich dem wütend dreinschauenden in aller Ruhe, die jetzt bitter nötig war, „weil Sie im Verdacht stehen, den Tod von Robert Reinert verschuldet zu haben, der in Ihrem Auftrag am vergangenen Sonntag Ihre Gattin, Veronika Ebeneiner, entführt und anschließend ermordet hat. Sie haben das Recht, die Aussage zu verweigern, sowie das Recht, einen Anwalt beizuziehen."

Ich spürte, wie Helga hinter mir den Atem angehalten hatte. Jetzt war alles gesagt, jetzt komme, was kommen musste.

Wenn ich erwartet hatte, Manfred Ebeneiner würde nun zusammenbrechen, so irrte ich mich gewaltig. Er maß mich nur lange wortlos mit erstauntem Gesichtsausdruck, dann schüttelte er nach einiger Zeit ungläubig den Kopf.

„Was hätt' ich angeblich gemacht? Und wer soll denn das sein?" Seine Worte waren erstaunlich leise. Der Vulkan brodelt, ging es mir durch den Kopf. Aber die Situation wurde durch Mutter Ebeneiner auf eine andere Ebene verlagert.

„Was hast du denn wieder ang'stellt, Bub?", rief sie verzweifelt. „Seit wir dich haben gibt's nur Sorgen und Ärger. Und jetzt hast sogar noch wen umbracht. Ja, Herrgottseiten noch amol! Der Himmel hat uns g'straft mit dir!" Sie rang die Hände.

„Sei stad, Mutter", rief der Sohn. „Halt den Mund! Geh ham! Der Sohn hat nix Böses g'macht! Lass mich allein hier. Geh!"

„Wen soll mein Sohn umbracht haben, haben Sie vorhin behauptet?", fragte mich Vater Ebeneiner lauernd und mit verärgertem Gesichtsausdruck.

„Robert Reinert. Das ist ein Freund von Veronika Ebeneiner aus der gemeinsamen Volksschulzeit. Unsere Recherchen haben ergeben, dass Robert Reinert deshalb umgebracht worden ist, weil er auf Verlangen Ihres Sohnes dessen frisch angetraute Ehefrau Veronika von der

Hochzeitstafel im Steirerwirt entführt und ermordet hat", erklärte ich in aller Ruhe.

„Manni, Bua, warum denn?", jammerte seine Mutter leise.

„Ruhig bist, Frau!", schimpfte jetzt auch ihr Mann. „Ja, is besser, du gehst heim!" Er wandte sich wieder an mich. „Und du, Kommissar und die neben dir, es zwa do, ihr seid's total am falschen Pferd. Mei Manfred hat niemanden umbracht! Das garantier ich euch!"

„Haben vielleicht Sie den Mann aufgehängt, im Heuschober?", fragte Helga rasch.

„Welchen Mann denn?"

„Robert Reinert aus Krungl bei Mitterndorf!"

„Wer soll das denn sein?" Vater Ebeneiners Verwunderung schien echt zu sein.

„Der von Ihrem Sohn gedungene Mörder Ihrer Schwiegertochter!"

„Meinen's den Toten im Stadel vom Melcher?"

„Woher wissen Sie denn, dass es ein Stadel ist und kein Heuschober?", fasste ich nach.

„Weil uns der Gloger erzählt hat, dass man gestern einen Aufg'hängten in einem Stadel vom Melcher am Mitterberg aufg'funden hat. Deshalb!"

„Und? Waren Sie es? Vielleicht im Auftrag Ihres Sohnes?", fragte Helga deutlicher.

Manfred Ebeneiner wollte aufspringen, aber sein Vater und der Polizist neben ihm hielten ihn zurück. Dann redete Vater Ebeneiner leise, aber eindringlich auf Helga ein.

„Nein, Frau Inspektor, ich hab' das nicht gemacht. Und noch etwas, was Sie sich merken sollten. Wir, die Ebeneiner, wir sind seit Jahrhunderten ein angesehenes Bauerngeschlecht. Wir waren immer wohlhabend bis vor kurzer Zeit. Da haben sich die Umstände geändert und wir sind in einen finanziellen Engpass geraten. Aber weder damals, als wir genug Geld gehabt haben, noch heute, wo wir nicht genug Geld haben“ – seine Stimme schwoll allmählich zu beträchtlicher Lautstärke an – „niemals hat ein Ebeneiner etwas Unehrenhaftes gemacht. An unseren Händen klebt Bauernschweiß, Ackerboden und Viehmist. Aber niemals Blut! Hören Sie!!! In allen Jahren hat kein Ebeneiner jemals ein Verbrechen begangen. Nie, verstehst?! Und auch jetzt nicht! Und wenn‘st glaubst, es besser zu wissen, dann bittschön, hier und jetzt, beweis‘ es!“

„Es tut uns leid, Herr Ebeneiner Senior“, erwiderte Helga, „wenn wir Ihre Familienehre beschädigen müssen. Aber die Beweislage gegen Ihren Sohn spricht eine deutliche Sprache.“

„Das glaub‘ ich nicht!“

„Ich erwähne jetzt nur einige Fakten“, schaltete ich mich wieder ein. „Alles andere wird dann dem Gericht für die Anklage vorgelegt. Es ist allgemein bekannt, dass sich der Ebeneinerhof in einer finanziellen Schieflage befindet und daher eine vermögende Schwiegertochter hoch erwünscht war. Herr Manfred Ebeneiner hat Frau Maria Plachta, der bekannten und wahrscheinlich auch vermögenden Heimatschriftstellerin und Gattin eines angesehenen Geschäftsmannes in Schladming, die Ehe versprochen, wenn sie sich scheiden lässt. Wenig später hat er aber Frau Veronika Steger, die Witwe nach dem Hotelbesitzer Walter Steger, kennengelernt, mit Maria Plachta gebrochen und sich seiner neuen Freundin zugewandt, die mit einer Verehelichung einverstanden war. Dass sich Maria Plachta, deren Scheidung bereits eingereicht war, daraufhin das Leben genommen hat, kann man Manfred Ebeneiner nur moralisch ankreiden.“

Ich machte eine Pause und rückte mich im Sessel zurecht.

„Wir haben", fuhr ich fort, „in Erfahrung bringen können, dass Frau Steger mit ihrem Geld immer kompetent gewirtschaftet hat und es daher nicht zu erwarten war, dass Manfred Ebeneiner nach der Heirat sehr rasch über Geldmittel verfügen würde, die er für Haus, Hof und seinen Alltag benötigt. Ein Blick ins Lastenblatt des Grundbuches der Ebeneiner'schen Liegenschaften bestätigt, wie viele Kredite zu bedienen sind. Manfred Ebenbeiner beschloss daher, seine Frau so bald wie möglich beerben zu können. Ein Brautraub erschien ihm hierfür die geeignetste Gelegenheit. Er fand im Rechnungsprüfer seines Motorsportvereins, Herrn Robert Reinert, den geeigneten Mann, der, vermutlich gegen eine entsprechende finanzielle Entschädigung, die Braut entführen und ermorden sollte."

„Ich kenn den doch nicht einmal!", rief Manfred Ebeneiner dazwischen, aber sein Vater beruhigte ihn. „Lass ihn weiterreden. Is eh alles Blödsinn!"

„Es ist leider kein solcher", erwidert ich ruhig, „denn es ist erwiesen, dass Reinert einen leeren Stadel in der Nähe des Gasthofes ‚Steirerwirt' mietete und Veronika Ebeneiner dorthin entführt hat. Sie erkannte ihn im ‚Steirerwirt', denn sie waren in der Volksschule zwei Jahre hindurch in der gleichen Klasse und damals eng befreundet. Sie sprach sogar sehr freundlich mit ihm, wie wir erfahren haben. Sie wurde mit einem hellen PKW weggeführt. In diesem angemieteten Stadel hat Reinert sie mittels Pfeffersprays wehrlos gemacht, sodann mit einem Drahtseil erdrosselt und die Leiche in eine Plastikfolie eingerollt. Die Tat dürfte sich unmittelbar nach der Ankunft im Stadel ereignet haben, ansonsten hätte sich die

Braut sicher nicht länger in einem Stadel festhalten lassen. Vermutlich in der Nacht auf Dienstag hat er die verpackte Leiche nach Gröbming gebracht und dort in den Spitalgraben geworfen. Dass Robert Reinert die Entführung durchgeführt hat, kann bewiesen werden, denn er war während des Hochzeitsmahls beim ‚Steirerwirt' anwesend. Das beweist ein Foto, auf welchem seine auffallende Tätowierung am Hals zu sehen ist. Plastikvergleiche und Untersuchungen von Grasproben durch das Labor werden den Beweis erbringen, dass die Ermordung von Veronika Ebeneiner in diesem Stadel stattgefunden hat."

Ich machte eine kurze Pause und blickte in die Runde. Manfred Ebeneiner hatte den Kopf gesenkt, Mutter Ebeneiner hielt sich immer noch die Hände vors Gesicht und ihr Mann blickte mich verärgert an.

„Ich komme nun zum gestrigen Tag", setzte ich fort. „Manfred Ebeneiner war angeblich bis zur Mittagszeit ‚im Holz' in der Kleinsölk. Behauptet er. Wir behaupten hingegen, dass er nicht dort war, sondern sich vielmehr mit Robert Reinert getroffen hat –"

„Ich war in der Kleinsölk, verdammt noch einmal", fuhr Ebeneiner empört auf. „Ich hab' doch unzählige Fotos geschickt, die ich für die Abrechnungskontrolle gemacht habe!"

Nur mit Mühe konnte er von Polizisten zurückgehalten werden, sich auf mich zu stürzen.

„Eine Datummanipulation in der digitalen Fotografie ist zwar schwierig, aber machbar, Herr Ebeneiner", konterte ich. „Sie sind zum Stadel gefahren, dort haben Sie den gedungenen Mörder Ihrer Frau und damit den Mitwisser umgebracht, indem Sie ihn an einer Drahtschlinge aufgehängt haben. Es sollte wie ein Selbstmord aussehen. Wie Sie das bewerkstelligt haben, wird sich auch noch klären lassen, aber die notwendigen Beweismittel hierfür sind bereits ins gerichtsmedizinische Labor gebracht worden. Zwei wichtige Utensilien werden Sie gleich identifizieren können."

Ich bat Helga, die Handtasche und das Kropfband aus unserem Wagen zu holen.

„Bin gleich wieder da", murmelte sie, eilte aus dem Büro und war in kurzer Zeit wieder zurück.

„Im Wohnhaus von Herrn Reinert wurde heute nicht nur der helle PKW gefunden, mit welchem Frau Ebeneiner entführt worden ist, sondern auch der Pfefferspray, der sie verteidigungsunfähig gemacht hat. Und dann noch dies!"

Helga hielt Manfred Ebeneiner die Trachtentasche und das Kropfband hin.

„Erkennen Sie die Sachen Ihrer Frau?", fragte sie deutlich.

Ebeneiner hob den Kopf, den er nach seinem Ausbruch gesenkt hatte. „Ja", nickte er. „Das gehört der Vroni. Das ist ihr Kropfbandl."

„Und die Tasche?"

„Auch, ja, ja!"

„Es besteht daher nicht der geringste Zweifel", setzte ich meine Ausführungen fort, „dass Robert Reinert Veronika Ebeneiner getötet hat und Sie, Manfred Ebeneiner, der Auftraggeber gewesen sind. Das Motiv ist auch klar: Sie wollten rasch erben, damit Sie zu Geld kommen."

Vater Ebeneiner hatte sich langsam erhoben. Der Polizist neben ihm war sofort aufgesprungen, um jederzeit eingreifen zu können, sollte es zu einem Aggressionsausbruch kommen.

„Habe ich,", begann er, „als unbescholtener Staatsbürger das Recht hier einen Antrag zu stellen?"

Die Frage verwunderte mich ein wenig, aber ich blieb gelassen. „Das kommt ganz darauf an, was Sie beantragen wollen.“

„Ich will nur wenig, dafür aber etwas Wichtiges.“

„Also dann, Herr Ebeneiner. Worum geht es?“

„Sie haben eben gesagt, dass es erst geklärt werden muss, wie mein Sohn diesen Herrn umgebracht und aufgehängt haben soll. Das heißt ja nichts anderes, als dass Sie es nicht wissen. Es ja gar nicht wissen können, denn mein Sohn war tatsächlich in der Kleinsölk. Die Frau Kommissar hat mir vorhin sogar unterstellt, ich hätte diesen Herrn im Stadel getötet – absolut lächerlich so etwas! Er war im Holz drinnen und ich war gestern am Vormittag mit dem Nicki Rosey, dem Altbürgermeister, auf einem Rundgang beim Wasserspeicher und anschließend oben bei der Wetterstation oberhalb von Hofmanning.“

Er hielt mir sein Mobiltelefon entgegen.

„Da, rufen Sie ihn jetzt gefälligst an, Herr Kommissar“, rief er laut und seine Augen funkelten wild. „Das ist mein Antrag. Und nach diesem Telefonat“ – jetzt bekam sein Gesicht einen gehässigen Ausdruck – „nehmen Sie meinem Sohn die Handschellen ab, verstanden? Und zwar schnell! Erst wenn Sie beweisen können, klipp und klar, dass er jemanden getötet hat, dann dürfen Sie ihm die Handschellen wieder anlegen. Vorher ist und bleibt er ein Ehrenmann, verstanden?! Wie alle Ebeneiner vor ihm und – hoffentlich – auch nach ihm!“

Ich wollte ihm eben sagen, dass ich sein Handy nicht benötige, weil ich die Nummer von Herrn Ingenieur Rosey eingespeichert habe, als aus meinem Smartphone lautstarke Trompetensignale erklangen. Das war Zeus, der mich auf der streng vertraulichen Dringlichkeitsnummer erreichen wollte. Das bedeutete nicht mehr und nicht weniger als höchste Alarmstufe!

„Die Sündenvergebung“, Pater Herwig wählte jetzt jedes Wort mit Bedacht, weil er einen emotionalen Ausbruch seines Beichtkindes verhindern wollte, „und die Absolution sind an besondere Erfordernisse gebunden, die es zu erfüllen gilt. An ein lückenloses Schuldbekenntnis verbunden mit dem Vorsatz, jedwedes Wiederholen zu vermeiden. Das zielt aber eher auf alltägliche, kleinere Sünden ab, wenn ich das so ausdrücken darf. Ihre kleinen Sünden sind im Augenblick doch eher Nebensache geworden, wenngleich Ihr Sündenbekenntnis sicher nicht vollständig gewesen ist. Das zweite Erfordernis für die Sündenvergebung ist die Reue, die aber, so ehrlich und verständlich sie bei Ihnen momentan auch sein mag, mit einem wichtigen Zusatz versehen ist, nämlich dem der tätigen Reue. Sie müssen daher Taten setzen, aus denen Ihre ehrliche, tätige Reue hervorgeht.“

„Was soll ich denn tun? Ich kann doch nichts mehr gutmachen, Herr Pfarrer. Ich kann die arme Vroni nicht mehr zum Leben erwecken. Was soll ich also –“

„Ob Gott, mit dem Sie sich so dringend versöhnen wollen, Ihnen verzeiht, wird sich am jüngsten Tag erweisen, wobei ich allerdings eher annehme, dass Ihr Seelenheil im Jenseits davon abhängen wird, ob Ihnen Frau Ebeneiner verzeihen wird. Das steht aber auf einem anderen Blatt. Hier, im Diesseits, müssen Sie sich der irdischen Gerechtigkeit stellen. Ihre Tat bekennen und Ihre Strafe annehmen. Das ist unter einer tätigen Reue zu verstehen.“

„Ich kann doch für die einzige Dummheit in meinem Leben nicht damit bestraft werden, jahrelang hinter Gittern weggesperrt zu werden. Noch dazu, wo ich an diesem Racheakt eigentlich schuldlos bin und nichts dazu beigetragen habe, dass sich der Hass bei mir einnisten konnte. Das wird doch mein Gott nicht verlangen, schon gar nicht, weil er mir die Gelegenheit zur

Rache geradezu angeboten hat. Und Sie können das auch nicht, Herr Pfarrer! Nein, wirklich! Das können Sie nicht!"

„Doch, ich kann." Pater Juskiewich sprach jetzt sehr leise und eindringlich. „Ich muss es sogar, denn eine Absolution darf ich Ihnen nur dann erteilen, wenn Sie sich zu Ihrer Tat öffentlich bekannt haben. Nicht nur im Beichtstuhl, vor Gott, sondern auch vor Ihren Mitmenschen. Mit allen Konsequenzen. Sie müssen daher zur Polizei gehen und sich stellen. Machen Sie das, aufrecht und ehrlich, wie ein Christenmensch. Das ist glaubhafte tätige Reue. Außerdem – Mord ist keine Dummheit. Mord ist ein Verbrechen. Sie haben gegen das Gesetz des Lebens verstoßen. Für den irdischen Bereich sind die Gerichte zuständig, für den religiösen die Beichte."

„Heißt das, dass mir die Absolution verweigert wird?"

„Jetzt kann sie nicht gewährt werden! Es geht noch nicht. Ich helfe Ihnen gern und begleite Sie zur Polizei. Wann immer Sie das machen wollen. Dort geben Sie sich zu erkennen und gestehen das Verbrechen. Nur dann kann ich Ihnen anschließend die Absolution erteilen. Nur dann!"

„Das mache ich nicht, Herr Pfarrer!" Es klang wie ein Schrei. „Nein, sicher nicht! Ich werde mich nicht stellen, denn diese sturen Polizisten und Juristen werden niemals verstehen können, dass mich der Hass einfach blind gemacht hat. Er wurde mir von klein auf eingeimpft. Ich bin schuldlos an diesem verzehrenden Hass!"

„Doch! Sie können dafür. Denn der HERR hat Sie mit einem freien Willen ausgestattet. Sie hätten sich gegen diesen Hass in Ihrem Inneren zur Wehr setzen müssen. Noch nicht als Kind, das kann man in diesem Alter nicht verlangen, auch als Jugendlicher eher nicht. Aber der erwachsene, reife Mensch, der Sie sind und zum Zeitpunkt dieser Schandtat waren, der muss sehr wohl seine Gefühle hinterfragen, ob sie mit Gottes Geboten im Einklang stehen. Sollten sie es nicht sein, dann muss dagegen angekämpft werden. Damit sie niemals die Oberhand über

unser Tun und Wirken gewinnen. So wie wir uns gegen Habgier, Neid, Wollust, Hoffart und Völlerei ständig zur Wehr setzen müssen. Der Hass steht im Gegensatz zu Gottes Gebot der Nächstenliebe. Hass ist die Saat des Satans und der Ursprung allen Übels in der Welt."

„Sie verweigern also einem Verzweifelten Trost und Erlösung?"

„Ich verweigere sie nicht, sondern ich helfe Ihnen vielmehr, sie auf andere Weise zu erlangen. Freilich erst, nachdem Sie das Ihre, also die tätige Reue, geleistet haben."

„Sie haben kein Herz! Wie Ihr Pfaffen alle, die nur Wasser predigen und Wein saufen! Aber sonst nichts tut. Wenn dann einmal –"

„Nehmen Sie doch Vernunft an", versuchte es Pater Herwig von Neuem. „Kein Priester auf der Welt wird Ihnen in der momentanen Situation die Absolution erteilen können."

„Ist mir auch egal. Dann werde ich halt ohne Absolution weiterleben, weil man mich eh nie finden wird. Die Polizei hat nicht die leiseste Ahnung und Sie, Herr Pfarrer, wissen jetzt zwar, was sich ereignet hat, aber Sie wissen nicht, wer ich bin. Und das ist auch gut so!"

„Schon möglich", entgegnete Pater Herwig geduldig, „dass man Sie vielleicht nie finden wird, weil Sie sich so gut verstecken und darauf hoffen, dass niemand auf die Idee kommen wird, einmal bei den Nachkommen vom Stesshof nachzuforschen."

„Und Sie sind mit jedem Wort an das Beichtgeheimnis gebunden!" Jetzt war schon Verzweiflung aus den Worten herauszuhören. „Wehe Ihrer Seele, wenn Sie es brechen! Vergessen Sie das nicht!"

„Doch vor Ihrem Gewissen werden Sie sich nicht verstecken können", redete der Geistliche unbeirrt weiter. „Es drückt Sie ja jetzt schon heftig. Dieser Druck wird aber nicht weniger werden. Ganz im Gegenteil. Das Gewissen wird sich immer lauter zu Wort melden und Sie werden jene Ruhe, nach der Sie so heftig

verlangen, nicht finden können. Daher hören Sie nochmals meinen Rat. Stellen Sie sich den Behörden. Ich werde Sie auf diesem Weg gerne begleiten. Ich kann durchaus Ihr Beistand sein, bis Sie sich um einen Rechtsanwalt bemüht haben. Ich prophezeie Ihnen: Wenn Sie erst einmal ‚Ich war es' bekannt haben – Sie werden sehen, welche Erleichterung Ihnen und Ihrer Seele zuteilwird. Die drückende Last der heimlichen Schuld fällt ab. Glauben Sie mir, vertrauen Sie mir! Vor allem vertrauen Sie auf Gott! ER verlässt Sie nicht!"

Pater Herwig hatte mit wachsender Intensität gesprochen, die ihn selbst überraschte. Aber der Wunsch, dieser sündigen Seele auf dem Weg zum Licht, zur Erleichterung, zur Befreiung behilflich zu sein, hatte ihn beflügelt. Erwartungsvoll lauschte er jetzt auf eine Antwort.

„Nein, Herr Pfarrer", kam es trocken zurück. „Dann sehe ich keinen anderen Ausweg, als der Vroni ins Hinüber nachzufolgen. Mich hält hier nichts mehr. Den Stadel habe ich noch und die Drahtschlinge habe ich auch noch. Ich weiß, was ich jetzt zu tun habe. Leben Sie wohl."

„Halt, nein!", rief Pater Herwig aufgeregt und beugte sich noch näher zum Beichtfenster. „Werfen Sie Ihr Leben doch nicht weg. Warten Sie! Ich gehe mit Ihnen!"

„Sie bleiben hier!", hallte es gebieterisch durch den Kirchenraum. Im selben Moment war ein durchdringendes Zischen zu hören und sogleich verspürte Pater Herwig einen brennenden Schmerz in den Augen, sodass er mit einem Aufschrei zurückprallte und sich die Hände vor die schmerzenden Augen schlug. Sie brannten höllisch und Augenblicke später wurde er auch von einem heftigen Hustenreiz befallen. Verzweifelt wand er sich auf seinem Sitz und rieb sich die brennenden Augen. Er war nicht mehr in der Lage aufzustehen und verspürte gleichzeitig sein Herz immer heftiger schmerzhaft schlagen. Todesangst hatte ihn befallen. ‚Mein Herz – o Gott!', konnte er nur denken. Stöhnend vor Schmerzen lehnte er sich gegen die Rückwand.

Dann versank alles um ihn.

Ein zufällig anwesender Kirchenbesucher hatte die immer aufgeregter werdenden Stimmen aus dem Beichtstuhl gehört und machte ein paar Schritte hin, um nachzusehen, was denn da los sei. Als die Schmerzensschreie von Peter Herwig ertönten, sah der Fremde nur Sekunden später eine Gestalt aus dem Beichtstuhl eilen.

„Schnell!", rief diese ihm zu. „Dem Priester geht es schlecht. Rufen Sie den Notarzt. Ich laufe ins Pfarrhaus, um Hilfe zu holen."

Völlig verdattert stand der Fremde einige Augenblick bewegungslos da und blickte dem Davoneilenden nach, der sich eine Kapuze über den Kopf gezogen hatte. Dann löste sich seine Erstarrung und er eilte zum Beichtstuhl, öffnete den Priesterteil und erschrak heftig, als er Pater Herwig am Boden liegend vorfand. Er rüttelte ihn kurz am Arm, was nur ein leises Stöhnen des Geistlichen hervorrief. Sofort zog der Fremde sein Mobiltelefon aus der Tasche und betätigte den Notruf.

Freitag, 18. Juni, Fortsetzung

Das Fanfarensignal. Zeus hatte es vor zwei Jahren eingerichtet, damit er im absolut dringlichsten Ausnahmefall die Kommissare auf einer gesonderten Nummer mit dem Fanfarensignal aus Beethovens Oper Fidelio verständigen kann. Nun war es zum ersten Mal so weit, dass er mich auf dieser Leitung erreichen wollte. Daher war höchste Eile angesagt. Da musste etwas Gewaltiges passiert sein.

Ich riss mein Telefon aus der Tasche und eilte, nachdem ich Helga „Mach du bitte weiter" zugerufen hatte, auf den Gang hinaus. Dieses Telefonat vertrug bestimmt keine Zuhörer.

„Schrempf, bitte?", meldete ich mich knapp.

„Höchste Dringlichkeit, Toni", kommandierte Zeus energisch. „Rasch jetzt! Ein Hubschrauber wird dich in den nächsten Minuten beim Gröbminger Roten Kreuz abholen und dich ins Krankenhaus von Bad Aussee bringen. Dort wirst du erwartet. Keine weiteren Fragen jetzt. Rückruf erst, wenn du im Heli bist. Ende!"

Ich öffnete die Tür zum Vernehmungszimmer einen Spalt und winkte die überrascht blickende Helga zu mir.

„Ich werde per Hubschrauber geholt", erläuterte ich. „Dringlichkeitsstufe eins! Keine Ahnung warum. Mach bitte mit Jacopo drinnen weiter und – ja, einverstanden! – nimm dem Manfred Ebeneiner halt die Handschellen ab, damit er sich beruhigt! Ich melde mich bei dir, sobald ich kann, ok? Wiedersehen!"

Damit verließ ich die Polizeistation und eilte mit langen Schritten zum Heli-Landeplatz vor dem Gebäude vom Roten Kreuz, nahe dem Einkaufzentrum. Schon als ich dort vorbeihastete, hörte ich das Geflapper des Helikopters über mir, der zur Landung ansetzte.

Zwei Mitarbeiter vom Roten Kreuz sicherten den Landeplatz. Als ich das Landerondeau erreicht hatte, eilte einer von ihnen zu mir und drückte meinen Kopf nach unten, während ich unter den schwirrenden Rotorblättern zum Einstieg des Hubschraubers lief. Wenig später saß ich angeschnallt neben dem Piloten, hatte einen Helm mit Kopfhörern übergestülpt und schwebte nach oben in den Himmel.

„Alles o.k., Kommissar?", hörte ich den Piloten.

Ich hielt meinen Daumen zustimmend nach oben.

„Ok, bestens!"

Mit seiner Hilfe wurde ich wenig später mit Zeus verbunden.

„So, bitte, Chef! Ich bin unterwegs. Was ist denn los?"

„Also hör zu, Toni! Wir wurden heute von einem hohen Würdenträger der Benediktiner vom Stift Admont informiert, dass bei einem seiner Klosterbrüder vorgestern jemand gebeichtet und gestanden hat, Veronika Ebeneiner ermordet und in den Spitalgraben von Gröbming geworfen zu haben. Der Beichtvater, der alles erst einmal nicht glauben wollte, hat ihm – es war ein Mann, wie man unterdessen ermitteln konnte – die Absolution natürlich verweigert, ihm aber angeboten, ihn zur Polizei zu begleiten. Daraus ist aber nichts geworden, denn der Mann ist aus der Kirche geflohen. Vorher hat er den Geistlichen an einer Verfolgung gehindert, indem er ihm Pfefferspray ins Gesicht gesprüht hat. Leider mit bösen Folgen. Der schon betagte und ohnehin herzkranke Geistliche hat daraufhin vor lauter Aufregung einen Herzanfall erlitten. Ein zufällig anwesender Kirchenbesucher hat die Schreie des Paters gehört und ist zu Hilfe gekommen. Er hat später ausgesagt, dass ein Mann mit einer Kapuzenjacke hastig aus dem Beichtstuhl gelaufen sei und ihm zugerufen habe, dem Beichtvater gehe es nicht gut, er eile hinaus, um Hilfe zu holen, er, der zufällige Besucher, möge doch den Notarzt verständigen.“

„Wo hat sich denn das alles zugetragen?“

„In der Frauenbergkirche bei Admont. Also, der Notarzt hat den bedauernswerten Ordensbruder nach Bad Aussee gebracht, wo er erstversorgt wurde. Pater Herwig Juskiewich, so heißt er, war den ganzen Tag auf der Intensivstation, hat sich aber während der Nacht auf heute ein wenig erholt und das Bewusstsein wiedererlangt. Einem Mitbruder, der ihn besucht hat, hat er von der Beichte erzählt. Aber, jetzt kommt's. Dieser Pater Herwig will dich unbedingt sprechen, denn sein Pönitent hätte ihn gewissermaßen beauftragt, dir Dinge zu sagen, die nur der Mörder von Veronika Ebeneiner wissen kann, damit man ihm glaubt, die Wahrheit gesprochen zu haben und nicht für einen Angeber gehalten zu werden.“

„Sehr merkwürdig, dies alles“, brummte ich, „Wir wissen nämlich zwischenzeitlich sicher, dass der Mörder von Veronika Ebeneiner Robert Reinert heißt, der in einem Stadel erhängt aufgefunden worden ist, wie ich in meinem Bericht festgehalten habe.“

„Genau, Toni! Warum das aber alles so dringlich ist, sag ich dir auch. Dem Patienten geht's nämlich miserabel und der jüngste ist er auch nicht mehr. Der Anrufer meint, du solltest so schnell wie möglich zu ihm ans Krankenbett kommen, denn wer weiß, ob der gute Pater Herwig wirklich durchkommt.“

Wie recht der Mönch gehabt hatte, davon musste ich mich wenig später selbst überzeugen. Nach der Landung in Bad Aussee wurde ich von einer Ärztin in Empfang genommen, die mich eindringlich ersuchte, möglichst kurz bei ihrem Patienten zu verweilen, denn dessen

Kräfte seien seit den Vormittagsstunden leider wieder im Schwinden.

Ich fand Pater Juskiewich in einem Zustand vor, der für jeden Besucher einen unvermeidlichen Schock bedeutet, für Pflegepersonal und Ärzte einer Intensivstation jedoch gewöhnlicher Alltag ist. Von Pater Herwigs Krankenbett führten mehrere Schläuche und Kabeln zu zahlreichen Apparaten und Monitoren, auf denen gleitende Wellen und blinkende Lichter zu sehen waren.

Ich zog mir vorsichtig einen der Sessel zum Bett des Bedauernswerten und setzte mich. Pater Herwig hatte die Augen geschlossen und atmete schwach. Sein Gesicht sah schlimm aus. Der Pfefferspray hatte den alten Herren übel zugerichtet. Vorsichtig berührte ich seine Hand.

„Grüß Gott, Pater Herwig", sagte ich behutsam. „Ich bin Kriminalkommissar Schrempf. Sie wollten mit mir sprechen!"

Langsam schlug er die Augen auf. Ein leichtes Lächeln trat auf seine Lippen.

„Das ist gut", flüsterte er fast unhörbar. Und dann nochmals. „Wirklich gut!"

Jetzt atmete er schwerer. Daher zog ich es vor, noch nichts zu sagen und abzuwarten.

„Mein Mitbruder weiß von der Beichte auf Frauenberg … was sich zugetragen hat …" Langsam und in Abständen kamen seine Worte. „Dieser Mörder hat mir aufgetragen …" Er stockte. Offenbar strengte ihn das Sprechen an.

Obwohl ich sehr angespannt war, wartete ich geduldig, bis er sich etwas erholt zu haben erschien.

„Ja, Pater Herwig", ermutigte ich ihn. „Was hat er Ihnen aufgetragen? Ich höre."

Stillschweigen. Dann sprach der Mönch weiter.

„Er hat der toten Frau … einen Zettel ins Dirndl …“ Jetzt atmete der Geistliche ein wenig rasselnd. „Er hat draufgeschrieben …‘jetzt sind … wir quit‘ … Nur mit einem ‚t‘ …“

„Das stimmt!“, sagte ich nach einer Schrecksekunde. Damit war alles klar. Er muss der Mörder gewesen sein! „Ich danke Ihnen, Pater Herwig“, sagte ich wenig später leise, „dass Sie mir das ausgerichtet haben!“

„Es ist gut … aber sagen Sie … stimmt das?“

„Ja, Pater!“, beeilte ich mich zu antworten. „Es stimmt. Leider.“

„Er war es … also … wirklich?“

„Ja, ganz sicher. Weil nur der Mörder Kenntnis von diesem Zettel haben konnte. Und wir von der Kriminalpolizei. Aber sonst niemand!“

Lange Zeit sagte der Geistliche nichts. Er atmete in kurzen Zügen. Ich dachte schon, er sei eingeschlafen, als er die Hand ein wenig hob und ein Kreuzzeichen andeutete.

„Der Herr sei … ihm gnädig ... dem Mörder … und … seiner schuldigen Seele.“

Ich antwortete irgendwie automatisch mit einem kurzen „Amen“ und überlegte, ob ich vielleicht erwähnen sollte, dass dieser Mann bereits Selbstmord begangen hat. Ich unterließ es aber, denn, wer weiß, vielleicht würde dies den geschwächten Geistlichen in unnötige Aufregung versetzen. Aber ich wollte unbedingt noch die wichtige Frage nach dem ‚Warum‘ stellen.

„Pater Herwig, bitte sagen Sie mir: hat Ihnen der Mörder auch gebeichtet, warum er Frau Ebeneiner getötet hat?“

Der Pater nickte fast unmerklich.

„Ja“, antwortete er leise. Dann nochmals ein kurzes Zucken mit dem Kopf. „Ja, das hat er!“

„Und? Warum hat er das gemacht? Es wäre sehr wichtig, dies zu wissen."

Ein leichtes Kopfschütteln war die Antwort.

„Beichtgeheimnis!", flüsterte er fast unhörbar.

„Hat ihn jemand beauftragt, die Frau zu töten?", bohrte ich weiter in Missachtung der eindringlichen Warnung der Ärztin.

Wiederum ging sein Kopf langsam hin und her. War dies als ‚nein' zu verstehen? Als Antwort auf meine Frage? Nein, sie war es offenbar nicht.

„Beichtgeheimnis!" murmelte er etwas deutlicher.

Ich konnte nicht anders. Ich musste weiterfragen.

„Hat Manfred Ebeneiner ihn beauftragt, die Frau umzubringen?"

Leider war ich damit doch zu weit gegangen. Pater Herwig wurde unruhig. Die Zacken auf dem Monitor wurden plötzlich steiler und enger, der gleichmäßige Piep - Ton wurde schneller und lauter. Sein Kopf bewegte sich unruhiger als vorhin hin und her.

„Nein, nur … Hass hat ihn …getrieben. Hass … Rache", flüsterte er. „Nur tiefer Hass." Dann verstummte der Geistliche.

„Hass auf wen denn? Auf Veronika Ebeneiner?", drängte ich ungeduldig, weil ich mich nahe der Wahrheit, der Lösung unseres Rätsels, fühlte.

Doch im gleichen Moment wurde die Tür geöffnet und die Ärztin stürzte herein.

„Was ist denn geschehen?", fragte sie besorgt und beugte sich über den Patienten. Dann prüfte sie die Anzeigen auf den Displays und betätigte ein paar Knöpfe.

„Ich habe Sie doch ausdrücklich aufmerksam gemacht, dass sein Zustand sehr ernst ist", zischte sie leise zu mir hin. Sie machte sich eilige Notizen, ehe sie sich wieder zu mir wandte.

„Sie sind jetzt ohnehin schon zu lange da, Herr Kommissar. Ihre Anwesenheit belastet den Patienten offenbar viel zu sehr. Bitte verlassen sie ihn jetzt. Konnte er Ihnen wenigstens mitteilen, was angeblich so wichtig ist?“

Ich nickte. „Ja, das hat er. Aber ich wollte unbedingt noch mehr über diese Beichte erfahren.“

„Das habe ich befürchtet. Pater Herwig hat heute in der Früh, als er nach einem Mitbruder verlangt hat, von einer bösen Beichte gesprochen. So, und nun haben Sie bitte Verständnis, wenn ich Sie hinausbegleite. Der Patient braucht unbedingt Ruhe. Ihr Hubschrauber wartet übrigens schon.“

Auf dem Rückflug nach Gröbming, vorbei an den Flanken des mächtigen Grimmings, telefonierte ich zunächst mit Helga und veranlasste sie, Manfred Ebeneiner nach Hause zu entlassen, denn für eine Schuld oder Mitschuld von ihm am Tod seiner Frau und an jenem von Robert Reinert gab es eindeutig keinerlei Beweise mehr. Dann erst erstattete ich Zeus Bericht.

„Es ist um diesen merkwürdigen Zettel mit der Botschaft des Quitt-Seins gegangen, den Helga in der Dirndltasche der Toten gefunden hat“, erklärte ich. „Damit hat sich der Mörder gewissermaßen legitimiert. Was darauf geschrieben stand, das konnte nur er wissen, sonst niemand.“

„Ja, ja, sieht so aus. Hat er dir noch mehr anvertrauen können? Das Motiv vielleicht?“

„Nein, hat er nicht. Er hat sich auf das Beichtgeheimnis berufen.“

„War nicht anders zu erwarten, denke ich!“

„Aber er hat auf meine Frage hin doch bestätigt, dass ihm der Mörder – es handelt sich jetzt mit Sicherheit um diesen Robert Reinert – auch das Motiv für diese Tat genannt hat.“

„Und?“

„Es sind nur die Worte ‚Hass‘ und ‚Rache‘ gefallen. ‚Nur Hass hätte ihn getrieben‘, hat mir der erschöpfte Ordensmann zuflüstern können.“

„Hass auf wen? Auf sie, auf diese Veronika?“, wollte Zeus sofort wissen.

„Keine Ahnung, Chef, aber als ich die Frage nach einem Auftraggeber gestellt habe, hat er leider wieder aufs Beichtgeheimnis verwiesen. Interessant war aber dann, dass er, als ich den Namen ‚Manfred Ebeneiner‘ genannt habe, sehr unruhig geworden ist. Ich habe sein heftigeres Kopfschütteln als ‚nein‘ verstanden, denn unmittelbar darauf hat er die paar Worte vom Hass gesprochen. Leider hat ihn dies – vielleicht auch nur der Name Ebeneiner – offenbar stark belastet, denn die Messinstrumente sind hektischer geworden und sogleich ist die diensthabende Ärztin erschienen und hat mich mehr oder weniger hinausgeschmissen.“

„Tja“, murmelte Zeus nachdenklich. „Ich denke, das war’s dann, oder?“

„Zumindest, was Manfred Ebeneiner als Auftraggeber betrifft. Und damit auch als vermuteten Beseitiger von Robert Reinert. Dessen Selbstmord ist von der Faktenlage her gesehen eindeutig, vom Motiv her als Verzweiflungstat oder Reuetat zu verstehen, seit es offensichtlich geworden ist, dass er Veronika Ebeneiner umgebracht hat. Meine Vermutung, Manfred Ebeneiner wäre gestern nicht in der Kleinsölk gewesen, stand ohnehin auf schwachen, wenn nicht sogar schlotternden Beinen. Er war tatsächlich in der Kleinsölk. Der Vater hat auch ein hieb- und stichfestes Alibi.“

„Ich höre aus der Stimme meines Kriminalhauptkommissars heraus, dass er an das Ende der Erhebungen nicht so ganz glauben will.“

„Du hörst richtig! Ich kann mich nicht damit zufriedengeben, zwar den Mörder gefunden zu haben, aber nicht zu wissen, warum er zum Mörder geworden ist."

„Verstehe ich, Toni! Aber Veronika Ebeneiner ist tot, ihr Mörder Robert Reinert ist tot – also?"

„Dass Reinert seine Schulfreundin gehasst hat, und zwar so abgrundtief, dass er sie kaltblütig stranguliert und in den Spitalgraben wirft, Chef, dass passt so gar nicht damit zusammen, dass sie ihn bei der Brautentführung freundlich angeredet hat und dabei sogar noch recht vergnügt gewesen ist."

„Gefällt mir auch nicht, Toni! Aber jetzt Ende der Konversation, ich habe einen Termin beim Bürgermeister. Du, bitte, bleibst noch beim Veronika Begräbnis in Schladming. Wer weiß, zu welchen Szenen es dort kommen wird. Helga hat ja ein familiäres Treffen daheim, wie du weißt. Halt' beim Grab die Augen offen. Vielleicht kommt es zu emotionalen Ausbrüchen und es offenbart sich dort doch noch die Lösung unseres Rätsels. Pfiat di!"

Als ich später vom Landeplatz des Hubschraubers zur Polizeistation zurückging, überdachte ich Zeus' letzte Worte.

‚Szenen beim Begräbnis?', überlegte ich. ‚Aber ja doch! Recht hat er. Tamara Steger könnte vielleicht Manfred Ebeneiner am offenen Grab attackieren, die alten Ebeneiner die Eltern Seidel brüskieren und womöglich taucht auch noch Reinhard Plachta beim Begräbnis seiner vormaligen Geliebten auf und beschimpft den Verführer seiner verstorbenen Frau oder so ähnlich. Also unbedingt dabei sein und dann erst darüber spekulieren, was es mit dem Hass des Robert Reinert auf Veronika Ebeneiner tatsächlich auf sich haben könnte.'

Epilog, wenige Tage später

„Du hast dich also entschlossen, den Fall Ebeneiner abzuschließen und zu den Akten zu legen“, eröffnete Zeus die Unterredung, als ich am Dienstag, genau eine Woche nach Auffinden der entführten und ermordeten Braut, zu ihm gerufen wurde. „Manfred Ebeneiner ist frei von Schuld, das Begräbnis ist ohne Zwischenfall über die Bühne gegangen, wie ich aus dem letzten Protokoll entnommen habe, und du hast die letzten Dokumentationen fertiggestellt und abgeschlossen. Der Mordfall Veronika Ebeneiner ist demnach geklärt und erledigt.“

Ich nickte.

„Ja! Nach allem, was sich in den letzten Tagen zugetragen hat, sehe ich keine Veranlassung mehr, weiter zu ermitteln. Der Mörder von Veronika Ebeneiner, Robert Reinert, hat sich selbst gerichtet. Sohin ist die Sache, dem Anschein nach, gelaufen.“

Zeus betrachtete mich nachdenklich über den Rand seiner Brille.

„Aber sehr glücklich darüber schaust du nicht aus, Toni!“

„Nein“, bestätigte ich, „wirklich nicht! Es ist mein erster Fall, der nicht restlos geklärt werden kann. Wir wissen in dieser komplizierten Angelegenheit, die eigentlich ‚Reinert – Ebeneiner ‘ heißen sollte, zwar fast alles, aber eben nur fast. Das Wichtigste, nämlich das Motiv zum Mord an der Braut, fehlt.“

„Ja“, nickte Zeus. „Diese Tat erscheint auch mir völlig unerklärlich!“

„Reinert war eindeutig der Täter. Durch die Beichte ist das erwiesen und er war ja nachweislich zum Entführungszeitpunkt im ‚Steirerwirt‘. Er hat sie unter dem Vorwand des Brautraubes mit seinem Auto zu diesem Stadel geführt, dort umgebracht und später in den Spitalgraben geworfen. Der Mord geschah in diesem Stadel. Die beiden kannten sich aus der Schulzeit, das beweisen die Fotographien bei den Eltern und auf der Homepage von Albert Trenier alias Robert Reinert. Aber völlig unerklärlich ist und bleibt, warum er den Mord begangen hat. Manfred Ebeneiner hat ihn dazu mit größter Sicherheit nicht angestiftet. Das Kopfschütteln von Pater Herwig auf meine Frage diesbezüglich war eindeutig."

„Du erwähnst übrigens im Akt einen Irrtum, der dir unterlaufen ist, Toni."

„Ja, leider. Er war zwar nicht gravierend, aber hätte ich logischer gedacht, wer weiß, vielleicht hätten wir den hellen Wagen schneller ausfindig machen können. Als der Kellner im ‚Steirerwirt' ausgesagt hat, er habe ‚die Kapuze' gesehen, als das Auto in Richtung Bundesstraße davongefahren ist, da hätte es bei mir klingeln müssen, dass dies nur bei einem Rechtslenker der Fall sein kann. Bei einem nach rechts vorbeifahrendem Auto siehst du nämlich den Beifahrer, nicht den Lenker. Also hätte er doch die Braut sehen müssen, nicht den Kapuzenmann. Folglich war auch meine Soloeinlage auf der rechten Seite im Stadel mit den abgehobenen Spänen unnötig. Die Fotos auch. Denn die geraubte Braut konnte nur links ausgestiegen und der Mord hat sich höchstwahrscheinlich auf der linken Seite im Stadel abgespielt."

Zeus hatte den dicken Ermittlungsakt vor sich am Schreibtisch liegen. Jetzt tippte er ein paar Mal auf den Einband und nickte.

„Das ist alles klar, auch dass nur der Mörder wissen konnte, was auf diesem Zettel geschrieben stand. Passt auch. Aber dennoch, Toni, etwas Wichtiges bleibt leider offen. Nämlich die Frage aller Fragen des Kriminaldienstes. Na?"

„Klar, Chef! Das Tatmotiv. Warum hat dieser Herr Reinert seine Schulfreundin umgebracht?! Was hat es mit diesem ‚quitt sein' auf sich? Genau das wissen wir eben nicht. Der Zettel deutet auf einen Racheakt hin. Der arme Pater Herwig hat, wie ich dir schon im Helikopter gesagt habe, kurz von Hass gesprochen, der im Spiel gewesen sein musste. Aber warum und wofür? Dass Reinert und Veronika, die sich aus Schulzeiten kannten, zwischenzeitlich vielleicht in einen bösen Streit geraten waren, wäre plausibel, aber – um alles in der Welt! – warum hat sie ihn dann im ‚Steirerwirt' so freundlich begrüßt und sich fröhlich entführen lassen? Das verstehe ein anderer. Ich nicht!"

„Der Racheakt hätte nur zu gut auf diesen Herrn Plachta gepasst", überlegte Zeus laut, „aber außer dem Motiv hat bei ihm letztlich doch nur wenig zusammengestimmt. So wie die angeblichen Koreaner, die sich schon bald in Luft aufgelöst haben. Wie du festgehalten hast."

Ich nickte.

„Unsere Erhebungen in den Unterlagen der Hotelholding haben ergeben, dass Frau Tamara Steger die Wahrheit gesagt hat, dass es mit den Koreanern nicht weit her war. Diese angeblichen Hotelinteressenten und auch sie selbst sind bei uns nie wirklich in Verdacht geraten, an der Entführung beteiligt gewesen zu sein. Und schon gar nicht an der Ermordung. Obzwar ich mir bei Tamara lange Zeit nicht sicher war, ob man sie wirklich ganz außer Acht lassen kann. Aber dann bin ich doch zur Überzeugung gelangt, dass sie – ebenso wie Herr Plachta – eher Manfred Ebeneiner getötet hätten als Veronika Ebeneiner."

„Es ist daher als Motiv nur die rasche Erbschaft geblieben", resümierte Zeus, „Der Ehemann!"

„Musste er ja!", räumte ich ein. „Seine Behauptungen, Tamara und die Koreaner steckten hinter dem Tod seiner Frau, erschien ihm als einzig denkbare Variante einer Erklärung. Für uns war es der Versuch einer Ablenkung von sich und daher haben wir ihn, oder besser gesagt, nur ich – Helga war in dieser Sache immer eher skeptisch – als Anstifter zum Mord seiner Frau gesehen. Und später – ebenfalls zu Unrecht – auch als Mörder von Robert Reinert. Aber nur bis zu dem Moment, als ich von dem sterbenden Beichtvater angedeutet bekommen habe, dass niemand Reinert zum Mord an Veronika Ebeneiner beauftragt haben dürfte."

„Am Selbstmord dieses Mannes gibt es nunmehr nicht den geringsten Zweifel. Aber leider, Toni, warum er sich umgebracht hat, auch das können wir nur vermuten."

„Vielleicht ist er sich der Schändlichkeit des Mordes bewusst geworden. Wir werden auch nie wissen, warum er versucht hat, sein Inkognito zu wahren."

„Tja, Toni! Es passt sehr vieles zusammen, aber halt nicht alles. Der einzige, der wahrscheinlich über alles Bescheid gewusst hat, war Pater Juskiewich. Er hat aber das Beichtgeheimnis gewahrt. Leider ist er zwei Tage nach deinem Besuch gestorben und hat damit sein Wissen endgültig ins Jenseits mitgenommen."

„Eine Frage noch, Chef! Was hältst du davon, wenn wir dem Gerücht über die Tote vom Spitalgraben des Jahres 1945 energisch nachgehen. Vielleicht –"

„Moment!", unterbrach mich Zeus heftig. „Dein und Helgas Hirnschmalz ist mir für neue Ermittlungsfälle wesentlich wichtiger als für kriminal-archäologisches Stöbern. Du hast den Fall abgeschlossen. Er ist ad acta gelegt. Helga, du und ich, wir werden es halt niemals wirklich wissen, sag' ich dir! Daher: Ende der Sache!"

„Tja“, meinte ich, als ich wenig später Helga in ihrem Büro von der Abschlussbesprechung mit Zeus berichtete. „Freund Jacopo in Gröbming hat letztlich doch recht behalten.“

„Inwiefern?“, wollte sie gleich wissen.

„Er hat unmittelbar nach unseren ersten Befragungen im ‚Steirerwirt' gemeint, dass die Ermordung einer entführten Braut so etwas von unverständlich und ‚noch nie dagewesen‘ ist, dass wir uns daran die Zähne ausbeißen werden. Dem habe ich natürlich entschieden widersprochen, klar, aber jetzt ist der Akt geschlossen worden, ohne dass wir das Motiv für diesen unverständlichen Mord an einer Braut kennen!“

„Fast ein Hellseher, unser Jacopo!“, stellte Helga kopfnickend fest.

„Eben! Aber jetzt, beste Helga, erzähle ich dir noch kurz vom Begräbnis von unserer Veronika. Du warst ja am Sonntag wegen der Erstkommunion deines Neffen nicht dabei. Ich war schon sehr zeitig beim Friedhof in Schladming, denn Zeus hatte mich gewarnt, es könnte vielleicht zu emotionalen Auseinandersetzungen am offenen Grab kommen.“

„Und? War da etwas?“

„Ganz im Gegenteil. Was sich ereignet hat, war vielleicht das einzig Erfreuliche an dieser tragischen Angelegenheit in Gröbming. Ehe der Priester beim Grab mit den Gebeten und seinen Einsegnungsworten beginnen konnte, ist die Mutter Ebeneiner an allen Trauergästen vorbei zu Anna Seidel gegangen und hat sie demonstrativ umarmt. Das war wie ein Signal. Die beiden alten Damen sind lange umschlungen gestanden, dann hat Frau Ebeneiner ihrem Mann und dem Sohn zugewunken. Die sind dann auch gekommen und mit einem Mal kam es zu wechselweisen Umarmungen der fünf. Die zwei Familien haben sich anscheinend ausgesöhnt. Du, Helga, da sind nicht nur mir die Tränen gekommen."

„Jetzt sag' nur noch, dass sich Tamara Steger und Manfred Ebeneiner auch umarmt haben!", meinte Helga ironisch.

„Nein, *das* denn doch nicht. Aber beim Verlassen des Friedhofes habe ich noch gesehen, dass die beiden miteinander gesprochen haben. Anscheinend durchaus friedlich, übrigens."

„Na, immerhin etwas!", resümierte Helga. „Aber jetzt, Herr Kollege, ans Tagewerk. Und hoffentlich müssen wir nicht so bald wieder nach Gröbming, um dort einen neuen Mordfall zu klären."

„Na ja", meinte ich vergnügt, „ich hätt' eigentlich nichts dagegen. Die Umgebung ist doch wunderschön, die Leute sind freundlich – sofern sie sich nicht gegenseitig umbringen – und das ‚Naturschnitzel mit Reis' schmeckt auch dort ausgezeichnet, von wo du dabei den Blick auf einen Friedhof hast!"

Danksagung

Mein Dank gilt meiner Frau ULRIKE und meiner Schwägerin CHRISTINE, die das Manuskript mit kritischen Augen durchgelesen haben, weiters meinem Freund und Gröbmingkenner FRIEDL, der mir die Herkunft des Namens ‚SPITALGRABEN' erläutert hat und schlussendlich dem Verlag ‚myMorawa', dessen Mitarbeiterstab mir bei der Gestaltung des Buches behilflich gewesen sind.

Weitere Gröbmingkrimis von Michael Stradal

Kein Feuer am Freienstein
Ein Gröbmingkrimi
2018
ISBN 978-3-99084-165-5

„… Lesevergnügen, welches den Wunsch weckt, den Ort des Geschehens zu besuchen“
(A. Guggi, Gröbming)

Weidfraus Tod
Ein Gröbmingkrimi
2017
ISBN 978-3-99070-143-0

„Ein spannendes Buch, ein weiteres Meisterwerk des Autors!“

(Alois Schretter, Jagdaufseher)

Weitere Krimis von Michael Stradal

JEM - **Tod am Altar**
2014
ISBN 978-3-85167-285-5

„Wieder ein spannender Krimi, reich an Überraschungen und dabei durchaus konsequent und unterhaltsam.“

(J. Mitterhöfer, SVD)

Petri Heil!
2012
ISBN 978-3-902300-67-6

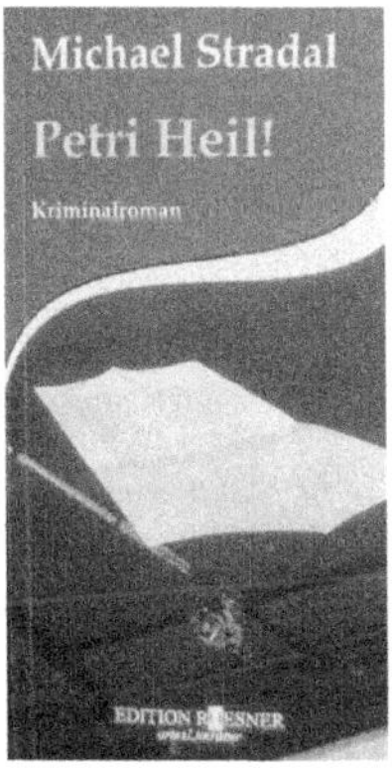

"...Der Autor zeigt in seiner spannenden und von überraschenden Wendungen geprägten Story eine Dorfgemeinschaft, die zu guter Letzt aus den Angeln gehoben wird..."

(Erich Schirhuber)

www.michael-stradal.at